1961

도쿄하우스

1961
도쿄 하우스

마리 유키코
장편소설

김현화 옮김

하빌리스

차례

안녕하세요.

평소에 쓰던 메일 계정에 오류가 나서 실례를 무릅쓰고 개인 메일로 연락드립니다.

G방송국 개국 60주년 특별 방송 공모 건으로 논의드리고 싶은 사안이 있습니다.

기획을 제안하고 싶은데 협력해 주실 수 있나 해서요.

수치적인 성과를 얻을 수 있는 기획이라 확신합니다. 틀림없이 화제가 될 겁니다. 이 기획을 실현시키려면 당신의 힘이 꼭 필요합니다.

평생에 딱 한 번 드리는 부탁입니다. 도와주실 수 없을까요?

[G방송국 개국 60주년 특별 방송 기획]

우선 1999년 영국의 채널4에서 제작된 〈더 1900 하우스〉라는 리얼리티 쇼를 소개하겠습니다.

'현대의 평범한 가족이 100년 전 생활을 체험한다'는 콘셉트를 바탕으로, 공개 모집으로 선발된 일반인 중산층 가족이 전기, 가스, 수도가 없는 집에서 100년 전 생활을 재현합니다. 기간은 3개월입니다.

참가자들은 역할극을 하듯 홀가분한 마음으로 시작하지만 현재와 동떨어진 가치관, 불편한 의식주, 중노동이나 다름없는 집안일에 아우성을 치며 불만을 터뜨립니다. 그러면서도 100년 전의 '가족'을 열심히 재현하고, 이런 모습에서 우리는 일종의 감동과 공감을 느끼고 예기치 못한 '희망'과 '유대감'을 찾아내게 됩니다.

'희망'과 '유대감'. 이것이야말로 지금의 리얼리티 쇼에 요구되는 요소가 아닐까요? 리얼리티 쇼의 존재에 대해 왈가왈부하는 사람들이 많기에 제안드려 봅니다. 레이와 시대(나루히토가 일본의 126대 천황으로 즉위한 2019년 5월 1일 자정부터 사용된 연호다. – 옮긴이)를 살아가는 현대인이 1900년, 즉 120년 전 도쿄의 생활을 3개월 동안 체험하면서 '희망'과 '유대감'을 찾아내는 것입니다.

프로그램명은 이름하여,

〈1900 도쿄 하우스〉.

⊐—⊏

"응? 이건……."

프레젠테이션이 끝나자 상석에 앉은 남자가 고개를 갸웃거렸다. G방송국 편성국장 오바야시 씨였다. 마스크를 끼고 있어서 표정을 제대로 읽을 수 없었다.

……꽝인가? 후카다 다카야의 심장 박동이 빨라졌다.

……아니, 잠깐만. 오바야시 씨의 오른손 약지가 경쾌하게 춤을 추고 있었다.

왼쪽 옆에 앉은 요시모토 다이치 씨가 가볍게 콕콕 찔

렸다. 쳐다보니 '아이디어 완전 끝내줘.'라는 듯 윙크를 했다. 다카야는 가슴을 쓸어내리며 오른쪽 옆에 앉은 오카지마 마키코 씨의 얼굴을 힐끗 보았다. 하지만 그녀의 표정에는 딱히 변화가 없었다. 여느 때처럼 포커페이스를 하고 있었다.

"그래도 설정이 1900년이라는 건 좀 그렇지 않을까요?" 같은 국 버라이어티 제작부의 기획 피디 마에카와 씨가 팔짱을 꼈다. "1900년을 연호로 따지자면……"

"메이지 33년이네요. 4차 이토 히로부미 내각 시대." 같은 국, 같은 제작부의 다른 여자 피디가 즉답했다.

아, 이 사람이 소문으로 들었던, 한겨울에도 민소매 차림이라는 여걸(女傑) 사카가미 여사인가. 오늘도 경기용 수영복 같은 민소매 차림이다. 겨드랑이로 군살이 비어져 나와 있었다. ……기요미 고모랑 조금 닮았다.

"메이지라. ……너무 옛날 아닌가? 너무 옛날이면 망할 수도 있어." 편성국장 오바야시 씨의 춤추던 손가락이 정지했다.

"오타쿠만 볼 우려가 있어요." 기획 피디 마에카와 씨가 검은 마스크를 파르르 떨면서 동조했다.

"확실히 그렇긴 해. 오타쿠가 구매력은 있는데 시청률로는 이어지지 않아. 한 자릿수 시청률이 나올 위험성도 있어."

이 사람은 누구더라? 다카야는 다급히 테이블에 일렬로 펼쳐 놓은 명함을 보았지만 알 수 없었다.

"개국 기념 방송인데 20프로는 나와 줘야지."

이 사람도 누군지 잘 모르겠다.

"그럼 좀 더 새로운 시대로 바꾸는 건 어때?"

이 사람도⋯⋯. 다카야가 허둥대며 명함과 테이블에 앉은 면면들을 비교하는 사이에도 이야기는 착착 굴러갔다.

"120년의 절반인 60년 전은 어떨까요?"

"60년 전이라면, 1960년? 쇼와⋯⋯."

"쇼와 35년이에요."

"어, 괜찮은데? 요새 쇼와 붐이기도 하고. 무엇보다 베이비 붐 세대한테 잘 먹힐 거야. 그럼 시청률로도 이어질 거고."

"실제 방송은 2021년 막바지일 테니―."

"1961년으로 하는 건 어때요?"

"1961년은 좀 어중간하지 않아?"

"쇼와 36년. 괜찮을 것 같은데?"

"쇼와 36년이라고 하면 가전제품이 슬슬 보급되기 시작하던 무렵이에요."

아, 이 얼굴은 안다. T광고 회사 사람이다.

"스폰서로 가전제품 회사가 예정돼 있으니 그 회사 가전으로 갖추도록 하죠."

아니, 그렇게 되면 애초에 설정한 콘셉트가……. 전기, 가스, 수도가 보급되지 않은 시대여야만 의미가 있다. '집안일'이라는 중노동에 휘둘리는 인간의 모습이 주요 콘셉트이니 말이다. 60년 전에는 전기, 가스, 수도가 이미 보급되어 있었다. 게다가 가전제품이라니.

"그럼 이제 세트만 남았네. 어디를 무대로 삼을지가 문제군."

"단지여야 하지 않나요? 그 시대에는 임대 아파트…… 즉, 단지에 사는 게 중산층의 상징이었잖아요."

"……단지? ……어라?" 편성국장 오바야시 씨가 다시 고개를 갸웃거렸다.

"왜 그러세요?"

"아니, 아무것도 아냐. 그냥 기분 탓인가 봐. ……응. 괜찮네. 단지로 가지!"

G방송국 근처 파스타 전문점에서 주문을 마친 다카야가 "아이고, 힘들어라." 하며 마스크를 벗었다. "어쨌거나 반응이 훈훈해서 다행이야." 영업부의 요시모토 씨도 마스크를 벗더니 활짝 웃었다.

하지만 오카지마 씨의 얼굴은 굳어 있었다. 아주 짧은 쇼트커트에 왁스를 발라 머리카락 한 올 남기지 않고 넘겼고, 차이나 칼라 블라우스와 검정색 정장 바지 역시 빈틈이 없었다. 다만 마스카라를 듬뿍 바른 속눈썹만이 무언가 할 말이 있는 듯 파르르거렸다. 다카야는 그 움직임을 지켜보고 있었다. 오카지마 씨는 방송을 하청받아 제작하는 프로덕션 '소카이샤'의 여사장이다. 그녀는 무슨 생각을 하고 있을까.

"그렇다 해도 결정된 건 아니니까. 문학상으로 치면 1차 심사를 통과했다……는 느낌이려나?" 요시모토 씨는 소설가를 지망하는 모양이다. 여러모로 '문학상'을 비유로 들 때가 많다.

"그래도 오늘 프레젠테이션은 성공했다고 할 수 있어요. 우리 기획으로 거의 결정될 것 같으니까요." 요시모토 씨가 근거 없는 말을 늘어놓으며 실실거렸다. 다카야보다 두 살 위로 올해 서른둘이 된 젊은 영업맨이다. 그의 미소에서 노련함이 번져 나왔다.

한편, 오카지마 사장은 아까부터 테이블만 노려볼 뿐 전혀 웃지 않았다.

"저…… 무슨 일 있으세요?" 분위기를 견디다 못해 다카야가 조심스럽게 오카지마 씨의 얼굴을 들여다보았다.

"나도 단지족이야." 오카지마 씨가 마스크를 벗으면서 불쑥 말했다.

오카지마 씨는 예순여섯이니…….

"쇼와 29년생이지. 쇼와 36년, 그러니까 초등학교 1학년 때 단지로 이사 갔어."

"그럼 딱 좋잖아요!" 요시모토 씨가 테이블 가장자리를 가볍게 두드렸다. "만물박사가 이렇게 가까이에 있었다니—."

그때 여종업원이 파스타를 가져와서 이야기는 중단되었다. 미트볼 토마토 파스타, 오징어 명란젓 파스타, 치즈버섯 파스타가 연달아 테이블에 놓였다.

"……근데 쇼와 30년대라고 하면 후카다는 어떤 이미지가 떠올라?"

주문한 음식이 다 나오자 오카지마 씨가 물었다.

"쇼와 30년대요? 가난해도 희망과 웃음이 흘러넘치던 살기 좋은 옛 시대 같은 느낌? 앉은뱅이 밥상을 둘러싼 정다운 가족, 역도산에 열광하는 안방 극장…… 같은 거요."

"후카다는 나이가 몇이지?"

"올해 서른이에요."

"그럼…… 헤이세이 출생이구나. 휴지 소동도 모르는 세대인가?"

"들어 본 적은 있어요. 오사카 단지에 있는 마트가 발화 장소였다고 하던데. 텔레비전에서 봤어요."

"맞아. 센리 뉴타운."

오카지마 씨는 포크로 파스타를 돌돌 말면서 설명하는 일이 의무라도 되는 양 입술을 계속 움직였다.

"—그 무렵 주민들 사이에서 '휴지가 동나는 게 아닌

가.' 하는 묘한 소문이 돌았어. 오일 쇼크로 여러 물자가 부족했으니까 '어쩌면 휴지도?' 하고 말이지. 같은 시기에 뉴타운 내 마트에서 휴지를 특별 세일가로 팔았어. '지금 사 둡시다'라는 전단지에 적힌 선동 문구를 본 주부들이 마트로 몰렸어. 금세 크고 긴 뱀 같은 줄이 생겼지. 휴지가 눈 깜짝할 사이에 매진돼서 사람들은 소소한 패닉에 빠졌어. 근데 이게 뉴스에 나오면서 과장되는 바람에 전국적으로 패닉이 확산됐다…… 하는 얘기지."

"휴지가 왜 그렇게 날개 돋친 듯이 팔린 거예요?" 미트볼을 입에 집어넣으면서 요시모토 씨가 물었다. 그가 부리부리한 눈을 부릅떴다.

"휴지가 별건가 할 수도 있지. 근데 이번 신종 코로나 소동 때도 휴지가 제일 먼저 품절됐잖아." 오카지마 씨가 미소를 띠었다. 하지만 여전히 무표정한 눈가가 방해를 하고 있어 그 미소가 어떤 의미인지 알 수 없었다. 조금 불안해졌다.

"어쨌거나 쇼와 36년 단지라는 건 확정됐으니 다음은 설정을 짜야지." 오카지마 씨가 포크로 만 파스타를 입안에 넣었다.

"그러게요. 다음 프레젠테이션은 일주일 뒤죠? 얼른 오늘부터—." 요시모토 씨가 미트소스가 묻은 입술을 닦지도 않고 찬물을 들이켰다.

"후카다, 지금부터 바로 시간 되는 거야?" 오카지마 씨가 묻자 "그럼요." 하고 다카야가 답했다.

"후카다가 맨 처음 낸 제안에서는 꽤 멀어진 것 같지만."

다카야가 〈1900 도쿄 하우스〉라는 기획을 마무리한 것은 반년 전이다. 그때는 프리랜서 작가 신분으로 출판사에 제안했는데 안타깝게 퇴짜를 맞았다. 그는 포기하지 않고 그 기획을 소카이샤로 가지고 갔다. 방송 일은 처음이었지만 퇴짜를 놓은 편집자가 "이 기획은 방송용이네."라고 한 말을 믿고 소카이샤로 무작정 뛰어들어 어필한 게 먹혀서 일이 순조롭게 진행되었던 것이다.

"……그러네? 그런데."

오카지마 씨가 다카야를 향해 천천히 시선을 옮겼다.

"애초에 왜 〈1900 도쿄 하우스〉를 기획했어?"

"아, 그건—."

"왜?"

여느 때와 달리 집요한 오카지마 씨의 시선에 다카야는 주눅이 들어 자백했다.

"실은…… 원래 고모의 기획이었어요."

"고모?"

"네. 아버지 여동생인데 작년에 돌아가셨어요. 장례 후에 유품에서 기획서가 발견됐어요. 생전에 광고 회사를 다녔는데 그때 정리한 기획이 아닌가 싶더라고요. 그래

15

서 아이디어만 빼서……."

"뭐야, 그럼 도용한 거야?" 요시모토 씨가 이야기에 찬물을 끼얹었다.

"아니에요. 조카로서 고모의 유지(遺旨)를 이으려고……."

"어쨌거나." 오카지마 씨가 차가운 물잔을 끌어당겼다.

"기획이 정식으로 통과되면 후카다도 구성 작가로서 계속 정식으로 참여시킬 작정이야." 그러고는 천천히 찬물을 마셨다.

여전히 무표정했다.

처음에는 그 무표정 때문에 불안해서 참을 수 없었다. 그렇지만 지금은 무표정 속에 자잘한 표정의 움직임이 있다는 사실을 알고 있다. 적어도 찬물을 마실 때의 입술이 나쁜 의미는 아니었다.

"감사합니다! 열심히 하겠습니다!"

다카야는 고개를 푹 숙였다.

그날부로 급히 기획 마무리가 시작되었다.

가장 먼저 할 일은 자료 수집이었다. 각 스태프에게 역할이 주어졌다. 다카야에게도 단지에 관한 데이터 수집이라는 업무가 내려져 '단지'라는 키워드로 검색하면 나오는 방대한 데이터를 닥치는 대로 프린트해 나갔다. 이 작업만으로 첫날이 다 갔다.

둘째 날에는 드디어 핵심을 골라내는 작업에 착수했다. 무작위로 입력한 단어가 차례대로 문장이 되어 갔다. 아침 겸 점심으로 빵을 씹어 먹으면서 다카야는 그것을 되풀이해서 읽고 있었다.

"열심히 하네."

오카지마 씨의 목소리에 손가락이 흠칫하고 키보드에서 멀어졌다. 다카야는 다급히 "아, 네. 감사합니다." 하며 몸으로 모니터를 가렸다. 순식간에 입력한 탓인지 후반은 어설픈 논문처럼 되어 버렸다. 이런 상태를 보이는 건 창피한 일이 아닐 수 없었다.

"'단지족'이라는 말을 처음 사용한 게 〈주간 아사히〉 1958년 7월 20일 호군."

오카지마 씨가 자료 하나를 집어 들고 아련한 듯 눈을 가늘게 떴다.

다카야는 그녀의 얼굴을 올려다보았다. 마스크를 쓴 얼굴은 여전히 무표정이었지만 어느 정도 홍조 기가 있는 것처럼 보였다. 나는 어떨까. 그러고 보니 아침에 화장실에 다녀온 이후로 얼굴을 확인하지 않았다. 흐리멍덩하게 누그러든 뺨을 찰싹찰싹 때리자마자 산더미처럼 쌓여 있던 자료 일부가 무너져 내렸다. 다급히 줍다가 '공단 주택에 응모하려면 집세의 다섯 배 이상의 수입이 필요하다는 엄격한 조건이 생겼다—'라는 문장이 눈에 들어왔다.

　……와. 수입의 하한선이 설정돼 있었구나. 그건 그렇고 집세의 다섯 배 이상이라니.

　"당시 중산층 정도는 돼야 '공단'이 공급하는 단지를 가질 수 있는 자격이 있었겠네요. 그러니까, 서민이 동경하는 대상 말이에요. 수입이 조건에 부합해도 몇 십 배나 되는 경쟁률을 뛰어넘어야 했으니 그야말로 그림의 떡인 거네요." 하고 다카야가 말했다.

　"동경이라. 뭐, 분명 당시에는 그랬을지도 모르지." 하고 오카지마 씨가 여전히 무표정한 얼굴로 대꾸했다.

　"더구나 1967년에 발행된 〈일본 단지 연감〉에 따르면─." 철야를 해서 탁해진 머리에 활기를 불어넣듯이 다카야는 힘차게 이어 나갔다. "……공단 입주 세대주는 대기업에 근무하는 관리직, 전문·기술직 등의 화이트칼라층이 대다수를 차지했고 교육 수준도 비교적 높은 경향이 있어서 단지가 인텔리 계급의 거주지가 되었다……고 하네요."

　다카야는 말하면서 다시 사장의 얼굴을 보았다. 그녀는 쇼와 36년에 단지에 거주했다고 했었다. 그 말인즉슨 집이 상당히 잘살았다는 의미다.

　"당시 단지는 요즘 시대의 고급 아파트 같은 거네요? 먹는 곳과 자는 곳이 분리돼 있었단 건가요? 어라, 지금도 안 그런 집이 많은데 60년 전에 그랬다면 대단하긴 하네요. 전 여전히 한 공간에서 먹고 자고 하는걸요. 좁디좁은 원룸인데 겉에서 보면 근사하고 세련됐지만 실내는 정말 열악해요. 공간이 협소한 데다가 벽이 얇아서 위층에서 얘기하는 소리가 다 들려요. 주거 환경이 진화하는 건지 후퇴하는 건지 잘 모르겠어요."

"그래도 옛날보다는 편리해졌잖아. 물론 그런 감상에 젖어 있으면 실감이 잘 안 날지도 모르지만. 그건 그렇고 오후 1시부터 회의 시작이야. 준비 좀 부탁해."

회의는 사흘간 이어졌다.

그리고 나흘째 아침, 마침내 기획 개정안이 정리되었다.

다카야는 핏발이 선 눈으로 기획안을 재차 읽어 보았다. 계속된 철야 탓인지 몸이 후끈 달아올라 있었고, 머릿속은 이런저런 생각으로 종잡을 수 없었다. 책상 위에는 자료가 넘쳐 나서 끝이 보이지 않았다. 그야말로 다카야의 뇌 속 그 자체였다. 하지만 기획서에 쓰인 내용만큼은 논리정연하게 정리되어 있었다. 아직 초안이었지만 완성도가 상당했다.

"응. 괜찮을 것 같은데?"

그러나 고생해서 완성한 기획안은 이틀 뒤에 이루어진 프레젠테이션에서 무자비하게 난도질을 당했다.

　비판의 선두에 선 사람은 G방송국 피디 사카가미 여사였다.

　오늘도 민소매 차림이었다. 심지어 가슴 언저리까지 과도하게 벌어져 있었다.

　10월이 지나 가을도 깊어지는 마당에 이렇게 계절감이 없어서야. 그녀의 복장에 맞춘 건지 회의실 온도가 상당히 높게 설정되어 있었다. 바깥은 한겨울처럼 서늘한데 이 방만은 마치 남쪽 지역의 리조트 같았다.

　옆에 앉은 영업맨 요시모토 씨가 기획서 다발을 부채 삼아 필사적으로 부쳐 댔다.

　다카야도 참다못해 막 웃옷을 벗어 젖힌 차였다. 겨드랑이에 땀이 얼룩이 되어 번져 있었다.

　"기획안에서는 스튜디오에 단지 세트를 지어서 거기서 생활하게 돼 있더라고. 근데 그렇게 하면 현장감이 떨어지잖아."

　40대 후반의 사카가미 여사가 위팔을 출렁이면서 과장되게 팔을 치켜들었다.

　"기왕 하게 된 거 진짜 단지에서 해야지. 재건축하는 데 같이 빈 단지를 찾아서. 진행하기로 결정한 이상 리얼리티에 신경 써야 해. '리얼리티 쇼'니까."

"그렇죠." 민소매 여사의 옆에 앉은 방송국 기획 피디 마에카와가 무책임하게 맞장구를 쳤다.

검정색 마스크를 쓴 그 50대 아저씨는 민소매 여사에게 꼼짝 못했다. 맨 처음 프레젠테이션 때도 시종일관 민소매 여사에게 동조하는 말만 늘어놓았었다. 오늘도 민소매 여사의 의견을 보강이라도 하듯 냉큼 무책임한 말을 꺼냈다.

"진짜 단지를 이용하려면 출연하는 가족이 여러 팀인 게 좋지 않을까? 단순히 집을 재현하는 게 아니라 단지 자체를 재현하는 거지. 단지 커뮤니티 자체를."

이야기가 급속도로 다른 방향으로 흘러가기 시작했다.

"하지만 그렇게 하면 스케일이 너무 커질 테니 실제로 출연하는 가족은 두 가구 정도로 하고 나머지는 보조 출연을 쓰는 게 어때?" 민소매 여사가 눈을 빛내며 말했다.

"네. 괜찮네요. 그렇게 가죠."

검정색 마스크를 쓴 아저씨가 또다시 동조의 말을 던졌다. 이후부터는 두 사람이 번갈아 가며 독무대를 벌였다. 민소매가 무슨 말을 하면 검정색 마스크가 동조하는 식이었다.

"그다음은 설정이겠네. 전업주부인 아내가 내내 단지에 사는 건 그렇다 쳐도 남편이랑 애는 어떻게 하지? 일은? 학교는?"

"그러네. 그러네. 학교는? 일은 어쩌지?"

"채널4의 다큐멘터리에서는 과거의 생활을 24시간 내내 이어 나가는 건 아내뿐이고, 남편은 평소대로 일하러 나가고 애는 학교에 다녔어. 하지만 그렇게 하면 그 당시를 완전히 재현할 수 없잖아? 남편이랑 애는 하루의 태반을 평소와 다를 바 없이 현재로 보내는 거니까."

"그렇지. 그렇지."

"가능하면 남편과 아이도 그 당시 세상에서 24시간을 보내 줬으면 하는데. 내친 김에 타임 슬립을 했다는 설정으로 가고 싶기도 하고."

"오, 그것도 좋네. 타임 슬립."

"아, 역시 안 되겠어. 타임 슬립을 했다고 치면 기획 자체가 무의미해지잖아. 어디까지나 쇼와 36년 때 단지 생활을 현재 가족이 게임하듯 체험하게 해서 그 모습을 기록하는 게 이 기획의 취지니까."

"그래. 그래. 타임 슬립이면 안 되지."

"가족 중 몇몇은 현재 생활을 평소대로 이어 나가도 될 것 같아. 하루의 절반씩 현재와 쇼와 36년을 왔다 갔다 하면서 어떤 마음의 변화가 일어나는지, 또 24시간을 쇼와 36년 환경에서 보내야 하는 다른 가족과 어떤 불화가 생기는지, 가능하다면 이런 심리적 갈등도 보고 싶어."

"심리적 갈등은 꼭 필요하지."

"그렇다면 역시나 두 가족이 출연하는 걸로 준비하는 편이 낫겠어. 한쪽은 가족 모두가 24시간 단지 내에서 보내게 하고, 다른 한쪽은 일부는 현재 생활을 계속하면서 쇼와 36년 생활도 체험하는 식으로 하면 좋지 않으려나?"

"그래. 그래. 대비되는 두 가족이 있으면 좋지."

"차라리 연말 특별 방송 전에 내보내는 게 어떨까?"

"괜찮겠네! 동영상 송신 서비스와 연동해서. 우리하고 제휴하는 '미시시피 프리미엄'이랑."

"단지의 생활 모습을 아침 드라마처럼 매일 조금씩 내보내는 거야. 분위기가 고조됐다 싶을 때 지상파 특별 방송을 한번 때려 주고."

"그래. 좋다. 좋아."

"방영 기간은 두 달 정도로 하고. ……방송 개시는 내년 10월쯤으로 할까?"

"그래. 괜찮네!"

"촬영은 내년 여름부터 시작하지. 8월, 도쿄 올림픽이 끝날 무렵에."

"응. 그럼 되겠네. 그쯤이면 코로나도 수습되겠지."

"그럼 남은 건 촬영 장소인데. 괜찮은 단지를 찾는 게 관건이겠네."

"좋은 단지를 찾을 수 있으려나……."

"있겠지. 찾아 줄 거야! 그렇죠? 소카이샤 분들!"

도쿄역에서 도카이도 신칸센에 몸을 실은 지 1시간 반쯤 지났을 때 Q역에서 지방 노선으로 갈아타고 30분을 더 갔다. 다카야는 차창에 흐르는 지방 경치를 보며 몰래 한숨을 쉬었다.

11월 끝자락이 되었다.

그로부터 다섯 번이나 기획안을 수정해야 했고 마침내 가결정이 내려졌다. 말 그대로 아직 '결정'이 난 건 아니다. 영업맨 요시모토 씨는 "문학상으로 치면 마침내 최종 심사에 도달한 거지."라고 말했다.

오늘은 이른바 현장 답사를 하는 날이었다. 영업맨 요시모토 씨, 사장 오카지마 씨와 시즈오카현 Q시로 이동 중이다.

목적지는 S가오카 단지였다.

1961년…… 쇼와 36년 4월에 입주를 시작한 이 단지는 15년 계획으로 재건축이 한창이다. 재건축 공사는 구역별로 이루어지는 중이었고 대부분의 구역은 재건축이 완료되었다. 주민들도 평범하게 생활하고 있었다. 그리고 내년에 드디어 마지막 구역이 재건축 준비에 들어가는 모양이었다. 그 마지막 구역에는 아직 입주자가 있지만 내년 봄까지 모두 퇴거해서 내년 막바지에 철거 공사가 시작된다고 한다. 이 말인즉슨, 촬영이 예정된 내년 여름에서 가을 즈음에는 주민이 순차적으로 퇴거해 쇼와 36년 건설 당시의 모습 그대로 형태가 남아 있게 된다는 의미다. 절호의 기회다.

문제는 시즈오카현이라는 점이다. 프로그램명이 〈1961 도쿄 하우스〉인데…….

실은 지금까지 도내 다섯 단지에서 거절을 당했다. 논의가 척척 진행되다가도 '리얼리티 쇼'라는 이야기를 듣는 순간 난색을 표하는 일이 이어졌다. 리얼리티 쇼에 대한 대중의 이미지가 이 정도로 바닥을 치고 있는 줄은 몰랐다.

과연 이 기획이 제대로 굴러갈 수 있을까 침울해하던 차에 "괜찮은 곳을 찾았어." 하며 요시모토 씨가 제안한 장소가 바로 'S가오카 단지'였다. "이번엔 괜찮아. 강력한 연줄이 있거든. 아마 거절당하지 않을 거야."라며 요시모토 씨가 확신했다.

그런데 시즈오카잖아? 콘셉트상 '도쿄'여야 하는데……. 다카야에게 작은 불만이 일었다.

하지만 불만을 토로할 수 없었다. 어쨌든 다음 주에는 본방송이나 마찬가지인 카메라 리허설이 기다리고 있다. 그 영상을 방송국 측에 보여 주고, 그게 통과되면 방송국 스태프를 투입시켜 본격적으로 촬영을 할 예정이다.

"날씨가 흐려졌네."

가정용 비디오카메라를 조작하면서 요시모토 씨가 신경이 쓰이는 듯 차창을 힐끗거렸다. 현장 답사에서 갑자기 카메라맨 역할을 맡게 되어 여느 때와 달리 아주 예민해진 것 같았다.

"일기 예보에서는 비 안 온다고 했어요."

다카야가 말하며 가방을 끌어안았다. 다음 역을 알리는 방송이 나왔다. 목적지 역이었다.

옆에 앉은 오카지마 씨는 팔짱을 낀 채 시선을 떨어뜨리고 가만히 한 점을 응시하고 있었다. O역을 나섰을 때도 똑같은 모습이었다. 무슨 생각을 하는 걸까.

"저……." 하고 입을 뗀 순간 오카지마 씨가 흠칫하며 상체를 떨었다.

"아, 벌써 도착했어?"

오카지마 씨는 팔짱을 다급히 풀더니 발 언저리에 놓아두었던 숄더백을 집어 들었다.

뭐야, 자고 있던 거였어?

"이제 곧 도착해요. 다음이에요."

다카야의 입이 떨어지자마자 열차가 속도를 늦추기 시작했다. 승객들이 출입문 주변으로 급히 모여들었다.

다카야도 자리에서 천천히 일어났다.

"여긴가요?"

영업맨 요시모토 씨가 비디오카메라의 뷰파인더를 들여다보면서 정말이지 허무하다는 듯 말했다.

요시모토 씨는 기운이 쭉 빠져 보였다. S역은 상상 이상으로 쇠퇴한 상태였다. S가오카 단지의 준공에 맞추어 개통된 역인 모양인데, 이후 어떤 수리나 증축도 이루어지지 않은 듯했다. 그도 그럴 것이 기분이 우울해질 정도로 여기저기가 상해 있었다.……이런 걸 아날로그 감성이라고 부를 수도 있겠지만 말이다.

그나마 내리는 승객들이 적지 않아서 약간의 활기를 느낄 수 있었다.

"옛날에는 드라마의 무대가 될 정도로 최첨단 거리였는데."

개찰구를 나서자 오카지마 씨가 느닷없이 말이 많아졌다.

"공장이 있어서 거리가 아주 시끌벅적했었어. 그러다 거품 경제가 붕괴되면서 공장이 폐쇄됐어. 인구도 줄고 상점가도 폐허가 되고.……그래도 몇 년 전에 재개발 얘기가 나와서."

"재개발? 아, 그렇군요. 그래서 단지도 재건축하는 거군요." 요시모토 씨가 다시 뷰파인더를 들여다보면서 끼어들었다. "사장님, 되게 잘 아시네요. 역시 이 동네 출신답네요."

"네? 출신이요? 그럼 사장님이 살았다는 단지가……"
다카야가 말했다.

"응. 맞아. S가오카 단지는 사장님의 추억의 장소야." 요시모토 씨가 카메라 렌즈를 이쪽으로 돌렸다. "사장님 지인 몇 분이 아직 이 단지에 거주하셔서 일이 순조롭게 진행됐어."

그렇구나. 강력한 연줄이 바로 오카지마 사장이었구나. 다카야는 이제야 납득이 갔다. 그때 건너편으로 버스 한 대가 들어왔다.

"아, 저거 타자." 하고 오카지마 씨가 느닷없이 달렸다. 요시모토 씨가 그 뒤를 쫓았다.

다카야도 그들을 따라갔다.

"오랜만이에요!"

'S가오카 단지' 정류소에 도착하자 한 노인이 말을 걸어왔다.

아마 단지의 자치회장 무라마쓰 씨일 터였다. 오늘 안내자 역할을 해 주기로 했다.

"연락을 주셨으면 차로 데리러 갔을 텐데요." 무라마쓰 씨가 눈을 가늘게 뜨고 오카지마 씨에게 달려왔다.

"감사합니다. 개표구에서 나오는데 마침 버스가 오길래 탔어요."

오카지마 씨가 말했다.

"그랬나요? 운이 좋았네요. 이 시간에는 버스 운행 횟수가 확 줄어들거든요. ……그럼 가실까요?"

쳐다보니 차 한 대가 서 있었다.

"자, 타세요."

……어라? 차에?

"여기가 좀 넓어요. 도쿄 돔 열두 개를 합친 면적이랑 같아요."

도쿄 돔 열두 개?

"가시려고 하는 제11 구역이 끝자락에 있어요. 걸어가면 힘들어요. 여기서부터는 차로 안내할게요. 자, 어서 타세요."

서열로 따지자면 다카야는 조수석에 앉아야 했다. 그런데 조수석에는 이미 요시모토 씨가 앉아 있었다. 오카지마 씨 쪽을 쳐다보자 그녀가 얼른 타라는 듯 턱을 치켜올렸다. 다카야는 당황한 얼굴로 뒷좌석에 자리를 잡았다.

차가 조용히 미끄러져 갔다. 그와 동시에 무라마쓰 씨의 자기소개가 시작되었다.

……무라마쓰 씨가 이 단지에 입주한 것은 쇼와 49년으로, 이후 46년간 줄곧 여기서 살았단다.

"내가 여기 이사 왔을 당시에 이 단지는 지어진 지 이미

13년이나 됐었고 난 신참이나 마찬가지였죠. 근데 지금은 고참이에요. 장로라고 불릴 만큼."

웃으면서 흰머리를 쓸어 올리는 무라마쓰 씨는 올해 일흔여섯이었다.

"오랜 세월 동안 근무했던 가전제품 회사에서 16년 전에 퇴직하고, 지금은 온종일 자치회 일에 쫓기고 있어요. 어제도⋯⋯."

백미러에 비친 무라마쓰 씨의 얼굴이 다소 경직되어 보였다.

"어제도?" 조수석에 앉은 요시모토 씨가 카메라로 무라마쓰 씨를 비추었다.

"아뇨. 아무것도 아닙니다."

무라마쓰 씨가 말을 얼버무렸다. 그러나 요시모토 씨는 눈치 없이 질문을 이어 나갔다.

"아, 그리고 보니 인터넷에서 찾아봤는데 몇 년 전쯤에 이 단지에서 무슨 사건이 있었다면서요? 연쇄 살—"

뭐? 연쇄 살인?

하지만 요시모토 씨의 질문은 입에서 나오다가 도로 쑥 들어갔다. 오카지마 씨가 헛기침을 했기 때문이다.

그리고 나서 한동안 무라마쓰 씨와 오카지마 씨의 추억담이나 단지에 대한 수다가 이어졌고⋯⋯.

⋯⋯.

좌우지간 넓긴 넓구나……. 게다가 새것이나 마찬가지인 건물들이 줄줄이 늘어서 있었다. 흡사 미궁 같았다. 이곳에서 내팽개쳐지면 반드시 헤매게 될 테다. ……그보다 너무 졸리다.

꾸벅꾸벅 졸기 시작한 순간이었다.

"자, 여기입니다. 여기가 제11 구역입니다. 이 구역만 쇼와 36년 당시 그대로예요."

무라마쓰 씨의 우렁찬 목소리가 차 안에 울려 퍼졌다.

그리고 차가 천천히 멈추었다.

다카야 일행의 눈앞에 쇼와의 낡은 중층 집합 주택이 가지런하게 펼쳐졌다.

"괜찮은데요? 아니, 너무 좋아요! '단지' 그 자체네요. '쇼와' 그 자체예요!"

카메라를 돌리면서 요시모토 씨가 소리를 높였다.

다카야도 차에서 내리면서 "그러네요." 하며 고개를 끄덕였다.

싸늘하고 습한 공기가 다카야의 코끝을 스쳤다.

쇼와의 향기였다. 스모그와 구정물과 기름이 섞여서 나는 시큼한 냄새.

다카야의 머릿속에 자신이 태어나기 이전의 쇼와의 이미지가 펼쳐졌다.

```
┌─────────────────────────┐
│     ㄹ021년 3~5월        │
├─────────────────────────┤
│          모집           │
└─────────────────────────┘
```

[G방송국 개국 60주년 특별 방송 출연 가족 모집]

〈취지〉

쇼와 36년의 단지를 복원해 그 안에서 당시의 생활 양식에 따라 방 두 개에 다이닝 키친이 딸린 단지 생활을 3개월간 체험합니다.

살기 좋았던 쇼와 30년대. 희망과 꿈으로 가득 찬 그 시대로 타임 슬립해서 그때 생활을 체험해 보지 않겠습니까?

※ 신종 코로나 감염 방지에 만전을 기하고 있습니다. 안심하고 지원 바랍니다.

〈지원 자격〉

· 시즈오카현 또는 그 근처에 거주하는 가족.

· 2021년 7월 1일 시점으로 만 60세 미만의 남녀를 포함한 가족.

· 2021년 8월 초~11월 초까지의 촬영 기간 내내 촬영 현장(시즈오카현 내)에 상주할 수 있는 가족. 전반적인 촬영은 여름 방학 기간에 이루어질 예정으로 취학 중인 자녀가 있는 가족도 안심하고 지원할 수 있습니다.

· 아마추어로 한정합니다. 특정 프로덕션이나 상업적인 극단에 소속되어 있는 분이 한 명이라도 있는 가족은 지원할 수 없습니다.

〈지원 방법〉

해당 사이트에서 지원 서류를 프린트하고 필요한 사항을 기입한 다음, 가족사진, 가족 소개 동영상이 들어간 매체, 간단한 프로필과 함께 우편을 통해 〈1961 도쿄 하우스〉 오디션 사무국으로 보내 주세요.

〈지원 기한〉

2021년 3월 1일~말일까지 필시 도착 요망

〈전형 및 발표 방법〉

· 1차 : 서류 전형 후 5월 말까지 합격자에 한해 전화 또는 메일로 연락드립니다.

· 최종 : 6월 중순까지 G방송국에서 면접과 오디션 심

사를 합니다.

〈최종 합격〉

최종 오디션을 통해 가족A와 가족B 두 가구를 결정합니다. 각 합격자는 해당 사무국과 출연 계약을 맺은 후 7월 초까지 도쿄에서 오리엔테이션을 받고 8월 9일(월)부터 본격적인 촬영에 들어갑니다.

〈출연 보수〉

출연료는 500만 엔입니다. 또한 촬영 중에 발생하는 의식주 관련 비용, 교통비 등 경비 전액은 해당 사무국이 부담합니다.

ロ—ロ

"500만 엔?"

거실 책상에서 컴퓨터를 하던 첫째 딸이 느닷없이 소리를 높였다.

"500만 엔이래. 500만 엔!"

텔레비전을 보던 막내가 갑자기 소란을 피우는 언니를 향해 은근슬쩍 반응을 하기 시작했다.

둘은 싸우고 나서 조금 전까지 30분 가까이 말을 섞지 않았다.

늘 반복되는 패턴이었다. 언니 마유가 이런저런 잔소리

를 쏟아 내면 동생 미카가 잠자코 듣다가 느닷없이 폭발했다. 잠시 티격태격하다가 얼마 지나지 않아 언니는 컴퓨터로, 동생은 텔레비전으로 각자의 활동 무대를 찾고는 거리를 두었다. 그런 다음에는 서로를 의식적으로 무시했지만, 대부분의 경우 언니가 독특한 화제를 꺼내고 동생이 거기에 반응하면서 싸움이 끝났다.

초등학교 5학년과 3학년. 정말이지 한창 번잡스러울 때다.

"뭐가 500만 엔이라는 거야?"

미카가 소파를 기어올라 마유가 앉아 있는 책상 쪽으로 고개를 뻗었다.

"텔레비전에 나오면 500만 엔을 준대."

"헐, 거짓말."

"아니야. 이거 봐."

"어, 진짜네!"

미카도 컴퓨터 화면을 들여다보았다. 어느새 자매는 사이좋게 머리를 맞대고 있었다.

이러니저러니 해도 둘은 사이가 좋았다. 와카코는 입가에 미소를 띠며 쑥갓을 물에 헹구었다.

첫째가 아직 어릴 때 둘째가 생겨서 이대로 또 아이를 낳아도 되는지 고민이 되었지만 결과적으로는 둘째를 낳아서 다행이다 싶었다. 터울이 적은 자매는 역시 괜찮다.

와카코는 열 살 많은 오빠가 있는데, 나이 차가 많이 나니 남매지간으로 느껴지지 않는다. 서로가 늘 조심스럽고 서먹서먹해서 지금은 거의 왕래가 없었다.

와카코는 오빠의 얼굴을 떠올려 보았지만 윤곽조차 기억나지 않았다. 그저 오빠의 뒷모습만 떠오를 뿐이었다.

"엄마, 500만 엔이래!"

미카가 아일랜드 식탁으로 달려왔다.

"500만 엔?"

"응. 텔레비전에 나오면 500만 엔을 준대."

"아, 그거?" 그러고 보니 생협 모임에서도 화제였었다. "방송국에서 무슨 모집을 하는데 뽑히면 500만 엔이나 준대!" 하고 사토 씨가 말했었다.

"그런 데 뽑힐 리가 없잖아. 우리 집은 당첨 운 나쁜 거 잘 알면서."

와카코는 쑥갓을 채반에 얹고 힘을 주어 물기를 제거했다.

와카코나 남편이나 당첨 운이 없다. 연하장 복권에서 우표 시트조차 당첨되지 않는다(일본의 엽서 연하장에는 복권 번호가 있고 추첨으로 당첨자를 뽑는다. - 옮긴이). 몇 년 전까지 복권을 자주 샀지만 어느 날 문득 복권을 사는 일이 얼마나 비효율적인지 깨닫고 나서는 사지 않는다. 운에 의지하는 건 관두자. 결국은 착실하게 한 푼 두 푼 모으는 게 제일 빠른 길이다.

……남편 도시오와 그리 결심한 것은 5년 전, 재미 삼아 여성지에 붙어 있던 인생 설계표를 기입하고 있을 때였다.

부부는 '내 집 마련'을 위해 본격적으로 자금을 모으기로 했다. 굳이 따지자면 이전까지는 주먹구구식으로 가계를 꾸려 나갔다. 하지만 잡지에 나온 조언에 따라 원점으로 돌아가서 철저하게 점검해 보니 많은 돈이 새고 있음을 알게 되었다. 그 돈들을 죄다 저축으로 돌렸더니 1년에 70만 엔 가까이 모을 수 있었다.

이후로 '내 집 마련'을 가족의 목표이자 가훈으로 삼고 줄곧 절약에 힘써 왔다. 두 딸 또한 협조적이었다. 부지런히 불을 끄고 물 하나 허투루 틀지 않았다. 용돈도 계획적으로 썼고, 가끔 "마트에서 특별 할인을 한대." 하며 유용한 정보도 알려 주었다. 가족의 공용 저금통은 100엔과 500엔짜리 동전으로 가득했다. 딸들은 술을 마시고 귀가한 남편에게 "돈 아까워!"라며 핀잔을 주기도 했다.

딸들은 마치 게임을 하듯 저축 행위를 즐기는 것 같았다. 집 장만용 예금 통장을 요모조모 뜯어보고 싶어 하기도 했다. 지난달에는 "엄마, 이번 달에는 저축 많이 못했지? 우리 다음 달에는 더 힘내자."라고 작은딸이 말했었다. 그런 미카가 "500만 엔이래, 엄마!" 하고 다시 외쳤다.

"그러니까 일종의 현상금인 거잖아?"

"현상금이 아니야. 확실히 500만 엔을 준대!"

큰아이 마유까지 아일랜드 식탁으로 다가왔다.

"확실히? 설마." 와카코가 가볍게 대꾸했다.

"진짜라니까, 엄마. 텔레비전 출연료가 500만 엔이라고." 하며 마유가 발끈했다.

"근데 출연을 해야 주는 거잖아. 여러 심사를 거쳐야 출연할 수 있는 거 아냐? 그 부분이 너무 불확실하네."

"그래도 500만 엔이 있으면 예금이 800만 엔이 되잖아. 그럼 당장 아파트를 살 수도 있고."

마유는 얼마 전에 가져온 역 앞 아파트의 팸플릿을 들고 왔다.

최고 가격대 4천만 엔의 타워형 아파트. 집의 모든 에너지원이 전기이며 방범 시설부터 욕실, 화장실까지 최신 기술로 되어 있다. 언니인 마유가 먼저 팸플릿 첫 페이지의 모델 하우스를 보고 마음에 들었던 모양이다. 그 뒤부터 매일같이 둘이서 팸플릿을 보고 있다.

"엄마, 예금이 바로 800만 엔이 된다고!"

"800만 엔? 우리 목표는 천만 엔이잖아? 800만 엔으로도 집을 살 수 있지만 그럼 빚을 갚느라 정신없을걸."

자금이 부족해도, 혹은 자금이 없어도 내 집을 마련할 수 있는 방법을 알고는 있었다. 그러나 그건 위험하다고 모든 잡지에 쓰여 있었다. 물론 집을 살 때는 기분이 좋겠지만 이후에 빚을 갚느라 허덕이다가 결국에는 집을 팔게 될 수도 있단다. 그런 실패는 겪고 싶지 않았다. 무슨일이 있어도 이상적이라고 일컬어지는 매매가의 3분의 1이 되는 자금을 마련하고 싶었다.

"그래도 500만 엔이 있으면……."

마유가 평소답지 않게 고집을 부렸다. 와카코가 냉장고에서 우유를 꺼내며 달래듯 말했다.

"그게 뭔데? 한번 자세히 말해 봐."

"가족끼리 단지에서 사는 건데."

미카가 종이 한 장을 아일랜드 식탁에 내려놓았다.

"오늘은 스키야키(냄비에 소고기와 각종 채소 등을 넣고 간장으로 맛을 내는 일본 요리다. ‑옮긴이)였어?"

남편이 식탁 위의 냄비를 보고 힘없이 말했다. 냄비의 내용물은 거의 없다시피 했다.

"역 앞 마트에서 소고기를 저렴하게 팔더라고. 그래서 오랜만에 다 같이 스키야키나 먹을까 해서. ……당신이 오늘은 일찍 온다고 했으니까."

"그랬구나. ……미안."

"걱정 마. 당신 건 따로 남겨 놨어."

인쇄 회사에서 일하는 남편은 예전부터 야근이 잦았는데 신종 코로나 사태로 야근이 더 늘었다. 재택 근무니, 외출 자제니 하며 세상이 아무리 시끄러워도 그런 것과 인쇄 회사는 별 관계가 없는 모양이다.

"아, 피곤해."

최근 들어 남편은 이 말을 입에 달고 산다.

하지만 오늘 밤에는 그 말을 하기 전에 "이거 뭐야?" 하고 식탁 구석에 있는 종이부터 집어 들었다. 방송 출연 모집 안내였다. 남편의 표정이 단숨에 누그러들었다. 웃으면 생기는 주름이 오랜만에 남편의 얼굴에 새겨졌다.

"아, 그거? 아까까지 애들이 난리도 아니었어."

와카코는 전자레인지에서 접시를 꺼내고 나서 저녁때 있었던 소동에 대해 들려주었다. 아이들은 프로필을 구상하거나 스마트폰으로 서로를 촬영하면서 아주 본격적으로 덤벼들 기세였다. 좀처럼 흥분이 가라앉지 않는 두 딸을 방금 전에 겨우 재웠다. 옆방에서 자고 있는 아이들의 색색거리는 숨소리가 희미하게 들렸다.

"흠, 재밌어 보이는데?"

"당신까지 왜 그래."

"3개월 촬영에 협조하면 500만 엔이란 거잖아? 엄청나지 않아? 거의 내 연봉인데."

"당신까지 500만 엔에 넘어가는 거야? 그런 건 말이지. 분명 상상 이상으로 여러 가지를 시킬 거야. 더구나 그런 데 출연하면 괜히 주변 사람들한테 이런저런 소리만 들을걸?"

와카코는 말은 그렇게 해도 오랜만에 남편의 웃는 얼굴을 보니 내심 기뻤다. 남편이 분위기를 띄우는 모습을 보는 게 얼마 만인지 몰랐다. 자고로 이런 게 남편이지.

"그건 그런데, 500만 엔이잖아! 평소에는 절대로 못할 일도 체험할 수 있고."

남편의 수다가 좀처럼 멈추지 않았다. 이야기의 주제는 어느새 쇼와 30년대로 옮겨 가 있었다. 쇼와 48년생인 남편은 쇼와 30년대의 추억 따위 없을 테지만 텔레비전이나 영화에서 본 이미지를 총동원해서 가공의 추억담을 펼쳤다.

남편의 이야기를 듣다 보니 와카코도 왠지 마음이 동하는 것 같았다.

⊷—▫

5월 말 G방송국 조감독이라고 자기소개를 하는 사람에게서 전화 한 통을 받았다. 처음에 와카코는 보이스 피싱이나 텔레마케팅이라고 생각해서 퉁명스럽게 대꾸했다. 그러다 올해 3월 딸들이 강력하게 원해서 〈1961 도쿄 하우스〉라는 방송에 출연을 지원했던 사실이 떠올랐다.

"……1차 전형을 통과하셔서 연락드렸습니다. 최종으

로 선발—."

잇따라 들리는 말에 와카코는 뒤집힌 목소리로 "네. 네."라는 대답만 반복했다. 통화가 끝나고 삐삐 하는 소리가 들리는데 수화기를 든 채 계속 고개를 숙이고 있었다. 흠칫 제정신으로 돌아온 후에도 잠시 멍하니 있었다. 종이에는 '6월 13일 일요일, 오후 1시, G방송국 별관'이라는 메모가 정신없이 휘갈겨 쓰여 있었다.

그날 밤 남편이 돌아오기를 기다렸다가 와카코는 가족들을 식탁으로 불러 모았다. 딸들은 올봄에 초등학교 6학년과 4학년이 되었다.

허리를 꼿꼿이 세우고 앉은 와카코 앞에 남편과 두 아이가 마주 앉았다.

"엄마, 무슨 일 있어?"

첫째 딸 마유가 대표로 말문을 열었다.

"합격했어……. 아니, 엄밀히 말하면 아직 완전히 합격한 건 아니지만. 1차는 통과했으니 합격했다고 해도 아예 틀린 말은 아니네."

"무슨 소리야?"

둘째 미카가 하품을 했다. 밤 10시가 다 된 시간이었다.

"6월 13일 일요일에 G방송국에서 최종 심사가 있을 거래." 와카코의 목소리가 떨렸다.

남편과 딸들은 여전히 어리둥절한 얼굴이었다. 아직

상황을 받아들이지 못한 듯했다.

"뭐야, 그렇게 난리를 떨더니. 500만 엔 출연료, 그거 말이야."

500만 엔이라는 말이 나오자마자 딸들의 얼굴에서 잠 기운이 달아났다.

"합격한 거야?" 마유가 자리에서 벌떡 일어섰다.

"아직 정해진 건 아니야. 최종 심사가⋯⋯."

"합격했다!" 미카도 일어나 폴짝거렸다.

"500만 엔! 500만 엔!" 하며 난리를 치는 딸들과 대조적 으로 남편의 얼굴은 딱히 변화가 없었다. 오히려 곤혹스 러운 듯한 쓴웃음을 짓고 있었다. 신청할 때는 딸아이들 과 마찬가지로 그렇게 흥분했으면서.

"여보, 혹시 6월 13일 일요일에 일 있어?"

"응? 응⋯⋯."

"그럼 오디션을 포기하는 게 나으려나?"

"안 돼." 두 딸이 한목소리로 언성을 높였다.

"아빠, 일요일이잖아. 왜 출근하는 건데?"

"응. ⋯⋯뭐, 나 없이도 어떻게든 될 것 같긴 한데⋯⋯."

남편의 말은 왠지 애매모호했다.

"당신, 역시—."

"아냐. 괜찮아. 그날 확실히 쉬도록 할게."

6월 13일.

접수처에서 지시받은 대로 대기실로 들어가자 서른 명 정도 되는 사람들이 착석해 있었다. 와카코는 남편 도시오의 등을 살포시 밀며 빈자리를 가리켰다. 남편이 느린 걸음으로 앞장섰다.

"사람이 많네. ……바글바글해."

마유가 불안한 듯 옆에 있던 동생에게 소곤거렸다.

확실히 인원수는 많지만 가족 단위로 치면 아마 일곱 팀 정도일 테다. 도착 시간은 이미 지나 있었다. 나중에 들어올 가족이 있다고 해도 한 가족이나 두 가족일 것이다. 자신들을 포함해서……. 어쩌면 최종 후보 가족은 열

팀일지도 모른다.

열 가족 중 두 가족이면 5분의 1 확률이다. 그리 희박한 확률은 아니다. 의외로 좋은 결과가 나올 수도 있다.

언젠가 비공개로 둘러보았던 아파트의 모델 하우스가 떠올랐다. 그곳이라면 누구에게 보여 주어도 창피하지 않을 테다. 친구들을 불러도 체면이 설 만한 수준이다. 전 문대 시절 무리 중에서 내 집이 없는 사람은 와카코뿐이 다. 그래서 지금까지도 그 친구들을 집으로 초대하기를 꺼려 왔고, 결국 결혼 전에 그렇게 자주 보던 친구들과의 관계가 소원해지고 말았다. 어쩌면 와카코를 빼고 자기 들끼리 만나고 있을지도 모른다. 물론 악의가 있어서가 아니라 와카코에 대한 배려일 테다. 내 집이 없는 와카코 를 배려해서.

……아파트를 사면 제일 먼저 대학 친구들부터 부르자. 거실에는 이탈리아산 소파를 놓고, 커튼은 영국산 꽃무 늬로. 수납장은 앤티크한 걸로. 언젠가 잡지에서 본 15만 엔짜리라면 살 만하다. 500만 엔만 있으면.

여기까지 생각하다가 와카코는 얼굴을 붉혔다. 가족 중에서 제일 소극적이었던 데다 떡 줄 사람은 생각지도 않는데 김칫국부터 마시고 있는 자신이 우스웠다.

날씨가 무더웠다. 바깥은 장마철이라 흐리고 쌀쌀한데 이 대기실은 계절을 앞서가는 것 같았다.

무릎이 조금 욱신거렸다. 이놈의 무릎은 추울 때도 힘들고 더위에도 약하다. 무릎을 살살 문지르는데 두 가족이 동시에 들어왔다. 그 뒤를 안면 보호용 투명 마스크를 쓴 젊은 여자가 쫓듯이 따라 들어와 오늘의 일정을 간단히 설명했다.

"……면접은 가족별로 진행합니다. 이름이 불린 가족분들은 저쪽 방으로 들어가세요."

첫 번째 가족이 호명되고 15분 정도 지났을 무렵 해당 가족의 남편을 제외한 나머지 가족이 방에서 나왔다. 그후 또 한 사람씩 불려서 방으로 들어갔다.

이런 흐름으로 사람이 몇 번이나 방에 들어갔다 나오기를 반복해 1시간 반 정도가 지났다.

딸들은 긴장감이 누그러들었는지 야마노테 선 게임을 시작했다. 주제는 숫자가 붙은 지명이었다. 게임이 잠시 기분 좋게 이어지다가 마유가 "롯폰기(六本木)."라고 하자 미카가 "시치폰기(七本木)."라고 했다.

"시치폰기? 그런 지명은 들어 본 적 없어. 그러니까 네가 진 거야." 그런 판단을 내린 언니를 향해 "찾아보면 어딘가에 있을지도 모르잖아. 절대 없다고 확실히 말할 수 있어?" 하며 동생도 지지 않고 대들었다.

"없어. 없다고. 절대 없어!" 하며 마유가 폭발하자 "그냥 게임인데 뭐 그렇게까지 화를 내." 하며 미카가 실실 쪼개기 시작했다.

이런 사사로운 일에서 둘의 성격이 확실히 나누어진다. 마유는 융통성이 없고 성질이 급하고, 미카는 잘 까불고 뺀질뺀질하다.

"이제 게임은 끝이야."라는 마유의 일방적인 포기로 야마노테 선 게임을 끝낸 딸들은 각자 마음에 드는 만화책을 꺼내 읽기 시작했다. 마유는 전형적인 소녀 만화, 미카는 소년 만화 취향을 가졌다.

2시간이 경과했을 때 마침내 이름이 불렸다.

면접실 문을 열자 습한 열기가 몸에 엉겨 붙었다. 실내 온도가 대기실보다 더 높았다. 무릎이 푹 꺼졌다. 등으로 땀이 한 줄기 흘러내렸다.

"자, 앉으세요."

민소매 여성이 말했다. 긴 테이블 두 개가 마주 보는 형태로 나란히 놓여 있었고, 한쪽 테이블에는 똑같은 안면 보호용 투명 마스크를 쓴 다섯 명의 면접관이 앉아 있었다. 도시오가 "잘 부탁드립니다."라고 말하며 고개를 숙였다. 남편을 따라 와카코와 두 딸도 "잘 부탁드립니다." 하며 고개 숙여 인사했다.

"지원해 주셔서 감사합니다."

테이블 오른쪽 끝에 앉은, 제일 젊어 보이는 남자가 말문을 열었다.

"지금부터 간단하게 이 기획에 대해 설명드리겠습니다. 이후에 질의응답 시간을 드릴 테니 궁금한 점이 있으시면 뭐든지 말씀해 주세요. 그럼 시작합니다."

남자의 신호로 각 자리에 설치된 소형 모니터에 영상이 표시되었다.

가장 먼저 흘러나온 장면은 단지의 부감도였다. 그곳에서부터 어느 집으로 줌 인을 하자 화면이 바뀌어 방 내부가 나왔다. 아무래도 촬영 장소 지도인 모양이다. 그러고 나서 쇼와 30년대 당시의 생활 모습이 광고처럼 연달아 소개되었다. 그 장면은 5분 정도였고 이어서 기획 콘셉트와 계약에 대한 설명이 여자 아나운서의 담담한 목소리로 전달되었다.

"그러니까, 3개월간 단지 내에서만 생활하는 건가요? 생활용품이나 먹을거리는요?"

질의응답 시간이 되자마자 남편이 질문을 던졌다.

"네. 단지 내에서만 생활합니다. 단지 내 마트에 당시의 상점을 재현시켜 놨으니 생활용품이나 식재료는 그곳에서 구매하시면 됩니다."

중앙에 앉은 민소매 차림의 여자가 대답했다. 네크라인이 활짝 벌어져 있고 목에는 여러 줄의 체인 목걸이가 둘러져 있었다.

"혹시나 아프면요? ……예를 들어 코로나19 같은 거요."

"감염 대책을 철저하게 시행할 겁니다. 스태프 및 출연자는 매일 PCR 검사를 받아서 음성인지 확인합니다. 음성 판정을 받은 출연자는 마스크를 착용하지 않고 촬영에 임하지만, 스태프는 음성이더라도 마스크 착용이 의무입니다. 또한 의료팀도 상시 대기하고 있어서 만에 하나 일이 생기면 신속하게 대응할 겁니다."

상시? "그 말은." 와카코는 손수건을 꼭 움켜쥐었다. "스태프가 평상시에 저희 생활을 감시한다는 건가요?"

"감시랑은 의미가 좀 다릅니다." 민소매 여자가 살짝 인상을 썼다.

"아, 죄송합니다. 표현에 실수가 있었네요." 와카코가 대답을 얼버무렸다.

"물론 방에는 고정 카메라를 여러 대 설치할 겁니다. 프로그램 촬영이 목적이니까요."

면접관 측에서 웃음이 일었다. 와카코의 몸이 경직되었다. 땀이 멈출 줄을 모르고 흘렀다. 민소매 여자는 시원시원하게 설명을 이어 나갔다.

"고정 카메라는 여러분도 확인할 수 있는 위치에 설치합니다. 몰카가 아니니 그 점은 안심하세요. 방범 카메라 같은 걸 떠올리시면 됩니다. 당연히 화장실, 욕실같이 사생활과 관련된 장소에는 카메라를 설치하지 않습니다.

모두의 판단을 통해 카메라를 차단하는 일도 가능합니다. 그러니 감시와는 다르다는 사실을 이해해 주세요."

"아, 네. 정말 죄송합니다."

별 뜻 없이 '감시'라는 단어를 썼건만 그 한마디에 꼬치꼬치 비난받는 듯한 느낌이 들어서 와카코는 위축이 되었다. 그러나 남편은 아랑곳하지 않고 다음 질문을 했다.

"제 일은 어떻게 되나요? 애들 학교는요?"

"남편분과 자녀분들은 예외적으로 평범하게 출근하시고 통학하셔도 됩니다. 직장이나 학교까지는 방송국 차로 데려다 드립니다. 다만 단지 내에 들어올 때는 당시 시대 고증을 따른 옷으로 갈아입으셔야 합니다. 소지품도 현재의 것은 모두 저희가 맡아 드릴 겁니다."

"즉, 단지 내에서는 당시의 것만으로 생활해야 한다는 거네요."

"네. 그렇습니다."

그로부터 15분 정도 질의응답이 이어졌다. 그럼에도 부족하다는 듯 다음 질문을 이어 가려는 남편을 첫째가 팔꿈치로 가볍게 쿡 찔렀다. 첫째의 앞머리도 땀으로 젖어 있었다. 더 이상 참을 수 없었던 것이다. 남편은 내밀고 있던 몸을 원래대로 되돌렸다.

"질문 다 하셨나요?" 민소매 여자가 사무적으로 물었다.

"네." 남편이 작게 답했다.

"그럼 지금부터 개인 상담에 들어가겠습니다."

"개인 상담이요?" 이번에는 와카코가 몸을 내밀었다.

"형식적인 겁니다. 이 기획에 출연하시는 데 있어서 의지를 확인하려는 겁니다. 한 사람이라도 소극적인 분이 있다면 그 시점에서 사퇴를 권합니다. 그럼 남편분 말고 다른 분들은 일단 밖으로 나가 주시겠습니까? 나중에 이름을 부를 테니 호명된 분은 다시 들어오시면 됩니다."

와카코와 두 딸은 남편을 남겨 두고 바깥으로 나왔다.

대기실에는 이제 한 가족밖에 남지 않았다. 날티가 줄줄 흐르는 부부에 서너 살 정도 되어 보이는 남자아이와 유모차에 누인 젖먹이. 부부는 각자 스마트폰에 열중하고 있었고 남자아이는 졸고 있었다. 유모차의 아이만이 더위에서 달아나려는 듯 온몸을 버둥거리고 있었다.

얼마 지나지 않아 남편이 나왔다. 다음으로 이름이 불린 와카코가 다시 방으로 들어갔다.

개인 면담 때는 대수롭지 않은 질문을 몇 개 받았다. 장점, 단점, 특기, 취미, 좋아하는 음식과 싫어하는 음식. 마지막으로 "이 기획에 참가하는 데 진심으로 찬성합니까?"라는 질문을 받았다. 와카코는 다른 가족이 어떻게 대답했는지 궁금했지만 여기서 자신이 소극적인 태도를 취한 게 원인이 되어 떨어지면 무슨 말을 들을지 몰라, "네. 쇼와 30년대의 생활에 무척이나 흥미가 있습니다.

꼭 체험하고 싶습니다." 하고 땀을 훔치면서 다소 긴장한 채 답했다.

"실례지만 다리를 끄는 것처럼 보이는데 몸이 불편하신가요?"라는 질문에 와카코는 "아!" 하고 왼손으로 무릎을 눌렀다.

"아, 오래된 부상입니다. 지금은 아무렇지도 않습니다."

설마 이게 마이너스 요소가 될까. 이번에는 와카코의 등에 다른 의미의 땀이 흘렀다.

⊶

"그럼 가족A에 나카하라 씨, 가족B에 고이케 씨. 이렇게 결정하는 데 찬성하십니까?"

검은 마스크를 낀 기획 피디 마에카와가 화이트보드에 붙인 가족사진에 동그라미를 쳤다. 화이트보드에는 사진 말고 각 개인의 성격이나 습관 등에 관한 내용이 자세히 붙어 있었다. 모두 최종 심사 때 수집한 데이터에서 알아낸 것이다. 실제 면접은 물론 대기실에서의 모습까지 고정 카메라로 기록한 사실을 하청 스태프인 후카다 다카야는 오늘에서야 알게 되었다.

이제 〈1961 도쿄 하우스〉는 완전히 제멋대로 흘러가고 있었고 다카야의 의도와 전혀 다른 프로젝트가 되었다.

원래대로라면 다카야가 '구성 작가' 자리에 앉아야 했겠지만, 그 자리에 앉은 사람은 방송국에서 데려온 신예 구성 작가였다. 대기업 제작 프로덕션도 프로그램에 참여하면서 다카야를 포함한 소카이샤의 스태프는 말석으로 밀려났다.

"나카하라네와 고이케네. 이대로 좋다고 봐." 사카가미 여사가 위팔을 흔들며 말했다. "두 가족 다 기획에 출연할 의지가 강했고 무엇보다 동기가 인상적이었어."

그녀는 다섯 개비째 담배를 재떨이에서 집어 들더니 여배우처럼 우아하게 손가락에 끼웠다. 그러고는 얼굴을 권태롭게 찡그리면서 담배를 입에 물었다. 손목에 감긴 팔찌가 짤랑짤랑 소리를 냈다. 보라색 연기가 '금연'이라고 쓰인 벽의 플레이트 앞을 천천히 흘러갔다.

현재로서는 사카가미 여사가 이 프로젝트의 중심인물이다. 그녀가 말을 이어 갔다.

"게다가 대조적인 가족이라서 더 좋지 않을까? 재밌는 피사체들이 될 것 같아."

"그래도…… 좀 신경이 쓰이네요."

소카이샤 사장 오카지마 씨가 온화한 어조로 끼어들었다. 다카야는 그 모습을 조마조마하게 지켜보았다. 사카가미 여사와 오카지마 사장은 지금까지 몇 차례 언쟁을 벌였다.

"뭐가?" 시선을 맞추지 않고 사카가미 여사가 담배를 가볍게 털었다. 재가 바닥에 천천히 떨어졌다.

"정신적으로요."

"정신적으로?" 사카가미 여사가 다시 담배를 입에 물었다. 팔찌가 격렬하게 흔들렸다. "그래서 심리학자랑 정신 건강 의학 전문가를 스태프로 넣었잖아."

"짐바르도 감옥 실험에 대해 들어 보셨어요?"

"아, 스탠퍼드 대학에서 했던? 그래서?"

"아니, 그 비유를 드는 건 반칙이잖아요?" 검은 마스크를 쓴 기획 피디가 갑자기 끼어들었다. "이 기획이랑은 전혀 관계없다고요."

"과연 그럴까요? 제가 신경 쓰이는 건 캐릭터를 부여하는 부분이에요. 선택받은 가족 한 사람 한 사람한테 역할을 지시할 예정이죠? 그건 좀 너무하다고 생각하는데요? 제가 생각하는 건—"

"이제 와서 무슨 소리야? 아니, 역할이라니. 그렇게 거창한 게 아니잖아. 간수랑 범인이 되라고 지시하는 것도 아니고. 그냥 소소하게 성격을 부여하는 건데. 더구나 전문가들이 지켜보는 가운데 진행하는 거고."

"성격을 부여한다는 부분이 신경 쓰인다고요. 원래 콘셉트대로 피험자들이 자신의 인격을 유지한 채 쇼와 30년대의 생활을 체험하는 게 아니라면요."

"그래서 그런 점을 지금까지 몇 번이나 의논해 왔잖아." 사카가미 여사가 담배를 재떨이에 비벼 껐다. 얼굴은 웃고 있었지만 새빨간 입술이 눈에 띄게 떨리고 있었다. "원래 상태로는 획일적이라서 재미없어. 아마추어들이잖아. 아무 특기도 특징도 없는 아마추어. 그래서야 시청률이 나올 것 같아? 캐릭터를 만들어야지. 하다못해 다큐멘터리도 캐릭터가 성립되지 않으면 시청자가 눈길을 안 주는 마당에."

"하지만 아마추어가 한다는 데 이번 기획의 의미가 있는 건데요."

"아마추어니까 더욱더 캐릭터를 만들어 줘야지. 시청자의 시선을 끌어내려면 어느 정도 '연출'이 필요하다는 걸 당신도 프로니까 잘 알잖아?"

"백번 양보해서 캐릭터를 부과하는 것까진 그렇다 쳐요. 하지만 각자의 역할을 다른 사람한테 알리지 않고 연기를 시키는 건 좀 그래요. 출연자가 혼란스러워할 거예요."

"이 아줌마가 무슨 소릴 하는 거야?" 사카가미 여사는 옆에 앉아 있던 검은 마스크의 기획 피디에게 어깨를 으쓱했다. "다른 사람이 무슨 역할을 연기하는지 모르니까 재밌는 전개를 기대할 수 있는 건데. 안 그런가?"

"네. 그럼요. 맞습니다." 검은 마스크의 기획 피디는 흥분한 사카가미 여사를 달래듯 팔자 눈썹을 더욱 누그러뜨렸다. 그러면서도 하청 회사 사장의 체면 또한 세워 주어야 한다고 생각했는지 오카지마 씨 쪽으로 몸을 틀며 말했다. "무슨 일이 벌어지면 그때마다 잘 대처하면 되지 않을까요? 어쨌거나 시간이 없으니 나카하라네와 고이케네로 결정하는 건 괜찮으시죠?"

G방송국 근처의 파스타 전문점.

후카다 다카야는 말없이 포크로 파스타를 돌돌 감았다.

눈앞에 앉은 사람은 영업맨 요시모토 씨였다.

오카지마 씨는 갈 데가 있다며 G방송국 앞에서 택시를 타고 가 버렸다.

"짐…… 짐바르……."

다카야는 횡설수설하며 말을 꺼냈다.

"짐바르도 감옥 실험?"

요시모토 씨가 말했다.

"네. 그거요. 그게 뭐예요?"

"차차 알게 될 거야. 분명 앞으로도 몇 번은 더 언급될 테니."

"네?"

갈수록 궁금증만 더해졌다.

요시모토 씨는 히죽히죽 웃기만 할 뿐 이 이상은 절대 알려 주지 않겠다는 듯 파스타를 입속에 욱여넣었다. 입 밖으로 비집고 나온 파스타 몇 가닥이 대롱대롱 흔들거렸다. 요시모토 씨는 청소기 못지않은 흡입력으로 미처 입으로 들어가지 못한 파스타를 단숨에 빨아들였다.

하는 수 없다. 화제를 바꿀까. 타바스코 소스를 뿌리면서 다카야는 다음 질문을 던졌다.

"……그것보다 고이케네는 그렇다 쳐도 나카하라네는 몇 가지 문제가 있는 것 같지 않았어요?"

"응?"

"그러니까, 나카하라네 말이에요. ……그야." 다카야는 중얼거리며 말을 얼버무렸다. "뭔가 좀 위험해 보이지 않았어요? 괜찮을까요?"

"……글쎄, 어떠려나." 요시모토 씨가 계속 히죽거렸다.

"어차피 나카하라네를 추천한 건 사카가미 씨겠지만요. 그 민소매 아줌마는 정말이지……."

"아니야. 나카하라네를 최종까지 남긴 건 오카지마 씨라고 봐."

"오카지마 씨요? 그래요?"

의외였다. 다카야가 몸을 앞으로 내밀었다.

"사장의 심사 메모를 보니 나카하라네에 이중 동그라미가 쳐져 있었어."

"헉, 그래요? 오카지마 씨라면 사정이 있음직한 가족은 제일 먼저 제외시킬 줄 알았어요."

"뭔 소리야. 사정이 있어 보이니 남긴 거지."

요시모토 씨는 토마토소스가 묻은 입술을 날름 핥았다.

"어떤 의미에서 오카지마 씨는 민소매 여사보다 더 프로야. 시청자가 뭘 원하는지 제대로 알고 있거든. 잘 알고 있으면서 굳이 안 그런 척했던 거지. 그래도 이번에는 그런 마인드를 떨쳐 낸 것 같아."

"무슨 뜻이에요?"

"뭐, 그건 그렇다 치고. ……참고로 나카하라네가 위험해 보이는 건 겉으로만 그런 게 아냐. 실제로도 상당히 위험해."

"네?"

"나카하라네에 불륜 문제가 있어."

"불륜이요?" 다카야는 종이 냅킨으로 입술을 닦았다. "그런 건 어떻게 알았어요?"

"우리 회사는 원래 리서치 회사잖아." 요시모토 씨는 무슨 그런 새삼스러운 소리를 하느냐는 얼굴로 파스타를 후루룩 빨아들였다. "지원한 고객은 소중한 봉, 아니, 데

이터니까. 나카하라네에 관해서 하나부터 열까지 전부 다 조사했지. 그 가족, 상태가 진짜 안 좋아."

"휴……."

"불륜뿐만이 아니야. 그 집 부인 말이야. 갸루족(영어girl 에서 유래된 말로, 진한 눈 화장에 태닝을 하고 헤어스타일과 패션이 화려해 일명 노는 여자라는 이미지가 강하다. - 옮긴이)이었대. 젊 었을 때 상당히 불량했다나 봐. 거기다 이혼녀. 첫째는 전 남편 애고, 둘째는 현 남편 애라는데. ……현 남편 애가 아 닐 수 있다는 말도 있어. 그거 때문에 허구한 날 싸우는 모 양이야. 심지어 남편한테 전과가 있다는 소문까지 돌아."

"와……. 그런 상태로 여기 지원을 한 거예요?"

"그런 상태니까 여기 지원한 거지. 이걸 계기로 관계를 회복하고 싶다든가, 삶을 재건하고 싶다든가 하는 마음 아닐까? 물론 500만 엔이 제일 큰 동기겠지만."

요시모토 씨는 남은 파스타와 소스를 잘 섞어 포크에 돌돌 감았다.

"500만 엔. 거금이긴 한데 달려드는 사람이 이렇게 많 을 줄이야. 난 싫어. 내 사생활이랑 캐릭터를 팔아서 그 돈 을 받고 싶진 않아."

농담처럼 말하던 요시모토 씨가 잠시 포크질을 멈추더 니 어딘가로 시선을 보냈다. 그 모습이 뭔가 의미심장했다.

"그래도 전 지원할 것 같아요. 500만 엔은 너무나 매력적인 액수라고요."

다카야가 장난스럽게 대꾸했다.

◻─◻

출연 결정 통보를 받고 일주일 후 와카코 일가는 다시 G방송국으로 호출되어 '오리엔테이션'이라는 명목 아래 오전 시간 동안 세 편의 영상을 시청했다. 영상은 당시의 풍속이나 생활 습관 등에 대한 내용이었다. 특히 마지막 영상은 그 시대의 단지에 대한 해설이 담겨 있었다.

영상 속 유창한 내레이션이 이어졌다.

"먹는 곳과 자는 곳을 나눈, 이른바 유럽과 미국 스타일을 콘셉트로 한 단지의 큰 특징은 다이닝 키친일 것입니다. 지금은 당연하게 사용되는 DK라는 표시는 이 무렵에 생긴 신조어입니다. 싱크대와 별개로 세면대를 설치해 그때까지 부엌에서 이루어지던 세면 공간을 나눈 것 또한 한 특징으로 들 수 있습니다."

"……부엌에서 세수하는 거 너무 이상한데" 큰딸 마유가 와카코의 옆구리를 찌르며 동의를 구했다. 와카코는 입술을 오므려 "쉿!" 하는 소리를 내뱉으며 가볍게 고개를 저었다.

"당시 단지에 입주하려면 엄격한 수입 조건을 만족시

켜야 했습니다. 그 결과 대부분의 세대주들은 비교적 젊고 소득 수준이 높은, 일류 대기업이나 관공서에서 근무하는 화이트칼라였습니다."

이 대목을 들은 둘째 미카가 "우리 집이랑 완전 딴판이네." 하고 아빠의 어깨를 톡톡 두드렸다. 남편은 아무 반응도 보이지 않았고, 그런 아빠의 모습에 흥미가 떨어진 미카는 심기가 불편한 듯했다.

어쩌면 영상이 길었던 게 원인인지도 몰랐다. 최종 심사 때 보았던 것과 중복되는 부분도 있어서 질렸을 테다. 첫째는 장면마다 불평하며 태클을 걸었고, 둘째는 산만하게 주위를 두리번거리거나 간간이 졸기도 했다. 조마조마해하는 와카코와 달리 남편은 팔짱을 낀 채로 화면만 빤히 들여다보고 있었다.

영상이 끝나고 난 다음 한 사람씩 다른 방으로 불려 갔다.

제일 먼저 남편이 불려 갔다가 15분쯤 지나 돌아왔고, 그다음으로 첫째, 그다음에는 둘째가 불려 갔다.

돌아온 남편과 딸들의 표정에서 이렇다 할 변화를 찾아볼 수 없었다. "무슨 얘기했어?" 하고 딸들에게 물어보자 "별말 아니었어."라는 대답만 돌아왔다.

딸들은 G방송국 로고가 박힌 종이봉투를 손에 들고 있었다. "그건 뭐야?" 하고 물어보았지만 "그냥 자료래."라는 쌀쌀맞은 대답만 돌아왔다.

마지막으로 와카코의 차례가 되었다.

방에 들어서니 최종 심사 때 보았던 민소매 여자, 검은 마스크 남자, 아주 짧은 쇼트커트를 한 초로의 여자, 눈이 부리부리한 초면의 남자가 있었다.

"이번 기획에서는 부인인 와카코 씨의 부담이 제일 클지도 모릅니다. 하루 종일 집에 있어야 하고 살림도 해야 하니까요."

민소매 여자가 다소 험악한 얼굴로 말했다. 최종 심사 때 '연출자'라며 소개를 받은 여자로, 이번 기획의 핵심 인물이라고 했다. 여자가 말을 이어 나갔다.

"전쟁 전에 비하면 당시 가사 노동이 어느 정도 편해진 건 사실이지만 그래도 지금의 편리함에는 비할 바가 못 됩니다. 집안일로 스트레스를 받거나 정신적으로 고통받는다면 참지 마시고 바로 상담해 주세요. 단지 내 집회장에 스태프가 상주할 예정이니 언제든지 찾아오시면 됩니다. 또 모르는 게 있으면 그때그때 상담해 주시고요."

"네."

긴장한 기색이 역력한 와카코가 대답했다. 대수롭지 않게 여겨 이 자리까지 오긴 했는데 생각보다 큰일인 듯 싶었다. 서서히 막중한 책임감이 엄습하기 시작했다.

"그럼 간단하게 단지 내 규칙을 알려 드리겠습니다."

그녀는 두꺼운 파일을 건네받았다. 그러고 나서 규칙

에 대한 설명을 들었다.

파일에는 가스 사용법, 쓰레기 버리는 법, 화장실 사용법 등 단지의 생활 매뉴얼, 단지 지도 따위가 정리되어 있었다.

"생활용품이나 식량은 단지 내 마트에 준비해 뒀으니 거기서 구입하세요. 생활비는 저희 쪽에서 마련해 드릴 겁니다."

"아……."

"생활비는 2만8천 엔입니다."

"아……." 생활비로 2만8천 엔을 지급해 준다는 뜻인가? 생각보다 적네. 충분할까?

"남편분의 나이와 경력, 그 당시 화이트칼라의 평균 월급을 고려해서 산출한 생활비가 2만8천 엔입니다."

"네? 월급이요?"

"네. 이 돈으로 한 달 동안 살림을 꾸려 주세요. 기본적으로 설정된 금액 이상은 드리지 않을 방침입니다. 당시의 화폐 가치로 생활할 수 있도록 단지 내에서 그때의 물가를 똑같이 재현할 겁니다. 물론 직장을 다니는 남편분은 단지 밖에서 현재 화폐로 생활하시고요. 그 비용은 별도로 저희가 부담할 생각입니다."

"그러니까, 남편이 통근하는 데 드는 비용 말고는 2만8천 엔으로 생활하라는 말씀이시네요."

"그렇습니다. 월세, 전기세, 난방비도 2만8천 엔에서 내시면 됩니다."

"알겠습니다." 살림을 꾸려 나가는 건 잘할 수 있다. 와카코는 자신만만했다.

"그럼 10쪽을 봐 주세요."

민소매 피디의 지시에 따라 파일의 10쪽을 펼쳤다. 여기부터는 당시의 풍속에 관한 정보가 그림과 함께 자세히 설명되어 있었다.

"단지에서는 그 시대의 헤어스타일과 복장으로 생활해야 합니다. 옷이나 속옷은 저희가 어느 정도 마련해 드릴 테니 나중에 사이즈를 알려 주세요. 혹시 새 옷이나 수선이 필요하다면 알아서 해결해 주셔야 합니다. 그럼 다음 페이지……."

다음 페이지에는 조리 도구, 식사에 대한 설명이 있었다. 이 부분은 열 쪽 정도 되었다.

"식단은 자율에 맡기겠지만 되도록 당시의 일반적인 메뉴로 식사를 차려 주셨으면 좋겠습니다. 당시의 요리 프로그램이나 잡지에서 소개된 메뉴와 레시피를 마련해 뒀으니 참고해 주세요. 그럼 다음으로 25쪽……."

해당 페이지를 펼치자 미터법 환산표가 나왔다.

"쇼와 36년은 계량법이 갓 시행된 시기라 미터법이 철저하지 않았습니다. 따라서 옛날의 척관법 단위가 종종 나올 수 있으니 그럴 때 활용하시면 됩니다. 그리고—."

이후로도 당시의 생활 양식이나 규칙에 대한 세세한 설명이 이어졌다. 파일 내용물은 분량이 상당했다. 아무리 그래도 60년 차이인데 이렇게까지 다른가 싶어 목덜미에서 땀이 삐질삐질 났다.

"파일의 나머지 부분은 실제로 생활을 하다가 모르는 게 생길 때마다 펼쳐 보시면 될 거예요. 웬만한 건 파일에 다 있습니다. 물론 스태프에게 직접 상담을 요청해도 상관없지만 되도록이면 자체적으로 해결하시는 방향으로 협조 바랍니다."

파일의 3분의 1 정도가 넘어갔을 때 민소매 여자가 말했다.

"이 방송에서 사모님의 역할이 큽니다. 때문에 저희도 기대 많이 하고 있고요. 아무쪼록 잘 부탁드립니다."

"……네."

"아, 그리고 방송에서는 야마다라는 성을 쓰시게 될 겁니다."

"네? ……야마다요?"

"개인 정보 보호 차원에서요. 본명을 쓰면 번거로운 일이 생길 수도 있고."

"그렇군요. 그래서 가명을……."

"네. 되도록 그런 일이 발생하지 않도록 저희도 세심한 주의를 기울이겠습니다."

"네……."

가명을 쓴다 한들 얼굴을 드러내는 이상 신상은 바로
들키는 거 아닌가? 약간의 불안함을 안은 채 두꺼운 파
일을 들고 방에서 나오자 남편과 두 딸이 말없이 맞이해
주었다.

"왠지 내가 제일 무거운 짐을 짊어진 것 같아. 난 몰라."

와카코는 과장되게 어깨를 으쓱했다. 그러고는 방송국
파일을 로고가 박힌 종이봉투에 넣었다.

묵직했다.

어쩌면 민소매 피디가 한 마지막 말 때문에 이런 소리
가 입 밖으로 나온 건지도 몰랐다.

"와카코 씨의 '현모양처'다운 모습을 기대하겠습니다.
늘 밝고 듬직하게 중심이 돼서 석 달간 가족을 이끌어 주
세요."

무슨 암시 같았다. 밝고 듬직하게 가족을 이끌어 달라
니. 그건 내 성격과 맞지 않다. 굳이 따지자면 나는 소극적
인 타입이다. 뭔가를 결정할 때도 우물쭈물하며 좀처럼
마음을 정하지 못하고 다른 사람의 동의를 구하지 않으
면 불안해진다. 더구나 밝게? 밝은 건 남편 쪽이다.

……이런저런 생각을 하는 사이 주문한 도시락을 받았
다. 밥을 다 먹고 나서 T시에 있는 박물관에 간다고 한다.

그곳은 주택과 삶에 연관된 국내 최대 전시장으로, 메이지 시대부터 현재까지의 생활 모습이 재현되어 있단다. 쇼와 30년대의 단지도 있어서 이른바 본방송 전 마음의 준비 차원이라고 생각하란다.

"아, 그러고 보니 한 가족이 더 있었지?"

도시락 뚜껑을 열다가 총 두 집이 나온다는 사실이 문득 떠올랐다. 하지만 다른 가족은 보이지 않았다.

"가족별로 따로 하는 거겠지."

남편이 젓가락으로 반찬을 집으면서 말했다.

"그러게. 촬영 당일까지 따로 하나 보네."

와카코가 대꾸했다.

2□21년 8월 □일
뉴타운에 오신 것을 환영합니다

8월 9일 월요일, 맑음.

도쿄 올림픽은 무사히 끝났지만 긴급 사태 선언이 한창이었다. 한때 촬영이 중지될지도 모른다는 소문이 돌았지만 마침내 그날이 왔다.

오전 10시, 약속대로 이사업체에서 나온 사람이 초인종을 울렸다. 문을 열자 허름한 작업복을 입은 남자 세 명이 서 있었다. 그 뒤에는 촬영팀이 있었는데 카메라, 마이크, 조명이 전부 집을 향해 있었다.

와카코네 가족은 현관에 서서 "잘 부탁드립니다." 하며 고개 숙여 인사했다.

딸들의 얼굴이 뚱했다. 이른 아침부터 찾아온 메이크업

담당 스태프가 아이들의 머리를 단발로 잘라 버렸기 때문이다. 옷도 흰 블라우스에 멜빵이 달린 주름치마였다.

남편은 포마드를 바른 올백 헤어스타일에 깃을 젖힌 셔츠와 헐렁한 바지 차림이었다.

와카코도 전날 뽀글뽀글한 파마를 했고, 오늘은 여기저기에 헤어핀을 꽂아 컬을 더 넣고 그 위에 스카프를 뒤집어썼다. 그리고 면 블라우스에 사브리나 팬츠(몸에 꼭 맞는 7부 길이의 바지를 말한다. ─옮긴이)를 입었다.

겉으로 보이지 않지만 속옷까지 당시의 것이다. 브래지어 상태가 좋지 않아 계속 가려운 느낌이 들었다. 팬티 역시 당시의 물건이라서 착용감이 어설픈 게 왠지 불안했다.

딸들의 얼굴이 뚱한 이유 중에는 당시의 물건들을 착용해야 한다는 사실도 있을 테다. 무엇보다 단발머리가 제일 큰 타격을 입힌 듯하다. 가위질이 시작되자 둘째 딸이 먼저 칭얼거렸다. "500만 엔. 500만 엔." 하며 달래는 마유의 눈에도 희미한 눈물 자국이 번져 있었다.

사전에 전해 들은 설정은 다음과 같았다.

—공단이 모집하는 단지에 당첨된 야마다네 가족. 오늘은 이사 날이고 이사업체 관계자의 안내를 받아 단지로 입성한다.

이후 시나리오는 없다. 의지할 수 있는 거라고는 오리

엔테이션 때 받은 매뉴얼 파일 하나였다.

"휴대 전화 같은 현대 물품은 소지하지 않으신 거죠?" 이사업체에서 나온 사람 하나가 물었다.

"네." 남편이 답했다. "사전에 신고한 개인 물품 말고는 없습니다."

"그럼 갑시다. 우리만 트럭으로 가고 여러분은 다른 스태프가 운전하는 차를 타고 뒤따라 오세요."

이사업체 사람의 얼굴이 어딘지 낯이 익었다. 오리엔테이션 때 스태프 중 한 사람으로 소개받은 남자가 분명하다. 구성 작가라고 했던 것 같은데.

"잠시만요."

석 달이나 집을 비운다. 와카코는 가스와 전기를 잘 확인했는지, 문단속을 제대로 했는지 다시 한번 보기 위해 집으로 돌아갔다.

잊은 물건은 없나. 깜박하고 안 껐거나 안 닫은 곳은 없나. 아, 맞다. 전화에 자동 응답 기능을 설정해 놓아야 하는데…….

마지막으로 현관문을 잠근 다음 그걸 몇 번이나 확인한 와카코는 먼저 간 가족들이 기다리는 곳으로 갔다.

아파트 앞에는 로케이션 버스 두 대, 그리고 텔레비전에나 나올 법한 구식 트럭과 차가 있었다. 트럭에는 가구가 한 세트 쌓여 있었다.

무슨 일인가 싶어서 구경하러 온 동네 사람도 드문드문 보였다. 옆집 사토 씨도 있었다. 어제 사토 씨에게만 11월 중순까지 집을 비운다는 사실을 알렸다. 사토 씨는 안 그래도 동그란 눈을 더욱 동그랗게 뜨며 "혹시 500만 엔?" 하고 물어 왔었다. 어떻게 알았나 싶었지만 평소 사토 씨의 정보력이 보통이 아니긴 하다. 그래서 "무슨 소리예요?" 하고 대답을 적당히 얼버무렸다.

사토 씨가 내내 이쪽을 주시하고 있었다. 이러다가는 다 들통나고 말겠다. 텔레비전 출연 사실에 대해 함구할 작정이었는데. 이렇게 어마어마한 세리머니가 있을 줄은 꿈에도 생각지 못했다.

"엄마, 빨리."

첫째의 재촉하는 목소리에 와카코는 빠른 걸음으로 차에 탔다. 조수석에는 남편이 앉아 있었다. 세단이기는 하지만 도로를 달릴 수 있을까 싶을 정도로 구형이었다.

"동네 아저씨가 이사하냐고 물어봐서."

첫째가 여전히 뚱한 얼굴로 말했다.

"뭐라고 했어?"

"아니라고, 여행 간다고 했어. 그럼 되나?"

"응. 그렇게 하면 돼."

로케이션 버스 두 대 사이에 낀 트럭과 차가 조용히 미끄러져 나아가기 시작했다.

"그럼 예습을 좀 해 볼까?"

두 딸 사이에 앉은 와카코는 종이봉투에서 파일을 꺼냈다. 그러고는 파일에서 집의 겨냥도를 꺼내 무릎 위에 펼쳤다. 이미 몇 번이나 주의 깊게 보았지만 마지막으로 한번 더 복습하고 싶었다.

현관에서 집 안으로 들어가면 오른쪽에 화장실이 있다. 그 안쪽 코너에는 욕실이 있다. 다시 현관으로 돌아와 왼쪽으로 가면 다이닝 키친, 그 옆으로 세 평짜리 다다미 방, 또 그 옆으로 두 평짜리 다다미방이 있다. 수납 공간으로 두 평짜리 방에 벽장이 있고, 베란다에 창고가 있다.

"우리 집이랑 비슷하네." 겨냥도를 들여다보면서 마유가 말했다.

"그러게. 60년 전이라고 해도 지금이랑 크게 다르지 않네. 오히려 지금보다 더 설계에 충실했을지도 몰라. 봐. 신발장이랑 식기 선반이 붙박이야. 베란다에 창고까지 있나 봐. 수납 공간이 이 정도로 충분하다면 안심해도 되겠네."

"이건 뭐야?"

미카가 부엌 식기 선반 옆에 그려진 사각형을 가리켰다.

"음, 뭘까? 세면이라고 써 있는데. 이런 데 세면대가 있을 리는 없고."

"근데 탈의실은?"

"응?"

그러고 보니 탈의실이 없었다. 화장실 겸 욕실이라 문을 열면 바로 목욕탕이 나왔다.

"옷은 어디서 벗어?"

"듣고 보니 그러네……."

"안 물어봤어?"

"응. 거기까진 신경 못 썼어."

한 달 전 오리엔테이션에서 당시의 단지를 재현한 전시물을 견학하고 질의응답 시간을 가졌는데. 그때는 쇼와 30년대의 단지보다 그 외의 민가를 재현해 놓은 게 더 흥미로워서 그쪽에 정신이 팔리는 바람에 정작 중요한 단지 부분은 주의 깊게 관찰하지 않았다. 습하고 어둑어둑하고 좁고 비위생적이고 불편한 것을 그림으로 그려 놓은 듯한 생활 양식을 내내 보여 주었기 때문에, 단지 전시 앞에서는 "와, 대단해! 근대적이야!" 하고 소리 높여 기뻐하기 바빴다. 이전까지의 전시물과는 비교할 수 없는 넓이, 밝기, 그리고 기능. 마침내 맞닥뜨린 그리운 우리 집이라고 안도하며 긴장이 풀려 버렸을지도 모른다. 이후에는 피곤해서 가이드의 설명을 적당히 흘려듣고, 질의응답 시간에도 "질문은 특별히 없습니다."라고 답하며 얼른 견학회가 끝났으면 좋겠다는 생각만 했다.

"아, 그러고 보니."

와카코는 어린 시절에 자주 놀러 갔던 반 친구의 집을 떠올렸다. 친구는 단지에 살았고, 방 두 개에 다이닝 키친이 딸린 집이었다. 방 배치가 무릎에 펼쳐 놓은 겨냥도와 흡사했다. 와카코는 눈을 감고 기억을 열심히 더듬었다. 친구네 단지가 학교 근처라서 하굣길에 화장실을 자주 빌려 썼다. 친구의 란셀(주로 초등학생들이 메는 네모 모양 책가방이다. - 옮긴이)에 걸려 있던 열쇠와, 그걸로 현관문을 열던 그 애의 손놀림이 어른스러워 보여서 부러웠다. 나도 열쇠를 갖고 싶다, 내 열쇠로 문을 열고 싶다, 하는 소소한 선망은 문이 열리자마자 날아가 버렸다. 친구네 집에서는 늘 곰팡이 냄새가 났다. 집에 아무도 없었고, 실내는 어둡고 눅눅했다. 나는 운동화를 서둘러 벗고 오른쪽 화장실 문 앞에 서서……

"맞다. 커튼. 커튼이 있었어."

"커튼?"

"응. 봐. 화장실이랑 욕실 사이에 이렇게 공간이 좀 있잖아." 와카코는 손가락으로 겨냥도를 짚어 가며 설명했다. "이 부분에 커튼을 다는 거야. 욕실에 들어갈 때 커튼을 치고 여기를 탈의실로 쓰는 거지."

"그렇구나!" 미카가 무릎을 탁 치며 어른이나 할 법한 반응을 보였다.

어느새 창밖의 풍경이 탁 트여 있었다. 하늘이 드넓었다. 어디쯤 가고 있는 걸까. 아까 Q시라는 이정표를 본 것도 같았다. Q시? 같은 시즈오카현이지만 가 본 적은 없다.

잠시 풍경을 즐겼다. 고즈넉한 논밭의 모습과 열어젖힌 창문으로 들어오는 바람에 기분이 좋았다.

아, 후지산이다! 후지산이 저렇게 컸구나!

딸들에게 보여 주려고 말을 걸었지만 둘 다 잠들어 있었다. 얼마 지나지 않아 와카코도 견딜 수 없는 졸음에 휩싸였다. 하지만 눈꺼풀을 닫자마자 정오 시보가 들리는 듯했다.

조수석에 앉아 있던 남편이 이쪽을 돌아보았다.

"슬슬 도착한대."

올백한 남편은 다른 사람 같았다. 이 나이 먹고 주책맞게 가슴이 두근거렸다. 양옆에 앉은 두 딸이 햄스터처럼 몸을 웅크리고 색색거리며 자고 있었다. 아이들도 어젯밤에 잠을 설쳤을 테다. 딸들의 이마에 번진 땀을 손수건으로 닦아 주었다.

자동차의 속도가 떨어졌다. 기분 탓인지 바람 냄새가 달라졌다. 설명하긴 힘들지만, 습했고 풀 냄새와 시큼한 냄새가 났다. 그리운 냄새였다. 앞서가던 트럭의 운전석 창문에서 팔이 뻗어 나왔다. 무슨 신호일까. 차는 더욱 속도를 낮추고 천천히 우회전했다. 마유의 몸이 흠칫 반응했고 덩달아 미카의 팔도 툭 떨어졌다.

"도착했어. 도착했다고."

와카코가 소리를 높였다. 눈앞에 하늘까지 닿을 듯한 높은 울타리가 압박해 왔다. 시야를 훨씬 넘어선 범위로 펼쳐져서 과거와 현재를 구획 짓는 요소로 이만한 게 없을 만큼의 스케일과 힘이 있었다.

못 돌아가면 어떡하지. 순간 바보 같은 생각이 스쳤지만 "아, 도착했다!" 하고 두 딸이 기쁘게 외쳤기 때문에 와카코의 불안은 기대로 바뀌었다.

쇼와 36년에 오신 것을 환영합니다.

어딘가에서 목소리가 들려왔다. 이제 와 생각해 보면 그건 어쩌면 일종의 최면술 같은 암시였을지도 모른다. 그 목소리를 들은 순간 가벼운 현기증이 찾아왔고 눈을 떴을 때 그 광경을 당연한 듯 받아들이고 있었기 때문이다.

"아, 뉴타운이 이렇게 아름다운 곳이구나. 바로 여기가 우리 집이야!"

어느새 와카코는 작위적인 대사를 내뱉고 있었다.

가지런하게 늘어선 4층짜리 흰 건물과 그것을 물들이는 녹음이 오후 햇살을 받아 반짝반짝 빛나고 있었다. 멀리서 어린아이가 재잘거리는 소리가 들렸다. 차는 공원 옆을 지나가고 있었다. 무언가에 반사되는 건지 새하얀 태양광 구슬이 이쪽저쪽에서 둥실둥실 빛났다. 차체에

닿은 빛이 와카코의 얼굴로 반사되었다. 눈이 부셨다. 아, 하고 눈을 감았다 떴을 때 차가 멈추었다.

페인트 냄새가 콧속으로 들어왔다. 새하얗게 칠해진 외벽을 올려다본 와카코가 다시 작위적인 소리를 했다.

"여기가 우리가 살 곳이구나!"

"맞아요. 여기가 여러분들 집이에요. 11구역의 4동 202호. 2층이에요."

운전기사가 처음으로 입을 열었다.

"거듭 알려 드리지만 방송국에서 인정한 개인 물품 외의 물건 반입을 삼가 주세요."

운전기사는 조수석의 남편 쪽만 응시하며 용건을 담담하게 나열해 나갔다.

"일단 촬영진도 이곳에서 철수할 겁니다. 이후에는 딱히 지시가 없습니다. 여러분들이 원하는 대로 살면 돼요. 자, 이제 차에서 내려 집으로 들어가 주세요. 여기 열쇠입니다."

운전기사가 남편에게 열쇠를 건넸다. 남편은 열쇠를 받아 들더니 천천히 고개를 끄덕였다. 열쇠를 줄 때 운전기사가 무슨 말을 한 듯했지만 이쪽까지 들리지는 않았다. 운전기사의 재촉에 남편이 먼저 차에서 내렸다. 뒷좌석에 있던 와카코와 두 딸도 차에서 내렸다.

"아." 마유가 위를 올려다보았다.

"왜?"

"누가 우리를 보고 있어."

"어?"

와카코도 고개를 들었다. 사방에서 시선이 날아왔다. 하지만 사람의 그림자는 보이지 않았다. 세탁물이며 이불 따위가 널려 있을 뿐이다. 화창한 날에 자주 볼 수 있는 집합 주택의 흔해 빠진 풍경이었다.

"재건축이 예정된 단지의 일부를 빌려서 당시 단지의 모습을 재현했습니다." 오리엔테이션 때 민소매 피디에게 들었던 설명을 떠올렸다. "실제로 출연하는 건 두 가구지만, 다수 보조 출연자들의 협력을 얻어서 당시의 단지 모습을 철저하게 재현했습니다. 따라서 여러분들은 타임 슬립을 한 것처럼 가상 현실을 체험하게 될 겁니다."

피디가 말한 게 이런 거였구나. 이 단지에는 이미 수많은 사람이 당연한 듯 생활하고 있다. 2021년이라는 시간 속에 펼쳐진 쇼와 36년의 공간.

그나저나 정말 엄청난 기획이다. 이 정도라면 상당히 큰 규모의 자금이 움직이고 있을 테다. 그런 데 우리 가족이 선택을 받았다. 양어깨에 묵직한 뭔가가 떨어진 듯한 느낌이 들어서 와카코는 몸서리를 쳤다.

짐을 들이는 일이 시작되었다.

"좀 좁은 것 같아."

집 안에 가구가 놓이는 모습을 보면서 미카가 중얼거렸다. "우리 아파트가 더 넓을지도 모르겠네."

확실히 그럴지도 모른다. 사전에 건네받은 자료에 따르면, 방 두 개에 다이닝 키친이 딸린 집으로 열세 평이었다. 현재 거주 중인 아파트가 방 두 개에 거실과 다이닝 키친이 딸린 열일곱 평짜리 집이니까 세 평 이상이나 좁다. 다이닝 키친이라고 부르기에는 너무나 좁은 공간에 저렴한 식탁이 우두커니 놓여 있었다. 식탁에서 식사를 하는 습관이 없었던 당시에 주택 공단이 유일하게 마련한 가구다. 자료에 그런 내용이 있었다. 식탁 같은 것을 흔하게 파는 시대가 아니었다고.

"근데 베란다는 꽤 넓어. 창고도 있고."

두 딸의 관심이 밖으로 향했다. 그 사이에 가구가 연달아 옮겨졌다. 의자, 옷장, 정리함, 삼면거울, 재봉틀, 찻장, 책장. 그다음은 가전제품 기사가 도착한다는 설정이었다. 완전히 새것인 가전제품이 옮겨졌다. 냉장고, 세탁기, 선풍기, 라디오, 전기밥솥…….

열세 평 크기의 집이 가전제품과 가구와 상자와 이불로 가득 찼다.

"와, 이게 다 뭐야……."

세탁기가 베란다에 놓이자 옆에 서 있던 미카가 무시

하듯 손가락질했다.

그런 미카를 향해 마유가 눈으로 무언가를 지시했다. 그러자 미카는 가슴 언저리에서 손을 모으고 "와, 전기 세탁기다!" 하며 느닷없이 빙글빙글 돌기 시작했다.

"대단해. 이걸로 엄마의 부담도 줄어들겠어."

마유까지 제 동생처럼 빙글빙글 돌기 시작했다.

뭐지? 왜 그러지? 갑자기 '착한 아이'처럼 굴고.

저, 너희, 대체 왜 그러는 거야?

빙글빙글 도는 와중에도 마유와 미카의 시선은 명백하게 같은 방향으로 향해 있었다.

아이들의 시선을 따라간 곳에 소형 카메라가 설치되어 있었다. 방범 카메라 정도 되는 크기로 세 평짜리 방 천장 근처에 고정되어 있었다. 아마도 그 세 평짜리 방과 베란다를 찍는 듯했다. 딸들은 그 사실을 알아차린 것이다. 그래서 뜬금없이 아역처럼 연기를 한 것이다.

사전에 받은 겨냥도에 따르면 카메라는 도합 아홉 군데에 설치되어 있었다. 세 평짜리 방에 두 개, 다이닝 키친에 두 개, 두 평짜리 방에 두 개, 현관 안쪽에 한 개, 현관 바깥에 한 개, 그리고 베란다에 한 개. 겨냥도를 볼 때는 딱히 아무 생각이 없었지만 이렇게 실제로 카메라를 마주하고 보니 절로 뒷걸음질이 쳐졌다. 너무 많은 거 아닌가? 이래서야 긴장을 늦출 수 있겠나.

"괜찮아요. 처음에는 의식되겠지만 시간이 지나면 그 자리에 카메라가 있다는 사실조차 잊어버릴 거예요."

오리엔테이션 때 민소매 피디가 말했었다.

"가전들 다 놔 드렸습니다. 여기 받으셨다는 도장 좀 찍어 주세요."

가전제품 기사가 종이를 펼쳤다. 집에 들인 가전제품을 일람할 수 있게 표시가 되어 있었다. 그리고 마지막 줄에는 '그럼 지금부터 석 달 동안 쇼와 36년을 마음껏 즐겨 주세요'라고 적혀 있었다. 가전제품 기사로 변장했지만 이 사람 역시 스태프 중 하나일 테다.

"아, 도장. 안 들고 왔을지도 모르는데……" 와카코는 유일하게 지참이 허용된 개인 물품인 가방을 뒤적거렸다. 가방에는 지병 때문에 먹어야 하는 약과 귀중품이 들어 있었다.

"그럼 서명으로 해 주세요." 가전제품 기사가 만년필을 꺼냈다.

"어머나, 볼펜이 아니네요."

"네. 이 시대에는 볼펜이 일반인들에게 보급되지 않았어요."

이런 부분까지 신경 쓰는구나. 와카코는 감탄하면서 종이에 적힌 일람표를 훑어보았다.

"어, 텔레비전이 없네요?"

"아, 네. 이 댁은 아직 텔레비전을 구입하지 않은 설정이라서요."

"그래……요?"

서명하는 손이 머뭇거렸다. 땀이 차서 만년필이 손안에서 미끄러졌다.

"……그럼 에어컨은요?"

"무슨 말씀이세요? 3종 신기(神器) 중 하나인 흑백텔레비전도 아직 구입 안 하셨는데요. 3c라니 아직 먼 얘기예요."

"3c……?"

"카(car), 컬러텔레비전(color television), 쿨러(cooler)요."

"……그런가요?"

서명하는 손 언저리에서 땀이 한 방울 떨어졌다.

오후 3시 무렵으로 한창 더울 시간이었다. 베란다에 있던 딸들이 실내로 돌아와 화장실 겸 욕실을 들여다보며 "와, 진짜로 쭈그려 앉는 화장실이네." "아니, 나무 욕조잖아." 하고 말했다. 그러고는 집 여기저기를 둘러보며 환호성을 질렀다. 식기 선반 옆에 생뚱맞게 달린 세면대 앞에서는 "진짜 세면대가 있네."라며 얼굴을 마주하면서 쿡쿡거리고 웃었다. 다이닝 키친 옆의 세 평짜리 방구석에 있던 남편은 어디서 찾아냈는지 잡지 하나를 부채 삼아 다른 잡지를 읽고 있었다.

서명을 다 마치자 가전제품 기사로 변장한 스태프가 돌아갔다. 이사업체 관계자로 변장한 스태프도 짐을 다 옮긴 듯했다. 사람들은 "수고하셨습니다."라고 번갈아 말하며 줄줄이 돌아갔다. 다음으로 가스 기사, 수도 기사, 전기 기사가 와서 가스 밸브며 수도꼭지의 잠금장치를 점검하고 "이제 가스, 물, 전기를 사용할 수 있습니다."라고 말하더니 다급히 돌아갔다.

이윽고 구면인 남자 구성 작가만 남았다.

"이건 이번 달 수입입니다. 보름치예요. 처음에는 이것저것 들일 게 좀 있을 테니 여분이 좀 있습니다. 소모품은 저희가 드리지 않으니 쇼핑센터에서 구입해 주세요."

그가 봉투를 내밀었다.

"그럼 저희 일은 여기까지입니다. 나머지는 여러분께 부탁드리겠습니다."

매미 소리가 들렸다. 베란다에 오후의 뙤약볕이 쨍쨍 내리쬐고 있었다. 이사 후의 고요함. 와카코는 집을 빙그르르 둘러보았다. 가구도 가전제품도 대강 배치된 상태였다.

해야 할 일이 산더미 같았다.

카메라가 돌아가서인지 가족들의 태도는 훌륭했다. 두 딸은 시키기 전에 먼저 정리를 해 주었다. 남편도 평소라면 재미없는 농담을 던지거나 느닷없이 라쿠고(일본 전통 만담이다. - 옮긴이)를 시작하는 등 손보다 입을 놀리기 일쑤였는데, 역시나 카메라를 의식하는 건지 마치 다른 사람인 양 빠르게 할 일을 해냈다. 그럼에도 중간중간에 꽤 애를 먹었다. 어쨌거나 이 집에 있는 모든 게 타인이 마련해 준 것들이다. 더구나 쇼와 36년 당시의 것들이다. 옷은 물론 잡화, 식기, 조리 기구 등도 낯선 게 많았다. 특히 조리 기구는 용도가 무엇인가 싶은 게 대부분이고, 왜 없나 싶은 것도 많았다. 상자에 '조리 기구'라고 쓰여 있어서 부엌에 두긴 했지만 불안이 쌓여 갔다.

"엄마, 휴지가 없어."

미카가 부엌으로 뛰어왔다.

"나올 것 같아!" 그러고는 카메라 쪽을 힐끗 보더니 "휴지는?" 하고 작은 소리로 와카코에게 물었다.

"어? 휴지?"

쌓여 있던 상자는 대부분 열었다. 하지만 휴지는 발견하지 못했다. 남은 상자는 일곱 개. 과연 그 안에 휴지가 있을까? 아, 잠시만. 와카코는 부엌에 나란히 놓인 물품에 시선을 이리저리 보내며 말했다. 휴지는커녕 "조미료도 없어!"라고.

"아, 그러고 보니 소모품은 안 준다고 했잖아."

소모품을 직접 사야 한다고 했던 게 생각났다.

와카코는 현장에 와서야 텔레비전 출연이 그리 녹록지

않다는 사실을 깨달았다. 방송국은 자선 단체가 아니다. 500만 엔이라는 큰돈을 주는데 쉽게 소화할 수 있는 설정을 마련할 리가 없다. 외려 어려운 과제를 연달아 들이 대며 우리 가족을 농락할 테다. 부엌에 설치된 카메라 렌즈가 지지직 하고 이쪽으로 뻗어 오는 듯했다. 그 움직임이 마치 신의 시선처럼 여겨져 와카코는 몸을 움츠렸다.

"와카코 씨의 '현모양처'다운 모습을 기대하겠습니다. 늘 밝고 듬직하게 중심이 돼서 석 달간 가족을 이끌어 주세요."

민소매 피디가 한 말이 되살아났다. 그렇다. 내가 노력해야 한다.

와카코는 조금 전에 스태프가 건네준 갈색 봉투의 내용물을 식탁 위에 쏟았다. 쇼토쿠 태자가 그려진 만 엔짜리 지폐 한 장, 마찬가지로 쇼토쿠 태자가 그려진 천 엔짜리 네 장, 이와쿠라 도모미가 들어간 500엔짜리 지폐 한 장, 그리고 100엔짜리 동전 네 개와 10엔짜리 동전 아홉 개. 모든 돈을 그러모아 방송국에서 준 똑딱이 동전 지갑에 넣었다. 지갑은 '장식품'이라고 쓰인 상자에 담겨 있었다.

"어디 가?" 미카가 불안한 듯 와카코를 올려다보았다.

"장 보러 가. 잡화랑 식료품 같은 거 사러. 아직 점심도 안 먹었잖아."

"휴지 까먹지 마."

"응. 근데 그때까지 참을 수 있겠어?"

"……몰라."

"그럼 같이 가자. 쇼핑센터에 화장실이 있을지도 모르니까."

"그럼 나도 갈래." 마유도 총알같이 날아왔다.

"응. 그럼 우리 셋이서 가자. 나머지는 아빠한테 맡기고……."

남편에게 말해 놓고, 와카코는 두 딸을 데리고 밖으로 나왔다.

해가 꽤 기울어졌다. 널려 있던 이불도, 바람에 나부끼던 세탁물도 죄다 걷혀 있었다. 그래도 여전히 밝았다.

"쇼핑센터는 어디에 있어?"

화장실을 참고 있던 미카가 급한 듯 물어 왔다.

"곧 보일 거야."

그런데 나와야 할 쇼핑센터가 도통 나오지 않았다. 파일대로라면 우리 집이 있는 4동 바로 옆에 있어야 하는데 말이다.

"길을 잃었나……."

걸어도 걸어도 비슷한 풍경이 이어질 뿐 목적지는 나타날 기미를 보이지 않았다.

"엄마……." 미카가 반은 울먹이며 와카코의 블라우스

자락을 잡아당겼다. 아이의 얼굴이 새파래지고 다리도 바들바들 떨고 있었다. 인내심의 한계에 도달한 것이다.

"못 참겠어? 어디 풀밭에서라도 볼일 볼래? 저기 수풀에서."

"싫어. 절대 안 돼."

일그러진 미카의 뺨 위로 눈물이 흘러내렸다.

"그래도."

"어디에 카메라가 있을지 모르잖아. 만약 찍히면 어떡해."

생각지도 못했다. 집만 찍는 게 아니라 단지 자체가 촬영 대상이었다. 당황하며 단지를 헤매는 세 모녀의 모습도 어딘가에서 찍히고 있을 게 분명하다.

"일단 집으로 돌아가자. 휴지가 없어도 대신할 수 있는 게 있을 거야."

"근데, 근데 휴지 말고 다른 종이는 사용하지 말라고 화장실 벽보에 써 있었어."

"지금 그런 소리 할 때가 아니잖아."

걷기 시작한 와카코에게 마유가 말했다. "근데 엄마, 여기 어디야? 우리 어디로 가야 돼?"

와카코는 걸음을 멈추고 건물을 올려다보았다. 마치 복제된 것처럼 똑같이 생긴 건물이 무미건조하게 늘어서 있었다. 멀리서 아이들이 재잘대는 소리, 어른 목소리가 들렸다. "××, 밥 먹어." "응, 엄마."

그러나 인적은 보이지 않았다. 도움을 요청하려고 해도 사람이 없었다. 세 모녀의 가여운 그림자만 갈수록 길어져 갔다.

"엄마……."

미카의 가느다란 목소리가 와카코를 점점 초조하게 만들었다. 어떡하지.

"무슨 일 있으세요?"

등 뒤에서 그림자 하나가 뻗어 왔다. 돌아보니 장바구니를 손에 든 한 여자가 서 있었다. 중단발의 검은 머리가 귀 언저리에서 깔끔하게 말려 있었다. 허리를 꽉 조인 타이트한 스커트와 꽃무늬 블라우스가 잘 어울렸다. 옛날 영화에 나오는 아주 멋스러운 젊은 부인 같은 모습이었다. 와카코는 자신의 파마머리에 손을 슬쩍 가져다 댔다. 뽀글뽀글하게 볶은 머리는 센스라고는 눈곱만큼도 없었다. 오로지 실용성만 강조한 아줌마 파마였다. 게다가 물방울무늬 스카프까지. 이 느낌이 뭘까, 참으로…….

"혹시 오늘 이사 오신 분이세요?"

"……네."

"전 스즈키예요."

"아, 당신이." 다른 가족이었다. ……그렇구나, '스즈키'.

"안녕하세요. 전…… 아, 맞다. '야마다'예요. 잘 부탁드립……."

"따님은 괜찮은 거예요?"

스즈키 씨가 미카 쪽으로 시선을 돌렸다. 미카는 하반신을 비비 꼬면서 한계와 필사적으로 싸우는 중이었다.

"실은, 화장실에 가려다가 휴지가 없어서 사러 나왔거든요. 근데 길을 헤매느라……."

"어머, 화장실에 가고 싶은 걸 참고 있었어요?"

"네."

"그럼 서둘러야죠. 괜찮으시다면 저희 집 화장실 쓰세요. 휴지도 있어요. 어서요. 저희 집은 여기 3층이에요. 4동 302호요."

"네? 4동이요?"

와카코는 그 자리에서 건물을 올려다보았다. 어느새 출발 지점으로 다시 돌아와 있었다.

"어머나, 저희 집도 4동이에요. 202호요."

"네. 알고 있어요. 저희 집 아래층이죠? ……그것보다 얼른 따님을 화장실로 데려가죠."

"아, 시원해……."

볼일을 마친 미카가 활짝 웃으며 화장실에서 나왔다.

스즈키 씨의 권유로 집에 들어온 와카코와 첫째 딸은 다이닝 키친 옆에 있는 세 평 남짓한 방의 응접세트에서

차를 대접받았다. 차가운 보리차였다. 그러고 보니 오늘 수분을 제대로 보충하지 못했다.

그건 그렇고, 이 집은 우리 집과 상당히 달랐다. 응접세트에 서랍장에 그리고…….

"놀랐어요. 정리를 싹 다 하셨네요?"

"네. 저희는 사흘 전에 들어왔거든요. 간신히 정리를 끝냈어요. 어제까지만 해도 고생이 이만저만이 아니었거든요."

"소파도 있네요."

"네. 그래서 그런가 좀 좁아요. 잠은 두 평짜리 옆방에서 애들이랑 넷이서 자요."

"넷이요? 아이가 둘이세요?"

"네. 네 살 아들이랑 생후 8개월짜리 딸이요."

"어머나, 아기가 있어요?" 와카코가 목소리를 죽였다. "괜찮으세요? 그렇게 어린아이가 있는데요?"

"아, 촬영이요? 네. 외려 감시받는 편이 나아요. 무슨 일이 생기면 방송국 스태프가 뛰어와 주잖아요. 어제도 막내가 조금 칭얼댔는데 바로 간호사가 와 줘서 덕분에 살았어요."

"아기는 어디 있어요?"

"옆방에서 남편이랑 같이 낮잠 자요. 저녁때까지 안 일어나요. 정말이지 태평한 사람이에요."

"아들은요?"

"어린이 회관에 놀러 갔어요."

"어린이 회관이요?"

"……어린이집 같은 데예요. 방송국 사람이 마련해 줬어요. 야마다 씨 아이도 이용하면 좋을 텐데. 내일 같이 가요."

"그럼 좀 부탁드릴게요. ……맞다. 장 볼 거 있었는데. 얼른 장 보러 가야겠어요."

와카코가 부엌 식탁에 올려져 있던 장바구니를 보며 말했다.

"엇, 쇼핑센터 문 닫았어요."

"네?" 손목시계를 보니 6시가 막 넘은 시간이었다. "아직 시간이 이런데."

"쇼와 36년에는 가게를 이렇게 이른 시간에 닫나 봐요."

"말도 안 돼. 저녁, 아니 점심도 안 먹었는데……. 휴지도 못 샀고."

와카코의 말에 딸들까지 불안한 듯 주변을 두리번거렸다.

"엄마, 오늘 밥 못 먹어?"

"……괜찮다면 쌀 좀 빌려 드릴까요?" 딸들의 불안을 날려 버리듯 스즈키 씨가 말했다. "오늘 저녁에 카레 할 건데 좀 가져다 드릴까요?"

"아무리 그래도 그렇게까지 하면 너무 죄송한데……"

"무슨 소리예요. 서로 도와야죠. 저희 집에도 곤란한 일이 생기면 제일 먼저 야마다 씨한테 물어볼 텐데요. …… 장바구니 있으세요?"

"장바구니요?"

"아, 그럴 거 같았어요. 비닐봉지에 익숙해져서 장바구니가 잘 안 떠오르긴 하죠. ……그럼 오늘은 제 거 가져가세요."

그러고 나서 스즈키 씨는 카레가 다 되기 전까지 먹을 만한 틴 케이스 쿠키와 쌀을 장바구니에 담아 주었다.

"참, 오렌지주스도 있어요. 이것도 가져가요."

그녀는 냉장고에서 병 주스를 세 개 꺼내더니 그것도 바구니에 넣어 주었다. 기분 탓인지 우리 냉장고보다 큰 것 같았다.

"아, 맞다. 휴지. 하나면 되나요?"

스즈키 씨가 후다닥 화장실로 향했다. 그사이에 부엌을 둘러보았다. 깔끔하게 정리되어 있었다. 이미 익숙해진 느낌이었다.

나도 열심히 해야지.

아래층 집으로 돌아와 보니 러닝셔츠만 입은 남편이 선풍기를 독점하고서 시원해하고 있었다.

"기다리고 있었어. 뭐 먹을 거 없어?"

남편이 다급히 바구니의 내용물을 보러 왔다.

"와, 이 주스 오랜만이네. 어렸을 때 할머니 댁에서 마셔 봤어. 오, 쿠키도 있네."

남편은 식탁에 잔을 나란히 놓고는 병따개를 찾았다.

병따개. 확실히 보긴 했다. 그런데 어디에 넣어 두었는지…… 기억나지 않는다.

"좋았어. 그럼 내가 필살기를 한번 보여 주지." 남편은 이렇게 말하더니 갑자기 병 입구를 입에 넣었다.

"여보, 뭐 하는 거야!"

딸깍하는 소리와 함께 뚜껑이 열렸다.

"옛날에는 이렇게 이로 병뚜껑을 땄지. 이 하나만큼은 말 못지않게 튼튼하다는 게 내 자랑거리야."

"이상한 행동하지 마." 와카코가 속삭였다. "다 찍히잖아."

식기 선반 서랍의 안쪽에서 마침내 병따개가 나왔다. 나도 참 왜 이런 곳에 병따개를 넣어 둔 걸까. 남은 주스 두 병의 병뚜껑을 마저 따서 잔에 따랐다. 마유와 미카가 마른침을 꿀꺽 삼키면서 그 모습을 지켜보았다. 이렇게 보니 단발머리도 귀엽다. 머리띠만 하면 옛날 소녀 만화에 나오는 여주인공이었다. 한편 나는……. 머리에 손을 가져다 댄 와카코는 한숨을 내쉬었다. 스카프 속에는 옛날에 신문에 연재되던 네 칸짜리 만화에 등장하는 동네 아줌마가 있다.

"근데 이건 뭐야?" 와카코는 의자에 놓여 있는 대학 노트 네 권과 '가계부'라고 적힌 노트 한 권을 발견했다.

"아, 그거. 좀 전에 방송국 스태프가 와서 두고 갔어. 일기장이래." 주스를 홀짝홀짝 마시면서 남편이 말했다.

"일기?"

"간단하게라도 괜찮으니 그날 있었던 일이나 소감을 기록해 줬으면 한대. 근데 당신은 일기에 가계부까지 쓰래."

"뭐야, 그런 소리 못 들었는데. 이제 와서—."

카메라 렌즈가 빛나는 듯했다. 와카코는 말을 끊었다.

"슬슬 저녁 식사를 준비해야겠네."

말은 그렇게 했지만 장바구니에는 쌀밖에 없었다. 우선 이걸로 밥을 해야지. 와카코는 전기밥솥을 쳐다보았다. 역사가 느껴지는, 참으로 위압감을 주는 전기밥솥이다. ……밥이 잘되려나? 물건만 오고 설명서는 없었다. 그냥 취사를 누르면 되나? 일전에 받은 매뉴얼 파일을 식탁에 가져와서 가전제품 항목을 넘겨 보았다.

"있다. 있어. 이거네."

그렇구나. 눈금에 따라 물을 붓고—. 응? 주의 사항이 있다. '전기밥솥은 미터법이 적용되어 있지 않습니다. 부속 계량컵의 눈금은 '작' 단위이고, 한 컵에 1홉입니다. 또한 밥솥 내부의 눈금은 계량컵에 연동되어 있습니다. 예를

들어, '6'이라고 표시되어 있으면 쌀이 6홉일 때 넣는 수위를 나타냅니다.'

이건 레이와 시대(2019년 5월 1일부터 사용하는 연호다. ‒ 옮긴이)랑 같구나. 의식하지 않았지만 밥솥은 여전히 '홉'을 따르고 있는 거였네. 그러니까, 밥은 평소대로 지으면 되겠어. 다 지으면 자동으로 스위치가 꺼진다고 했고. 이것도 지금이랑 똑같잖아. 일단 밥솥을 꺼내서 쌀부터 씻자.

하지만 세제도 수세미도 없었다. 아, 맞다. 이것도 소모품이지. 어쩔 수 없네. 물로만 씻어야지……. 와카코가 수도를 비틀자 엄청난 기세로 물이 튀었다. 얼른 수도를 조작해서 수압을 약하게 했음에도 싱크대에 물이 닿아서 튀었다. 그것도 사 와야겠네. 그거. 뭐라고 하더라? 수도에 달아서 물이 부드럽게 나오게 하는 거. 아무튼 그거. ……머릿속에 메모를 하고 와카코는 바구니에서 작은 양철 캔을 꺼냈다. 그걸로 쌀을 나누었다. 마음 같아서는 비닐봉지에 소분하고 싶지만 역시나 이 시대와는 맞지 않았다. 쌀을 양철 캔으로 퍼서 볼에 옮겨 담고 늘 하던 요령으로 씻었다. ……이게 뭐야. 물이 튀어서 옷이 다 젖었잖아. 앞치마. 앞치마는 어디 없나? 아, 저 상자에 있을지도 모르겠다. '평상복'이라고 적힌 상자.

"배고파."

남편이 쿠키를 와그작와그작 씹으면서 같은 말을 하고

또 했다. 딸들도 경쟁하듯 쿠키를 먹고 있다. 못 살아, 정말. 저렇게 걸신들린 거처럼 먹어 젖히고. 카메라에 다 찍히는데. 이런 생각을 하면서도 와카코 또한 자연스럽게 쿠키로 손이 갔다. 솔직히 그다지 특별할 게 없는 쿠키였지만 아침부터 아무것도 먹지 않은 빈속이라 맛있었다.

쿠키를 먹는데 투박하고 거친 버저음이 울렸다. 현관문 외시경으로 내다보니 스즈키 씨였다. 손에는 냄비를 들고 있었다.

"오래 기다리셨죠? 카레예요."

"아, 진짜로 가져오셨네요? 죄송해요."

"끓이긴 했는데 중간에 가져온 거니 원하시는 대로 푹 졸여서 드세요. 그리고 내일 아침으로 드시면 좋을 것 같아서 식빵이랑 잼도 가져왔어요."

마침 저녁 식사뿐만 아니라 내일 아침 식사도 걱정되던 차였다.

"이렇게 하나하나 신경 써 주시고."

"아니에요. 서로 도와야죠." 스즈키 씨는 빙긋이 웃으며 고개를 갸웃거렸다.

바깥 현관에 설치되어 있는 카메라가 지이이익 하고 이쪽을 겨냥하고 있었다. 핑크색 앞치마를 입은 스즈키 씨는 분명 근사한 피사체로 찍히고 있을 테다. 그에 비해 와카코는 소매가 달린 그저 그런 앞치마 차림이다. 이것밖에 없었다. '평상복'이라고 적힌 상자에 들어 있었던 것은 식당 아줌마가 입을 법한 이 앞치마뿐이었다. 왜 우리 상자에는 저런 예쁜 앞치마를 넣어 주지 않은 걸까.

"그럼 갈게요." 집으로 돌아가는 스즈키 씨를 배웅하고 나서 와카코는 카메라를 등지고 작은 한숨을 내쉬었다.

식탁으로 돌아오자 남편과 딸들이 전기밥솥을 빤히 응시하고 있었다.

"이제 밥이 다 됐으려나?"

"왠지 밥이 되는 것 같지가 않아."

"응. 수증기도 안 나오고. 소리도 안 나."

아, 스위치. 스위치 켜는 걸 깜박했다! 와카코는 전기밥솥을 식탁에 올리고 다급히 스위치를 켰다.

세 사람의 "으악!" 하는 비명 소리가 겹쳐졌다.

"이해 좀 해 줘. 이런 밥솥은 처음 써 보잖아."

"'입력'이라고 쓰인 스위치 하나만 달랑 있는데? 이것만 누르면 되잖아. 세상에 이렇게 쉬운 것도 없겠네." 남편이 비아냥댔다.

"괜찮아. 첫날이니까 이런 실수도 하는 거지. 방송으로서는 재밌지 않겠어?" 마유가 변호해 주었다. "엄마, 일부러 그랬지?"

"그래. 쌀을 물에 불린 거야."

"1시간이나?"

"응. 길면 길수록 밥이 맛있게 되거든."

사실 30분 정도면 되지만 와카코는 적당히 그럴싸한 변명을 늘어놓으며 스즈키 씨가 가져온 냄비의 뚜껑을 열었다.

"와, 카레다. 맛있어 보여!" 마유가 냄비를 들여다보았다.

"얼른 먹자." 미카도 신이 나서 떠들어 댔다.

"아, 식빵! 이것도 카레랑 먹을 수 있잖아. 배가 막 꼬르륵거리네." 남편이 목덜미를 긁적였다.

"응. 나도 빵 좋아. 카레라이스 말고 카레 빵이면 돼." 미카도 뺨을 긁적이면서 말했다.

"무슨 소리야. 밥하고 있으니까 좀만 더 참자. 금방 될 거야."

아, 방금 뭔가 날아갔다. 그러고 보니 조금 전부터 여기저기가 가렵다. 벌레에 물렸나?

"모기가 있는 것 같아. 창문 닫을까?" 부엌 쪽 창문을 닫으려고 손을 가져다 대던 와카코가 "아, 말도 안 돼. 이게 뭐야?" 하고 소리를 높였다. 남편과 딸들이 그녀 쪽으로 왔다.

"왜? 무슨 일인데?" 남편이 물었다. 와카코는 창문의 잠금쇠를 가리켰다.

"이 나사 같은 거 뭐야? ⋯⋯혹시."

와카코는 조심스럽게 잠금쇠를 돌려 보았다. 아, 이걸

로 자물쇠를 채우는 거구나! 아, 그래. 옛날에 본 적이 있어. 할머니 댁 창문이 바로 이거였다.

사소한 것 하나하나가 현재와 다르다. 말이 쉽지, 60년이라는 세월의 간극은 역시나 컸다.

"아, 커튼."

그러고 보니 커튼레일은 달려 있는데 정작 커튼이 없었다. 밖에서 집 안이 훤히 보일 텐데. ……괜찮을까? 건너편 동과는 거리가 꽤 되고, 창문으로 사람 형체가 보이되 하나같이 작고 윤곽도 또렷하지 않았다. 저쪽에서도 이쪽이 잘 안 보이겠지. 그래도 조금 불안했다. 커튼까지 사라는 말인가? 이러면 예산 내로 살림을 꾸려 나갈 수 없어!

"엄마, 커튼 있어."

미카가 초록색 체크 커튼을 끌어안고 달려왔다.

"아직 안 연 상자가 몇 개 있어서 열어 보니 있었어."

그 상자에는 '잡화, 그 외 여러 가지'라고 쓰여 있었다. 내용물은 다른 카테고리에서 빠진 일용품, 일상 잡화, 소품, 리넨 종류였다.

장바구니도 있었다.

"어머! 여기 있었어? 좀 더 자세히 적어 줬으면 좋았을 텐데. 어쨌거나 밥이 다 될 때까지 내용물을 가능한 만큼 꺼내 보자—."

딸들과 분담해서 상자의 내용물을 꺼내 일정한 장소에 다시 넣었다. 드디어 미개봉 상자가 네 개만 남았다.

시계는 이미 8시를 가리키고 있었다.

그런데 밥이 여태 지어지지 않았다. 밥이 다 되면 자동으로 스위치가 꺼질 텐데.

"엄마, 타는 냄새가 나는 것 같아!"

진짜다. 게다가 왠지 공기도 탁해진 것 같았다. 아, 이건.

"여보, 창문. 창문 좀 열어!"

전기밥솥에서 검은 연기가 나고 있었다. 왜? 어째서?

와카코는 식탁에 두었던 파일을 다급히 넘겼다. 평소처럼 지으면 된다고 해서 안심하고 그 이상은 넘겨 보지 않았는데.

"아."

설명이 이어지고 있었다.

'밥솥 바깥쪽에 물 한 컵을 넣어 주세요.'

왜? 왜 밥솥 안이 아니라 바깥에도 물을 넣어야 하지?

"어이, 왜 그렇게 멍 때리고 있어?"

남편은 절반은 화가 난 얼굴로 전기밥솥 콘센트를 뽑았다.

"혹시 탔어?" "밥이 타기도 해?" 딸들이 아연실색한 채 우두커니 서 있었다.

"빵. 빵 먹어요. 카레랑 빵. 지금 데울 테니까."

와카코는 억지 미소를 지으며 냄비 손잡이를 잡았다.

"아, 진짜. 처음부터 그랬으면 됐잖아."

카메라가 돌고 있다는 사실을 잊어버린 건지 아까부터 미카는 불편한 심기를 감추지 않았다. 평소 같았으면 마유도 덩달아 기분이 나빠져서 결국 둘의 싸움으로 번지는데, 마유는 여전히 카메라를 의식하는 듯했다. 선반에서 접시를 꺼내거나 숟가락을 찾는 등 착실하게 와카코를 돕고 있었기 때문이다.

와카코도 보통 때라면 실수를 제쳐 두고 불평 한두 마디를 내뱉고는 남편에게 마구 화풀이를 했을 테지만 차분하게 냄비를 가스레인지로 옮겼다.

……아, 이거 어떻게 하는 거지?

와카코는 카레 냄비를 든 채 가스레인지 앞에서 얼어붙고 말았다.

자신이 알던 가스레인지가 아니었다. 왜? 스즈키 씨네 가스레인지는 오래되었어도 익숙한 착화식 두 구짜리 가스레인지던데. 왜 우리는 이런 고철 덩어리 같은 거 하나지? 냄비를 식탁에 놓고 다시 파일을 넘겼다.

"말도 안 돼. 성냥? 성냥이 필요하다고?"

성냥은 소모품이었다.

그 말인즉슨 이 집 어디를 뒤져도 성냥은 없다는 의미다.

"당신, 성냥이나 라이터 있어?"

"그런 게 있을 리 없잖아. 금연 중인데."

"어떡하지⋯⋯." 와카코가 비틀거리며 의자에 주저앉았다. "성냥도 라이터도 없으면⋯⋯ 어떻게 해야 하는 거야?"

카레 냄비에 손을 대 보니 완전히 식었다. 뚜껑을 열자 보란 듯이 막이 생겨 있었다. 이대로 먹으면 맛이 없을 게 분명하다.

그렇지만 공복감이 이 상황을 이기고 있었다.

그래. 어쩔 수 없지. 와카코가 자리에서 일어났다.

"그냥 먹자. 카레는 좀 식어야 맛있어."

와카코는 최대한 웃으며 말했다.

"뭐?" 아이들의 입에서 탄식이 터져 나왔다. 하지만 카메라를 의식해서인지 더 이상 항의하지는 않았다. 평소라면 "싫어. 싫다고. 제대로 데워 줘!"라든가 "그냥 외식하자!"라든가 "피자 시켜도 돼?"라며 자매가 합심해서 난리를 쳤을 테다.

둘 다 아담한 식탁에 예의 바르게 앉아 있었다. 힐끗힐끗 카메라 쪽으로 시선을 보내면서 말이다.

한편 남편만이 쿠키 캔을 독점하고서 와그작와그작 오독오독 쿠키를 씹어 대고 있었다.

살짝 열이 받았다.

"와카코 씨의 '현모양처'다운 모습을 기대하겠습니다. 늘 밝고 듬직하게 중심이 돼서 석 달간 가족을 이끌어 주세요."

민소매 여자 피디가 했던 말이 다시금 떠올랐다.

와카코는 카메라로 힐끗 시선을 주었다.

그렇다. 나는 '현모양처'다. 어떤 일이 있어도 밝고 듬직하게 가족을 이끌어야 한다.

와카코는 순간적으로 미소를 지었다.

"그럼 카레 빵을 먹읍시다!"

춤추듯이 카레를 냄비에서 접시로 옮겨 담고 숟가락을 나란히 놓았다. 그러고는 식빵 한 덩어리를 식탁 가운데에 올렸다.

"……이 식빵, 어떡해? 안 썰려 있는데."

마유가 울먹이는 얼굴로 말했다. 미카는 거의 울다시피 했다.

"그냥 먹어. 당장 칼이 안 보이니까. 아마 어딘가에 있긴 하겠지만."

와카코는 열지 않은 상자로 눈길을 돌렸다.

"아니면 지금 저걸 다 열어서 칼부터 찾을래?"

마유와 미카가 동시에 고개를 가로저었다.

"그렇지? 그러니까 이대로 먹자. 이렇게 찢어서……."

식빵에 손을 뻗는데 남편의 손도 뻗어 왔다. 그러더니 뒤질세라 식빵을 쭉 찢어서 입안에 집어넣었다.

딸들도 마지못해 아빠가 하는 대로 따라 했다. 와카코

도 식빵을 조용히 찢어서 입으로 가져갔다.

아무도 말이 없었다. ……그저 씹는 소리만이 집 안에 울려 퍼졌다.

"맛없어." 미카가 맨 처음 입을 열었다. 그러고는 카메라 쪽을 힐끗 보더니 입 언저리를 손으로 가렸다.

아마 뱉어 냈을 테다.

와카코도 똑같이 했다.

그렇게 허기가 졌는데 씹으면 씹을수록 식욕이 사라졌다.

그만큼 식빵은 맛이 없었다. 소름 끼칠 정도로. 딱딱하고 퍼석퍼석하고 부스스해서 좀처럼 넘어가지 않았다. 무리해서 삼키면 목이 막힐 것 같았다.

뭐야? 이 식빵.

이 시대 식빵이 다 그런 건지, 아니면 이 식빵만 이상한 건지.

"물."

남편이 명령하듯이 중얼거렸다.

딸들도 눈으로 '물'을 호소했다.

어? 내가 갖고 와야 해? 왜?

평소에는 물을 마시고 싶으면 직접 가져오면서 말이다.

남편은 '가사 분담'에 적극적이다. 자기 일은 알아서 한다. 편모 가정에서 자란 남편은 그런 게 몸에 배어 있다. 그리고 딸들에게도 그렇게 가정 교육을 시켰다.

……그러고 보니 오늘 남편이 왠지 모르게 고압적이다. 쿠키도 혼자 다 먹었고, 내내 배를 내밀고 있었다. 손가락 하나 까딱하지 않는 폭군 같은 남편 그 자체였다. 심지어 선풍기는 남편 쪽으로만 향해 있었다. 반면에 딸들의 이마는 땀투성이였다. 와카코도 마찬가지였다. 줄곧 더위를 참고 있었다.

"어이, 물."

남편이 따끔하게 재촉했다.

"물 가져와!"

보다 못한 마유가 벌떡 일어났다. 그리고 카메라 쪽을 힐끗 보더니 마치 우등생을 연기하는 아역처럼 기민하게 컵을 네 개 준비해서 수도를 틀었다.

물이 심하게 튀었다.

"엄마!" 마유가 도움의 손길을 구하듯 이쪽을 보았다. 하지만 곧바로 입술을 깨물더니 담담하게 잔에 물을 따라 나갔다. 가엾게도 마유의 옷이 흠뻑 젖고 말았다.

……내일은 꼭 그걸 사야겠네. 수도 끝에 달아서 물이 부드럽게 나오게 하는 거. 좌우지간 그거.

"어이, 물. 아직이야?"

남편이 부엌을 향해 외쳤다.

……저, 여보, 당신 대체 왜 그래? 좀 이상해.

와카코는 남편을 바라보았다.

왠지 낯선 사람 같았다. ······헤어스타일이 잘못되었나.

와카코의 불안과는 별개로 남편은 아무렇지 않다는 듯 숟가락으로 카레를 떴다. 하지만 한입 먹자마자 "맛없어!" 하며 노기를 띠고 소리를 질렀다.

와카코도 카레를 한입 먹어 보았다.

윽, 이게 뭐야? 당근과 감자가 생것처럼 그대로 씹혔다. ······그 부인, 요리를 잘 못하나? ······아, 맞다. 졸이다가 중간에 가져왔다고 했지? 원하는 대로 더 졸이라고······.

어쨌든 이대로는 도저히 먹을 수 없었다.

그런데 미카는 연신 "맛있어. 맛있어." 하면서 계속 카레를 먹고 있었다. 하지만 얼굴이 새파랬고 양 볼도 다람쥐처럼 빵빵하게 부풀어 있었다. 아마 입속이 식빵과 카레로 빽빽하게 채워져 있을 테다.

"무리해서 먹지 않아도 돼."

그러나 미카는 고개를 가로젓기만 했다. 눈에는 눈물이 그렁그렁했다.

"그러니까 무리해서 먹지 말라고—."

"오래 기다렸지?"

마유가 교육을 잘 받은 종업원처럼 물이 담긴 잔 네 개를 조용히 옮겨 왔다.

그중 하나를 남편 앞에 놓았다.

남편은 "고마워."라는 말도 없이 당연하다는 듯 잔을 집어 들더니 단숨에 물을 들이켰다.

　—저, 여보, 왜 그래? 당신 정말 이상하다니까.

　와카코의 불안이 더해 갔다.

　평소의 남편이 아니었다. 헤어스타일 때문만이 아니다. 남편의 얼굴은 마치 모르는 사람 같았다. ……아니, 아니다. 이런 표정을 짓는 사람을 한 명 알고 있다. 오빠다. 손 하나 까딱하지 않았던 오빠. 폭군처럼 가족을 지배했던 오빠.

　와카코는 왼 무릎에 손을 살포시 가져다 댔다.

　쿡쿡 찌르듯이 아팠다.

　어쩌지. 못 참을 정도로 아팠다.

　"엄마?"

　물이 담긴 컵을 식탁에 놓으면서 마유가 와카코의 얼굴을 들여다보았다.

　"엄마, 울어?"

　응? 뺨에 손을 대니 젖어 있었다.

　나도 참 주책맞게 왜 이러지?

　"아니야. 땀이야."

　와카코는 눈물인지 땀인지 알 수 없는 걸 손으로 훔쳐 내고는 마유가 따라 온 물을 입에 머금었다.

　……맛없어.

　물을 뱉어 낼 뻔했지만 순간적으로 삼켰다.

……뭐야? 이거.

식빵도 맛이 없고 카레도 맛이 없고 심지어 물까지 맛이 없다니.

……벌칙인가?

그런데도 아이들은 이것들을 담담히 먹고 있었다. 남편도 "맛없어. 맛없어."라고 중얼거리면서 열심히 그 음식들을 위로 흘려보내고 있었다.

선풍기 돌아가는 소리만이 몹시 시끄럽게 났다.

그렇구나. 텔레비전. 텔레비전이 없으면 이렇게나 조용하구나.

"저…… 목욕은 어떡해?"

카레를 마지못해 먹으면서 마유가 혼잣말처럼 물었다.

"오늘은 불가능해." 와카코가 답했다.

"왜? 싫어. 땀 때문에 끈적끈적해." 미카가 눈물을 글썽이며 애원했다.

"쉿, 작게 말해." 와카코는 천장에 달린 카메라를 힐끗 보았다. 그리고 속삭이듯 말했다. "성냥이 없어서 오늘은 욕조에 못 들어가."

"성냥이 없으면 못 들어가?"

"응. 그런 욕조야."

"그럼 위층 사람한테 빌리면 되잖아." 미카가 목소리를 죽이고 정론을 펼쳤다.

"이것저것 다 부탁하면 미안하잖아."

"성냥 정도는 빌려줄 거야. 내가 갔다 올게."

"그럼 샴푸랑 린스, 비누도 다 빌려 올래? 그렇게 뻔뻔한 부탁을 할 수 있겠어?"

"……샴푸도 린스도 비누도 없어?"

"응. 샴푸도 린스도 비누도 없어."

"그럼 칫솔도 치약도?" 마유가 조심스럽게 물었다.

"혹시 면도기도?" 남편도 불안한 듯 와카코의 얼굴을 보았다. 평소의 소탈한 얼굴이라서 와카코는 조금 안심했다.

"응. 없어. 소모품은 일절 없어."

와카코는 포기한 듯 컵에 담긴 물을 들이켰다.

"하루 정도 참아. 조난당했다고 생각하면 되잖아."

"집에서 조난당하다니 말이 돼?" "맞아." 마유와 미카가 서로의 얼굴을 슬쩍 마주 보았다.

어쩜, 이런 하루가 다 있담.

와카코는 긴 한숨을 휴 뱉으면서 바로 옆에서 고른 숨소리를 내며 자고 있는 남편과 아이들을 바라보았다.

세상 편해 보이네.

와카코는 다시 한번 한숨을 내쉬며 식탁에 있던 일기장을 펼쳤다. 스태프한테서 받은 일기장이었다. 이걸 매일 쓰는 게 의무란다. 남편과 아이들은 와카코가 이불을 까는 사이에 다 쓴 모양이었다.

뭘 쓸까.······쓰고 싶은 게 많았지만 막상 새하얀 지면을 마주하니 아무것도 나오지 않았다. 우선 날짜부터 썼다.

맞다. 잊어버리기 전에 써야지.

와카코는 내일 살 걸 쓰기 시작했다.

휴지, 쌀, 식재료, 조미료, 세제, 샴푸, 린스, 비누, 칫솔, 치약, 면도기, 수도 끝에 다는 그거······.

아, 또 모기다. 볼록하게 부어오른 위팔을 벅벅 긁으면서 '모기향'이라고 일기장에 연필로 휘갈겼다.

······그리고. 그리고.

ㅁ—ㅁ

"괜찮네. 야마다네는 기대대로잖아."

민소매 여걸 사카가미 여사가 만족스럽게 엄지를 치켜세웠다.

이 자리에 사카가미 여사가 나타난 것은 1시간 전으로, 밤 10시였다.

원래 촬영을 개시하자마자 참석할 예정이었는데 결국 이 시간에 나타났다. 어쩌면 처음부터 참석할 마음이 없었을지도 모른다. 어쨌거나 "빨리빨리!"가 입버릇인 바쁜 사람이다. 〈1961 도쿄 하우스〉 첫날 모습도 빨리 확인할 수 있으면 그걸로 되었다고 생각하고 있을 테다. 실제로 이곳에 도착해서 처음 한 말이 "1시간 분량으로 정리해 놨어?"였다.

후카다 다카야는 어깨를 으쓱했다.

오늘은 12시간 이상 카메라가 돌아가고 있었다. 그 12시간을 1시간 이내로 정리하라는 거다. 물론 예상했던 바다. 사카가미 여사를 잘 아는 조연출이 이미 테이프 하나에 정리 중이었다. 총 45분이었다. 조연출은 잘 길들여진 개처럼 사카가미 여사가 의자에 앉자마자 재생 버튼을 눌렀다. 그리고 30분 정도 지난 무렵이었다.

"야마다네는 난리도 아니네!"

사카가미 여사가 모니터를 보면서 깔깔대기 시작했다.

"휴지 부분에서 분명 시청률이 올라갈 거야. 전기밥솥 부분도. 비참한 저녁 식사, 완전 최고 아냐!"

심히 거슬리는 사카가미 여사의 목소리가 온 방에 울려 퍼졌다.

이곳은 G방송국 스태프 룸이다.

스태프 룸은 촬영지인 4동 뒤편에 있는 3동의 한 집에 설치되었고, 각종 기자재가 들어와 여느 편집실과 풍경이 비슷했다.

"반면에 스즈키네는 아직 조용하네. 딱히 이렇다 할 일도 없는 것 같고. ……너무 과잉보호하나?"

말하자면 이랬다.

야마다네에게는 일부러 깐깐한 설정을 주고, 스즈키네에게는 쉬운 설정을 부여한 것이다.

이를테면, 스즈키네에게는 가구와 가전을 당시 최신 제품으로 갖추어 주고 인테리어나 잡화를 고급품으로 제공하고 식자재 등의 소모품을 과하지도 부족하지도 않게 마련해 주어, 모델 하우스처럼 만반의 준비가 되어 있는 상태의 집에 들어가게 한다. 가전제품을 사용하는 법도 스태프가 달라붙어서 하나하나 가르쳐 준다. 주방 수도에 수전도 달아 준다.

반대로, 야마다네는 제로…… 아니 마이너스 상태에서 입주한다. 옆에 붙는 스태프도 없다. 하나부터 열까지 직접 해결해야 한다. 더구나 가전제품도 가구도 인테리어도 스즈키네보다 격이 낮고 잡화나 식품, 의류 등도 어딘가 모자란 상태일 뿐만 아니라 소모품도 죄다 스스로 조달해야 한다. 그리고 녹투성이인 수도관에서 뿜어져 나오는 물은 믿을 수 없을 만큼 맛이 없었다. ……흡사 벌칙 같은 설정이다.

이런 제안을 한 사람은 언급할 필요도 없이 사카가미 여사였다.

"같은 단지라고 해도 집마다 격차는 있을 거 아냐. 유복

하고 완벽한 스즈키네랑 아등바등 아슬아슬하게 살고 문제점이 많은 야마다네. 이 두 가족이 어떤 갈등을 빚을지. ……이런 게 시청자가 원하는 거 아냐?"

이렇게까지 격차를 둔다면 확실히 무언가 갈등이 일어날 것이다.

다카야는 어딘가 불안해졌다.

"야마다네는 괜찮으려나? ……특히 그 집 부인."

다카야는 모니터에 비치는 그녀의 모습을 응시했다.

노파처럼 지친 등이 보였다.

"오늘 아침까지는 그렇게 활발하더니. 하루 만에 완전히 늙어 버린 것 같네……. 석 달 동안 잘 버틸 수 있으려나……?"

이튿날.

와카코는 뽀글뽀글한 파마머리에 스카프를 쓰고 장바구니와 똑딱이 지갑만 챙겨 집에서 나왔다. 쇼핑센터는 10시부터 연다고 스즈키 부인이 말했었다. 한시라도 빨리 필요한 것을 갖추어야 했다. 어제는 아이들도 있고 더구나 화장실 문제가 있어서 초조한 마음에 길을 헤매고 말았지만 오늘은 잘 갈 수 있을 듯했다.

아, 저거다. '쇼핑센터'라고 적힌 건물이 나타났다.

그런데 사람이 보이지 않고 셔터가 내려져 있었다.

"왜지?" 손목시계 바늘은 10시를 지나고 있었다.

그때 사람 하나가 지나갔다. 보조 출연자인가? 아니면

스태프? 어느 쪽이든 상관없다. 와카코가 말을 걸었다.

"저, 쇼핑센터는 몇 시부터 여나요?"

"네? 오늘부터 한동안 안 열어요."

망연자실해 집으로 돌아와서 빈 장바구니를 식탁에 내려놓았다. 허기진 남편과 아이들의 시선이 조용히 와카코에게로 향했다.

"안 열었어. 가게가 저녁 6시에 닫는다든가, 오봉(우리나라의 추석과 비슷한 일본 명절이다. – 옮긴이) 연휴라든가 그렇대."

와카코가 몸서리를 치며 말했다.

"파일이 이렇게나 두꺼운데 정작 중요한 건 써 있지도 않아!"

그녀는 파일을 식탁에 내려친 다음 거칠게 펼쳤다.

"아."

관련 내용은 첫 장에 있었다.

'쇼핑센터의 영업 시간은 10시부터 18시까지이며 10일부터 12일까지는 휴일이니 주의해 주세요.'

아휴, 이게 무슨 일이야. 첫 장에 있네……. 유심히 보지 않았나 보다. 잠깐, 모레까지 휴일이라고?

와카코는 그 자리에 주저앉았다. 자연스럽게 왼 무릎으로 손이 갔다. 욱신욱신 아팠다.

……카메라가 이쪽을 노리고 있다. 불량 주부의 모습을 남김없이 기록하고 있었다. 와카코는 연신 무릎을 문질렀다. 아, 여기도 벌레에 물렸네.

"아침은?"

남편이 차갑게 말했다.

아이들도 애원하듯 이쪽을 보고 있었다.

맞다. 밥. 어쩌지?

아침 일찍 밥을 지었지만 보기 좋게 실패했다. 모조리 태워 먹고 말았다. 도저히 먹을 만한 상태가 아니었다.

식빵도 버려야 했다. 퍼석퍼석한 걸 넘어서 돌처럼 딱딱해지고 말았다. 더구나 곰팡이까지……. 카레의 상태도 별반 다르지 않았다. 냉장고가 너무 작아서 냄비를 넣을 수 없는 탓에 그대로 방치할 수밖에 없었다. 아침에 냄비를 열었더니 악취가 났다. 표면에 흰 곰팡이가 한가득 폈다. 그런 걸 먹으면 식중독에 걸리는 건 따 놓은 당상이다.

어떡하지? 아침은커녕 점심, 저녁에도 먹을 밥이 없다. 모레까지 없다!

와카코는 매뉴얼 파일을 넘겼다. 스스로 해결할 수 없는 일이 발생하면 스태프가 도와준다고 했다. 그런 말을 했었다. 스태프가 어딘가에서 상시 대기하고 있다고도 했다.

입주한 지 이틀 만에 구조 신호를 보내는 건 너무 빠른

게 아닌가 싶었지만 배부른 소리를 할 때가 아니었다. 이
대로 가다간 아사할지도 몰라!

"저, 엄마……."

마유가 와카코의 치맛자락을 살며시 잡아당겼다.

"……어제 카레 준 아줌마한테 부탁해 보면 어떨까?"

"응?"

"그러니까 위층—."

"스즈키 씨?"

물론 그 생각을 하지 않은 건 아니었다.

하지만 어제 일이 있고 나서 바로 또 "식재료 좀 주세
요……."라고 말하기 힘들다. 스즈키 씨는 분명 마뜩잖은
표정을 지을 거다. 그쪽도 아슬아슬한 생활비만 받아서
그 돈으로 살림을 꾸려 나가고 있을 거다. 내가 스즈키 씨
입장이라면 굉장히 곤란할 것 같다. "믿을 수 없어. 첫날
하루는 그렇다 쳐도 이틀이나 식재료를 달라고 하다니!
얼마나 눈치가 없으면 저럴 수 있을까!" 하며 어처구니없
어할 거다. 겉으로는 웃고 있어도 속으로는 모멸하는 말
을 뱉겠지. "순 거지 아냐!"

더구나 그 장면이 전국으로 방송된다면?

하지만 이대로 아무것도 하지 않아도 그 장면 역시 방
송으로 나간다.

배고픈 아이가 있는데도 아무것도 하지 않는 나쁜 엄

마냐, 아니면 배고파하는 아이를 위해서 이웃에게 고개를 조아리는 갸륵한 엄마냐. ……그나마 후자 쪽이 나은가?

그렇게 이해득실을 따지고 있을 때였다.

"엄마, 스즈키 씨네 집에 가자."

미카도 와카코의 치맛자락을 잡아당겼다.

그 탓인지, 아니면 훨씬 전부터인지 치맛자락이 쭉 터져 있었다.

"엄마야!"

와카코는 카메라 쪽을 보았다.

이런 모습이 방송되면 절대로 안 된다. 만에 하나라도 방송에 나간다면 칠칠치 못한 여자라고 스스로 인정하는 꼴이다.

아, 바느질 도구. 어딘가에서 본 듯하다. 어느 상자였더라……. 재봉틀은 있지만 사용법을 모른다.

"어이, 배고파! 밥은? 밥 하나도 못하는 거야? 이 도움도 안 되는 여편네가!"

등 뒤에서 호통치는 소리가 들렸다.

왼 무릎에 둔탁한 저림이 지나갔다.

조심스럽게 돌아보니 그곳에는 무표정한 오빠의 얼굴이 있었다.

"오빠! 미안! 때리지 마!"

와카코는 순간적으로 몸을 웅크렸다.

"……당신, 무슨 소리 하는 거야?"

아니다. 그 목소리는 남편이었다.

와카코는 살며시 자세를 바로잡았다.

……그래. 이런 데 오빠가 있을 리 없다.

"얼른 밥이나 해!"

와카코는 남편에게 구박을 받으며 장바구니를 들고 발을 질질 끌면서 집을 나섰다.

◦—◦

"네—."

초인종 소리에 대답하는 밝은 목소리가 들렸다.

와카코는 등줄기를 꼿꼿하게 세웠다.

문 건너편에서 후다닥 경쾌한 발소리가 들려왔다.

와카코는 장바구니를 뒤로 숨겼다.

딸깍.

요란한 소리를 내며 문이 열렸다.

"어머, 야마다 씨, 안녕하세요. ……무슨 일이세요?"

스즈키 부인이 아침 드라마에 나오는 젊은 사모님처럼 빙긋 웃었다.

여전히 멋스럽네. 앞치마도 예쁘다.

그런데 나는……. 뽀글뽀글한 아줌마 파마에, 걸쳐 입는 옛날 앞치마 차림이었다.

게다가 뭐랄까, 향기가 엄청 좋다. 그리고 시원하다.

"현관에서 얘기하긴 좀 그러니 일단 들어오세요."

"아뇨. 여기서—."

지이이이이…….

어떤 소리가 나는 느낌이 들었다. 무심결에 위를 쳐다보니 소형 카메라 두 대가 이쪽을 겨냥하고 있었다.

이런 곳에도…….

와카코는 목에 힘을 실었다.

"그럼 염치 불고하고 좀 들어갈게요."

격식을 차린 목소리를 쥐어짜 냈다.

"무슨 일이세요?"

스즈키 부인이 거실 한가운데에 놓인 테이블에 시원한 차를 내면서 고개를 갸웃거렸다.

와카코는 소파에 앉아 있었다. 폭신폭신한 초록색 소파였다. 뒤에는 수납장이 있었는데, 위스키며 멋스런 잔, 인형 등이 진열되어 있었다.

벽에는 추상화가 걸려 있었다. 잘은 모르지만 명화 같다.

발 언저리에도 추상적인 무늬가 들어간 카펫이 깔려 있었다. 거기에 맞춘 건지 슬리퍼에도 독특한 무늬가 그려져 있었다.

커튼도 멋스러웠다. ……이건 알고 있다. 영국 디자이너 윌리엄 모리스 거다. 창 끝에는 관엽 식물이 있었다.

찻잔을 내려놓은 테이블의 재질은 유리였다. 가운데에는 크리스털 재떨이가 있었다. 어제는 다급해서 유심히 관찰하지 못했는데, 이렇게 다시 와서 보니 우리 집과 하나부터 열까지 다 달랐다.

와카코는 몸을 젖혔다.

우리 집이랑 구조가 같은 게 맞나? 전혀 다른데.

우리는 그림에서나 볼 법한 쇼와 시대의 단지로 다이닝 키친 말고는 전부 다다미다. 옷장 같은 가구도 삼면거울도 쇼와 시대의 오래된 디자인뿐이고. 아직 정리는 끝나지 않았지만 아무리 생각해도 이렇게 근사한 집은 될 수 없었다.

말도 안 돼. 텔레비전까지 있잖아. ……저건 혹시 전축인가? 그렇다. 전축이다. 옛날에 할머니네 집 헛간에서 보았다. "저게 뭐야?" 하고 묻자 "레코드를 틀어 주는 물건이야……."라고 할머니가 가르쳐 주었다. ……뿐만 아니라 전화도 있었다. 그 옛날의 향수를 자극하는 검은색 전화기였다! 한번은 할머니가 말했었다. "지금은 누구나 전화가 있지만 할머니 어렸을 때는 부자들만 전화가 있었어. 가입비라는 게 있었는데 그게 비쌌어. 전화세도 비쌌고……. 마을에서 전화가 있는 집은 지주 댁뿐이라서 전화를 빌려 쓰러 자주 갔었지. 염치없이."

그러니까, 스즈키 씨가 부자……라는 건가?

……어라? 어떻게 된 거지? 우리 집이랑 같은 게 아니야?

"왜 그러세요?"

스즈키 부인이 성모 마리아 같은 얼굴로 물었다.

"네?"

"아까부터 계속 두리번거리시길래요."

"……저, 아무것도 아니에요. 여긴 서양식이네요. 우리 집은 다다미로 된 전통 집이에요. 그래서 아무리 애써도 멋있어 보이지 않아요."

"우리 집도 전통 집이에요. 야마다 씨네 집과 우리 집 배치가 완전히 똑같으니 쓰임새도 같을 거예요."

"어? 정말요?"

"여기도 다다미방이에요. 다다미 위에 카펫만 깔았을 뿐이에요."

"그래요?"

"카펫 깔면 좋아요. 집이 밝아져서요."

"그러네요. 집이 정말 밝아 보여요. 무엇보다 되게 시원하고요. 우리 집은 덥거든요……. 선풍기가 전혀 도움이 안 되는 것 같아요. 바람 통하는 게 우리 집이랑 좀 다른가 봐요?"

"아, 에어컨을 달았거든요."

"에어컨이요?"

두리번거려 보았지만 에어컨으로 보이는 물건은 없었다.

"위가 아니라 창문이요. 저기."

스즈키 씨가 가리킨 쪽을 보니 창문에 무언가가 달려 있었다.

"저게 에어컨이에요." 스즈키 씨가 시원스럽게 웃었다.

말문이 막혔다.

왜 에어컨이 있지? 왜 텔레비전이 있냐고? 전화는 또 왜 있고? 왜…….

"어제 카레 어떠셨어요?"

그 질문에 "아." 하고 와카코가 작은 소리를 내뱉었다. ……아차. 냄비 가져오는 걸 깜박했다. 그것보다 부엌에 그대로 방치해 두고 씻지 않았다. 곰팡이가 피어서…….

"정말 맛있었어요." 와카코는 난처한 나머지 그렇게 말해 버렸다. "너무 맛있어서…… 저녁도 카레를 먹을까 생각 중이에요."

"저녁도요? 혹시 남았나요? ……죄송해요. 제가 너무 많이 만들었어요. 어차피 우리 식구끼리는 다 못 먹으니까 나눠 먹으려고 한 건데. 너무 강요했나 싶어서 어제부터 그 생각이 머릿속에서 떠나질 않더라고요."

"아니에요. 정말 감사합니다."

"그럼 다행인데요."

"그래서 말인데, 냄비는 다음에 갖다 드려도 될까요?"

"그럼요. 물론이죠. ······그런데 어제부터 내내 카레만 먹으면 질리지 않을까요?"

"아니요. 전혀요. 정말 맛있었거든요."

와카코는 거짓말을 잘 못한다. 이 이상 카레 이야기를 계속한다면 본심이 튀어나오고 말 것 같다.

"남편분은요?" 와카코가 화제를 바꾸었다.

"옆방에서 자요. 막내랑 같이."

"아, 그렇군요. ······큰애는요?"

"어디 놀러 갔어요. 어린이 회관에 간 것 같아요."

"아, 어린이 회관."

"야마다 씨 남편분은요?"

"우리 남편이요? 지금 여름휴가 중인데요. 정말 지긋지긋해요. 남편이 하루 종일 집에 있으면 숨이 막혀서요." 전에는 그렇지 않았는데 지금은 남편의 존재가 싫었다. 남편은 오늘도 딱히 아무것도 하지 않고 뒹굴대고 있었다. "······모레 목요일부터 다시 출근을 시작하니까 그때까지 좀 참아야죠."

"모레부터 출근이요?"

"네. 인쇄 회사에 다니고 있어요."

"인쇄 회사요? 대단하다."

대단하다니? 비꼬는 건가? ……그러고 보니 스즈키 부인네 남편은 무슨 일을 할까? 에어컨이나 텔레비전까지 살 수 있으니 아마…….

"우린 그냥 자영업 해요."

"자영업이요?"

"네. 집에서 일하고 있어요."

집에서? 시선을 이리저리 돌리다 수납장 옆에 책장을 발견했다. 책이 빼곡하게 채워져 있었다.

"혹시 소설가세요?"

어림짐작으로 말해 보았지만 아무래도 정답인 모양이다. 스즈키 씨가 고개를 갸웃거리면서 빙긋이 웃었다.

그렇구나. 소설가구나. 와카코는 어깨에 들어간 힘이 쑥 빠졌다.

같은 회사원인데 이렇게까지 차이가 벌어지면 질투가 나는 법이고…… 실제로도 질투가 날 것 같지만, '소설가'라는 미지의 직업이라면 도저히 비교할 도리가 없다. 그러니 자존감이라는 게 방해할 여지가 없고, 부탁도 거리낌 없이 할 수 있다. 어쨌거나 상대는 부자이니까.

"실은 부탁이 있는데요. 제가 지금 되게 곤란한 상황이거든요."

와카코는 난처한 사람을 돕는 게 부자의 의무이지 않느냐는 양 말했다.

"……쌀이랑 조미료랑 고기랑 채소랑, 그리고 샴푸랑 린스랑 성냥이랑 면도기랑 모기향이랑, 그리고 가능하면 수도꼭지 끝에 끼우는 그거도 좀 빌릴 수 있을까요? 저거요. 저거."

와카코는 부엌 수도의 끝부분을 가리켰다.

"야마다 씨, 회복했네."

후카다 다카야는 모니터를 보면서 어깨의 힘이 쑥 빠졌다.

모니터에 비치는 것은 야마다네의 즐거운 식탁 장면이었다.

촬영 개시부터 일주일간 문제가 이어져서 집안 분위기가 살벌했던 야마다네도 남편이 직장에 나가면서 차분한 생활을 되찾았다.

부인도 요령을 익혔는지, 아니면 각오를 다졌는지 쇼와 36년의 주부를 훌륭하게 소화해 내고 있다. 지금도 의기양양하게 아이들이 입을 옷을 만들기 위해 재봉틀을 돌리고 있다. 적응력이 뛰어난 사람일 테다. 기대했던 대로 '늘 밝고 듬직한 현모양처'다.

아이들도 마찬가지였다. 주어진 역할을 반듯하게 해내고 있다. 첫째는 '엄마를 돕는 야무진 아이', 둘째는 '분위기 메이커에 먹보'였다. 남편도 뒤지지 않았다. 그는 누가 보아도 '쇼와 시대의 가부장적인 남편'이었다.

오리엔테이션 때 캐릭터 설정에 대해 언급하긴 했지만 이렇게까지 완벽하게 역할을 소화해 낼 줄은 몰랐다.

무엇보다 놀란 것은 야마다 부인의 강인한 정신력이었다. 그녀는 위층에 사는 스즈키 씨네 집에 수차례 찾아가서 식재료며 조미료, 때로는 믹서기 같은 가전제품까지 빌렸다. 특히 믹서기는 나흘 전에 빌려 가서 돌려줄 기미조차 보이지 않았다. 수도에 달린 수전까지 빼서 가져갔다면 말 다한 거 아닌가 싶다.

그런데 "……음, 야마다네 설정을 바꾸는 편이 낫지 않을까?" 하고 사카가미 여사가 운을 뗐다. 그녀로서는 드물게 아침부터 스태프 룸에 진을 치고 있었다.

"네? 설정을 바꾼다고요?"

그리 대답한 것은 오카지마 씨였다. 오늘은 제작 프로덕션 소카이샤의 오카지마 사장도 아침부터 동석했다.

"잠시만요. 설정을 바꾸다니 무슨 소리예요? 온 가족이 우리가 기대했던 캐릭터를 잘 소화하고 있잖아요."

오카지마 씨의 말에 사카가미 여사가 반기를 들었다.
"확실히 처음에는 기대에 부응했지. 연속되는 갈등에 조마조마했어. 근데 지금은 어때? 평범하게 밥 짓고, 식사하고, 청소하고, 목욕하고. ……이렇다 저렇다 할 것 없이 너무 평범하잖아."

"평범하면 안 되나요?"

"그게 무슨 말이야. 뭐, 정치가 흉내라도 내자는 거야?"

"아뇨. 그런 건 아니지만……."

"내가 기대하는 건 '평범'한 게 아니야. '평범'한 삶을 기록한 영상은 유튜브에 썩어 남아돌 만큼 많아. 우리가 찍고 있는 건 '텔레비전 프로그램'이야. 매스 미디어라고. 시청자도 텔레비전에 기대하는 게 있어. 유튜브에 업로드되지 않은 걸 볼 수 있다는 기대."

"……."

"그렇지 않으면 텔레비전에 의미가 없어. 유튜브랑 같으면 누가 텔레비전을 보겠어? 텔레비전이 무용지물이 된다고. 내 말이 틀렸나?"

"……."

"지금이 중요한 시점이야. 아마추어 동영상에 질 수 없어. 우린 프로니까. 연예계 프로니까."

"그럼 하나만 물을게요. 사카가미 씨는 뭘 하고 싶으신데요?"

"몰라서 물어? 사건이지. 사건을 일으키는 거야."

사카가미 여사가 태연하게 말했다.

"사건이요?" 오카지마 씨의 눈썹이 치켜 올라갔다.

"그래. 사건, 갈등, 사고, 충돌, 뭐든 좋아. 시청자의 마음을 사로잡을 만한 뭔가를 일으켜야지. ……근데 요즘 들어 아무 일도 안 일어나잖아. 특히 야마다 부인은 너무 순종적이야. 집안일도 무난하게 해내고. 심지어 그런 걸 즐거워하는 것 같잖아. 갈등하게 만들어야지. 이래서는 숫자가 안 나와. 숫자는커녕 화제에 오르지도 못하겠어."

"그래서 설정을 바꾸겠다는 건가요?"

"그래."

"아이들 여름 방학이 슬슬 끝나 가잖아요. 그럼 뭔가 변화가 일어날 거라고 봐요. 설정을 바꿀 필요까진 없어요."

"개학 정도로 무슨 변화가 생긴다는 거야? 더 근본적으로 바꿔야지. 하드한 설정으로. 한쪽이 압박을 가하고 한쪽은 압박을 받는 설정으로!"

"그럼 진짜로 짐바르도 감옥 실험 같잖아요!"

"그러니까!"

사카가미 여사가 가지고 있던 수첩으로 책상을 내리쳤다.

둘러보니 다른 스태프가 아무도 없었다. 일찌감치 달아났을 테다. 사카가미 여사와 오카지마 씨의 다툼은 늘 있는 일이지만 오늘은 한층 더 격했다.

다카야도 "잠깐 쉬다 오겠습니다……."라고 말하면서 조심스럽게 그곳을 빠져나왔다.

잠시 걷다 보니 어린이 회관이 나왔다. 본래는 10년 전 쯤에 폐쇄된 건물이었지만 지금은 스태프와 보조 출연자의 휴게소 겸 식당으로 쓰고 있었다.

"짐바르도 감옥 실험이 뭐지? 전에도 나온 말이잖아."

다카야는 적당히 자리를 잡고 앉아서 스마트폰을 들었다. 그리고 '짐바르도 감옥 실험'을 검색했다. 그때 "어이!" 하고 누군가가 어깨를 두드렸다.

고개를 들어 보니 햇볕에 몹시 그을린 한 남자가 서 있었다. 소카이샤의 영업맨 요시모토 씨였다.

"요시모토 씨! 오랜만이에요. 그동안 어떻게 지내셨어요?"

다카야가 약간의 비아냥을 담아서 물었다. 요시모토 씨는 촬영이 시작되고 나서 단 한 번도 현장에 얼굴을 비치지 않았다. 오늘이 처음이었다.

"가고시마에 다녀왔어."

"가고시마요?"

"응. 여름휴가였거든. 또 성묘 좀 다녀오느라고."

뭐? 여름휴가? 이쪽은 휴일까지 반납하고 이렇게 일에 몰두하고 있는데.

다카야는 납득이 가지 않는다는 표정을 지어 보였다.

"화내지 마. 절반은 일이었으니까."

"일이요?"

"뭘 보고 있었어?" 요시모토 씨가 다카야의 스마트폰을 들여다보았다.

"짐바르도 감옥 실험?"

"네. 오늘 오카지마 씨와 사카가미 씨 사이에 언쟁이 벌어졌는데요. '짐바르도 감옥 실험'이라는 말이 나오길래 궁금해서 찾아봤어요."

"그래서, 찾아냈어?"

"검색하려는 참이었는데 말을 거셨잖아요."

다카야가 차갑게 대꾸했다. "오늘은 영 심기가 불편한가 보네. ……이걸로 기분 풀어." 하며 요시모토 씨가 손에 들고 있던 종이봉투에서 내용물을 꺼내기 시작했다.

"가루칸(일본 가고시마의 전통 떡이다. – 옮긴이). 맛있어. 그리고 본탄 사탕(자몽 향이 나는 사탕이다. – 옮긴이)도 있어. 그리고 사쓰마아게(일본의 어묵 튀김이다. – 옮긴이)도 사 왔어."

요시모토 씨가 종이봉투에서 연달아 꺼내는 내용물로 이쪽저쪽에서 시선이 날아왔다. 보조 출연자들이었다. 실제로 이 단지에서 거주하는 사람들에게 보조 출연을 부탁했는데 고령자뿐이다. 그래서 G방송국 동호회에서 모집한 일반인도 일부 포함시켰다.

"괜찮으시면 같이 드세요."

요시모토 씨는 빈 테이블 위에다 종이봉투의 내용물을 탈탈 쏟아 놓았다.

곳곳의 보조 출연자들이 테이블로 모여들었다.

그 틈을 노려 요시모토 씨는 다카야를 탕비실 옆 어두운 곳으로 불렀다. 그리고 목소리를 죽이더니 "보조 출연자 중에 현장에서 알게 된 정보를 인터넷에 흘리는 나쁜 사람들이 있어. 어지간한 말은 안 하는 편이 좋아."라고 평소답지 않게 진지한 얼굴로 말했다.

"어지간한 말이요? 제가 무슨 위험한 말이라도 했나요?"

"짐바르도 감옥 실험 말이야."

"그게 왜요?"

"됐고, 빨리 검색해 봐."

요시모토 씨가 눈으로 다카야의 스마트폰을 가리켰다.

그의 말대로 검색을 하자 제일 위에 위키피디아 내용이 떴다.

1971년 8월 14일부터 1971년 8월 20일까지 미국 스탠퍼드대학교 심리학부에서 심리학자 필립 짐바르도의 지도 아래 실시된 실험이다. 이 실험은 형무소를 배경으로 평범한 사람이 특수한 직함이나 지위를 부여받으면 그 역할에 맞추어 행동하게 됨을 증명하기 위해 실시되었다. 모형 형무소(실험 감옥)는 스탠퍼드대학교 지하 실험실을 개조한 것으로 실험은 2주 동안 실시될 예정이었다.

"짐바르도⋯⋯는 학자 이름이었군요⋯⋯." 다카야가 나직이 중얼거렸다.

"그래. '짐바르도의 감옥 실험'이라는 건 짐바르도라는 심리학자가 실시한 대규모 심리 실험이야. 직업이나 지위, 또는 역할에 따라 인간이 얼마나 간단히 캐릭터를 바꿀 수 있는가⋯⋯ 하는 것을 증명하려고 했지."

"직업이나 지위로 그렇게까지 달라지나요⋯⋯?"

다카야는 반신반의하며 기사를 읽어 나갔다.

신문 광고 등에서 모집한 평범한 대학생을 비롯한 70명 가운데 심신이 건강한 21인의 피험자가 선발되었다. 이 중 열한 명은 간수 역, 열 명은 수감자 역으로 그룹을 나누고 실제 형무소에 가까운 설비를 만들어 각자의 역할을 연기하게 했다. 그 결과 시간이 지나면서 간수 역인 피험자는 보다 간수다워졌고 수감자 역인 피험자는 보다 수감자다운 행동을 하게 되었다는 게 증명되었다고 짐바르도는 주장했다.

"……말도 안 돼."

다카야의 손끝에 서서히 땀이 번졌다. 다카야는 계속 스크롤을 내렸다.

> 시간이 흐르면서 간수 역을 맡은 사람은 누군가에게 지시를 받지 않아도 죄수 역을 맡은 사람에게 스스로 처벌을 가하기 시작했다. 반항하는 죄수 역의 주범은 독방처럼 꾸민 창고에 감금당했고 그 주범이 속한 그룹원들은 양동이에 배변하도록 강요받았다. 견디다 못한 죄수 쪽 한 명이 실험 중지를 요구했지만 짐바르도는 리얼리티를 추구해서 그 사람에게 '가석방 심사'를 받게 하며 그대로 실험을 이어 갔다.

"장난해?"

다카야가 무심코 소리를 질렀다.

"그래. 장난 아니지." 요시모토 씨가 히죽거리면서 말했다. "수감자 역은 연달아 정신적으로 궁지에 몰렸고, 간수 역은 점점 고압적이고 폭력적으로 변했어. 하지만 짐바르도는 실험을 중지시키지 않고 간수 역의 폭력을 묵인했지. 위험성을 인지한 상담 목사가 피험자들 가족에게 연락했어. 가족들이 실험 중지를 호소해서 실험 6일째에 겨우 실험이 중지됐고."

"짐바르도는 왜 실험을 더 빨리 중지시키지 않은 거
죠?"

"짐바르도 본인이 이 실험에 과하게 몰입했었나 봐. 그
래서 중지시킬 수 없었다고 나중에 증언했어."

"그렇구나. 사람을 찾으러 갔다가 그 사람도 돌아오지
않는…… 격이 된 거네요."

"그런데 말이야. 이 짐바르도 감옥 실험 자체에 조작 의
혹이 있어."

"조작이요? 뭔가 갑자기 수상쩍어졌네요……."

"이 실험에 17년간 복역했던 전직 수감자가 감수자로
참가해서 연출 조언을 했다나 봐."

"연출이요?"

"응. 그러니까, 간수 역이 보다 간수답게 보이도록 간수
역한테 여러 가지 지시를 내렸나 보더라고. 수감자 역에
게 양동이에 배변을 시킨 것도 그렇고. 수감자 역에게 폭
력을 휘두르게 한 것도 그렇고. 간수 역은 연출가의 지시
에 따라서 연기만 한 거지."

"참나……."

"거기다 수감자 역에서도 연기 의혹이 나왔어. 수감자
역 중 한 사람이 나중에 증언했는데, 정신적으로 수세에
몰려서 착란 상태에 빠진 척했대."

"그쪽도 조작이란 건가요……?"

"물론 다 그런 건 아닐 거야. 튀는 인물은 하나고 다른 사람들은 자연스럽게 그걸 따라 한 거지. 이런 말하면 좀 그렇지만 일종의 패션 리더랄까. 간수 역의 피험자 중에 그런 인물이 있었고, 그가 영화에서 본 포악한 간수를 흉내 내서 그럴싸한 간수를 연기한 모양이야. 그랬더니 자연스럽게 다른 피험자도 따라 하더라는 거지. 아마 수감자 역에도 비슷한 주도자가 있었겠지."

"직업이나 지위에 따라 캐릭터가 달라진다기보다 주어진 역할을 스스로 연기한다……는 건가요?"

"그럴지도 몰라. 짐바르도 감옥 실험은 여러모로 의혹이 많은 실험이야. 하지만 인간은 타인에게 받는 기대에 부응하기 마련……이라는 건 증명했다고 봐."

"타인에게 받는 기대……라는 건, 즉 실험자의 기대 말인가요?"

"그렇지. 실험자의 기대에 부응하기 위해서 간수 역은 사건을 일으키려 했고 그런 행동을 했어. 수감자도 마찬가지야. 한마디로 피험자들은 '권위'에 따랐던 거야."

"실험자의 권위요?"

"응. 예를 들어, 가정으로 치면 '아버지'겠지. 학교라면 '교사'일 테고. 아이는 권위를 가진 부모나 교사의 기대에 부응하기 위해서 무의식중에 그들이 바라는 어린이상을 연기하잖아?"

"그러네요. 회사라면 '상사'겠고. 아니면 '거래처'."

"그래. 텔레비전이라면 '시청자'. SNS라면 '좋아요' 수나 조회 수. 사회 곳곳에 권위가 굴러다니는 격이지. 사람들은 그 권위의 기대에 부응하기 위해 따르는 거고. 이른바 복종하는 거지."

"복종⋯⋯."

"그 복종에 박차를 가하는 게 카메라야. 짐바르도 감옥 실험에서도 늘 감시 카메라가 돌아갔고 실험자에게 감시당한다는 점이 피험자를 폭주하게 만든 게 아닐까. 인간은 의외로 매우 게을러. 아무도 안 보면 머리를 굴리고 노력을 안 해. 근데 누가 보고 있다고 생각하면 갑자기 혈기 왕성하게 활동하려고 할지도 몰라. '언제 어디서든 신이 보고 있다'라는 교훈은 사람의 그런 습성을 꿰뚫어 본 데서 만들어졌을 거야."

"언제 어디서든 신이 보고 있다⋯⋯."

다카야는 가루칸의 비닐 포장을 벗기면서 문득 시선을 돌렸다. 있을 리 없는 카메라의 존재를 느끼자 긴장감이 몸을 관통했다.

"그렇군요. 카메라가 신이라는 거네요."

다카야가 중얼거렸다.

"그래. 신이 내내 지켜보고 있으니 좋은 모습을 보이기 위해 노력하고 연기하는 게 인간이지."

요시모토 씨도 가루칸을 들어 비닐 포장을 벗기기 시작했다.

"근데 사카가미 여사는 그 노력이 마음에 들지 않나 봐요."

"아, 민소매?"

"네. 기대한 게 아니었다면서 엄청 히스테리를 부렸어요. 특히 야마다네가—."

"글렀대?"

"네. 확실히 보고 있으면 지루하긴 한데—."

스스로 말하고도 놀랐다. 이게 자신의 본심이었다. '나도 알게 모르게 사건을 기다리고 있었구나……' 하는 사실을 알아차리자 살짝 자기혐오가 느껴졌다.

"아, 그래도 무지하게 노력하고 있어요. 야마다네는 우리 쪽 기대에 부응하기 위해서 필사적으로 매달리고 있다고요. 남편, 아내, 그리고 애들까지. 다들 진심을 다하는 것 같아요."

"진심을 다한다……."

"이참에 진심을 다하는 노선으로 가면 되지 않을까요? 무난한 일상 속에서 엿보이는 다정함과 사랑 같은."

"나쁘지 않지. 근데 진심을 다하는 노선으로 간다고 쳐도, 특별한 사건이 없다면 방송국 입장에선 난감한 일이지."

"요시모토 씨까지 그런……."

"무슨 어마어마한 사건이 아니라도 상관없어. 지갑을 잃어버렸다든가 고양이를 주웠다든가 누수가 일어났다든가."

"아니면 가족 하나가 병에 걸렸다든가?"

"그래. 병!"

요시모토 씨가 가루칸을 든 손을 가볍게 휘저으며 말했다.

"야마다 부인이 가끔 다리를 끌지?"

"아, 네."

"오디션 때 사카가미 씨가 그 점을 눈독 들이더라고. 이용할 만하다면서."

"네?"

"그래서 뒷조사를 부탁받았어. 왜 다리를 끌게 됐는지……."

"그런 것까지 조사했어요?"

"출연자의 배경은 중요하니까 철저하게 조사했지."

"……그래서 왜 다리를 끄는 건데요?"

다카야는 자신의 호기심에 혐오감을 느끼면서도 관심을 보이지 않을 수 없었다.

"초등학교 3학년 때 오빠한테 야구 방망이로 다리를 맞았나 봐."

"오빠한테요?" 다카야가 더욱 적극적으로 물었다.

"응. 소위 말하는 가정 폭력을 당한 거지. 오빠가 고향에서 1, 2위를 다투는 진학 고교에 다니던 우등생이었는데 어느 순간부터 등교를 거부하기 시작했대. 이후에 정해진 수순을 밟듯 은둔형 외톨이가 돼 버렸고, 매일같이 가족에게 폭력을 휘둘렀대. 주로 어머니가 당하셨는데 몸이 성한 날이 없었나 봐. 그런데 어느 날 저녁 메뉴가 마음에 들지 않는다는 사소한 일로 난동을 부리기 시작했고 철제 야구 방망이로 어머니를 덮치려고 했대. 당시 초등학생이었던 여동생이 그런 오빠를 말리다가 무릎을 세게 얻어맞아서 무릎뼈가 골절되는 큰 부상을 입은 거야."

"무릎뼈……." 다카야는 얼굴을 찡그리면서 자신의 무릎을 문질렀다. 상상만 해도 아팠다.

"지금은 완치됐다고 들었어. 평소에는 아무렇지도 않게 걸어 다녀. 근데 욱신대는 순간이 있나 봐."

"욱신대는 순간이요?"

"뭐, 극도의 스트레스를 느꼈을 때 아픈 거 아닐까?"

"설마 사카가미 씨가 야마다네에 빡센 설정을 주려는 게 그거 때문이에요? 부인에게 스트레스를 줘서 다리를 절게 만들려는 게 목표인가요……?"

"그럼 모양새가 나니까."

"저질이네요." 다카야는 침을 뱉으려다가 대신 가루칸

을 입안 가득 베어 물고 오물거렸다.

"좀 대박이긴 하지."

"근데 최근에는 야마다 부인이 전혀 다리를 끌지 않아요. ……아, 그래서 사카가미 씨가 마음에 안 들어 했군요. '모양새'가 안 나서."

"그렇겠지."

"아, 싫다. 정말 싫어." 다카야가 세차게 고개를 저었다.

"사카가미 씨, 최악이네요."

"그걸 돕는 우리도 최악이지만."

"……."

딱히 대거리할 말을 찾지 못한 다카야가 두 번째 가루칸으로 손을 뻗었다.

요시모토 씨도 벌써 세 번째 가루칸에 손을 대고 있었다.

"아, 맞다. 미시시피 프리미엄에서 방영하기로 정해졌나 봐. 다음 달부터 시작이래."

"네? 그렇게 빨리요?"

"미시시피 프리미엄 쪽에서 적극적이래. 미시시피 프리미엄은 작년에 구혼 리얼리티 쇼로 욕을 많이 먹어서 그 오명을 한시라도 빨리 벗고 싶겠지."

"아, 그 구혼 쇼……." 그 쇼의 한 출연자가 수수께끼 같은 죽음을 맞이했다. 도를 넘은 비방, 중상(中傷) 행위에 견디지 못하고 자살했다는 말도 돌았다.

"오명을 벗을 수 있을까요……? 또 욕 먹는 건 아니고요? 짜고 치는 고스톱이라고 하면서." 다카야가 남 이야기하 듯 말했다.

"어이, 원래 이 기획을 낸 사람은 후카다잖아."

"아, 뭐, 그렇긴 한데요."

현재로서는 이 프로그램에 아무 애정이 없었다. 어차 피 자신은 단순한 심부름꾼으로 커피나 뽑아 오거나 회 의의 서기 취급을 받고 있다. ……가능하면 이쯤에서 관 두고 싶었다. ……아니, 솔직히 자신이 없었다.

"그 표정은 뭐야. 자신감을 가져. '희망'과 '유대'잖아? '희망'과 '유대'야말로 현재 리얼리티 쇼에게 요구되는 요 소잖아?"

'희망'과 '유대'? 이렇게 말로 하니 그 어감이 참 허무했다.

"스태프 룸에나 가자."

요시모토 씨가 세 번째 가루칸을 통째로 입에 집어넣 었다.

"분명 아직도 대치 중일걸요? 오카지마 씨랑 사카가미 씨……."

"그렇다고 여기서 마냥 농땡이를 부릴 수도 없잖아."

"그건 그렇지만……."

다카야도 가루칸을 입에 넣고 마지못해 요시모토 씨의 뒤를 따랐다.

조심스럽게 스태프 룸의 문을 열었다.

"이거 괜찮네!"

사카가미 여사의 활기찬 목소리가 문 앞까지 날아왔다.

사카가미 여사는 삼바라도 추듯 경쾌한 리듬을 밟으면서 모니터에 들러붙어 있었다.

뭐지? 조금 전의 험악한 분위기는 다 어디 간 거야?

"역전했어."

그렇게 말한 것은 오카지마 씨였다. 평소의 포커페이스였다.

"역전이라니 뭐요?"

다카야가 물었다.

"모니터 봐."

모니터를 보니 스즈키 부인의 험악한 얼굴이 보였다. 그녀는 뭐라고 소리를 지르고 있었다. "제기랄!"이라든가 "사람을 우습게 보고!"라든가 "죽여 버릴 거야!"라든가 하는 흉흉한 말로도 들렸다.

어라……. 다카야는 그 자리에 얼어붙었다.

스즈키 부인은 부자에 기품 있고 청순한 이미지였다.

그런데 모니터에 비친 그녀의 모습은 날라리 그 자체였다.

"……드디어 '본모습'이 나오고 말았군." 이렇게 말한 사람은 요시모토 씨였다.

본모습?

궁금했지만 더욱 신경이 쓰이는 것은 '스즈키 부인이 왜 이렇게 화를 내는가……?' 하는 것이었다.

"야마다 부인이 또 쌀을 빌리러 왔어."

신이 나서 대답한 사람은 사카가미 여사였다. 평소에는 다카야의 존재를 무시했던 그녀가 웬일인지 지금은 시선을 맞추며 말했다.

"쌀이요? 또요?" 다카야가 긴장한 얼굴로 물었다.

"응. 또. 엊그제도 어제도 빌리고 오늘 또 빌렸어. 빌렸다기보다…… 졸랐어. 쌀뿐만이 아니야. 갓 산 회를 야마다 부인이 갖고 가 버렸어."

"회까지……."

"그리고 우유랑 센베이랑 설탕이랑…… 아무튼 다양하게 착취해 가서 스즈키 부인이 드디어 폭발했어. 자, 봐. 난리도 아니지? 이제야 그림이 좀 사네."

▫—▫

제기랄, 사람을 우습게 보고! 뭐야, 저 여자!

리노는 장바구니를 들어 식탁에 냅다 메다꽂았다.

그 소리에 놀랐는지 침실로 사용하던 방에서 남편이 얼굴을 쑥 내밀었다.

"어이, 왜 그래? 무슨 일 있어?"

머리를 올백으로 넘기고 유카타 차림을 한 남편은 여기에서는 '소설가'였지만 터무니없는 소리다. 실제로는 파친코를 생업으로 하는 파치프로다. 프로라고 해도 직업으로 인정받는 게 아니라서 세간에서는 '무직' 취급을 받는다. 그 탓에 어지간해서는 연립도 빌릴 수 없었다. ……제길, 이 식충이 같은 게! 리노는 또다시 장바구니를 식탁에 내동댕이쳤다.

"어이, 그만해. 삿짱 깨잖아."

삿짱은 생후 8개월 된 둘째다. 낳고 싶지 않았지만 생겨 버려서 하는 수 없이 낳았다. 남편이 아이 지우는 걸 반대해서였다.

정말이지 낳는 입장도 생각해 주었으면 싶다. 10개월 동안 자신이 아닌 타인에게 몸을 빼앗기고, 낳을 때는 상상을 초월할 정도로 고통스럽고, 낳은 후에는 2시간마다 수유를 해야 한다. 그야말로 심신이 더불어 엉망진창이었다. 이가 두 개나 빠지고, 젖가슴이 늘어지고, 배는 흉측한 임신선투성이고, 허리 살도 뒤룩뒤룩하다. 이제 비키니도 못 입는다! 배꼽을 내놓는 패션도 불가능하다!

그런데 남편은 무직 주제에 묘하게 자식을 끔찍이 여겨서 앞으로 한 명 더 가지고 싶다……고 지껄인다.

웃기고 있네. 이제 아이는 절대로 안 낳아! 500만 엔이 생겨도 안 낳을 거야!

　……아니, 500만 엔이 생기면 낳을지도.

　사실 500만 엔에 끌려 이 기획에 참가하고 말았다.

　지금은 진심으로 후회하고 있다.

　그저 옛날식 단지에 살기만 하면 된다고 생각했다. 석 달간 단지에서 생활하는 모습을 텔레비전 카메라에 찍히기만 하면 된다고 말이다.

　실은 카메라가 있는 생활이 낯설지 않다. 동영상 사이트에서 라이브 방송을 자주 했기 때문이다. 용돈이나 벌자고 시작했는데 전혀 돈이 되지 않았다. 각 잡고 조명에 카메라까지 샀는데. 구독자 수는 40명 정도고 조회 수도 많아 보았자 30회 전후다. 돈벌이가 된다고 들어서 발을 들여놓았었다. 아이 친구의 엄마 하나가 동영상 사이트에서 월 20만 엔씩 번다고 시도 때도 없이 자랑했다. 그 돈으로 고급 브랜드의 아동복도 산다고 했다. 아무튼 무지하게 과시했다. 우리 애한테도 그런 옷을 사 주고 싶다! 그 사람이 그만큼 번다면 나는 100만 엔은 거뜬히 벌 수 있지 않을까? 그럼 애한테 사 주고 싶은 옷들을 사 줄 수 있지 않을까? 하지만 돈을 벌기는커녕 광고 하나 붙지 않았다. 그 수준에 도달하려면 앞으로 천 명 정도 되는 구독자와 만 회의 재생 횟수를 실현해야 한다. ……까마득한 이야기다.

분했다. 내가 왜 그런 사람한테 져야 할까? 왜 우리 애한테는 인터넷 벼룩시장에서 파는 중고 옷밖에 못 사 줄까? 모든 게 남편 탓이다. 변변치 않은 그 남자 탓!

그렇게 속을 끓이던 차에 '500만 엔'이라는 숫자가 눈에 들어왔다.

'살기 좋았던 쇼와 30년대. 희망과 꿈으로 가득 찬 그 시대로 타임 슬립해서 그때 생활을 체험해 보지 않겠습니까?'

'기획의 내용은 잘 모르겠지만 500만 엔이나 받을 수 있다면!' 하는 마음으로 승낙했다. 그리고 이런 변두리로 이끌려 왔다.

그녀는 '샐러리맨 평균 연봉의 세 배로 수입이 들어오는 베스트셀러 소설가의 아내'라는 영문을 알 수 없는 캐릭터를 부여받았다. 게다가 '요조숙녀로 자랐고, 여대를 졸업하고 대형 출판사에 취직했다가 2년 뒤에 결혼해서 가정을 꾸렸으며, 야무지면서도 어딘가 세상 물정에 어두운 다소곳한 전업주부'라는 설정도 자신과는 정반대였다. ……참고하라며 옛날 영화를 보여 주었는데 이해가 잘 되지 않았다. 마쓰바라 지에코 같은 느낌으로……라고 했지만 들어 본 적 없는 이름이었다. 그래도 할 수 있다고 생각했다. 어쨌거나 배우 지망생으로 작은 소속사에 몸담고 있었고, 보조 출연자로 영화에 출연한 적도 있었다.

영화 사이트에서 마쓰바라 지에코를 찾아보았다. '이 사람을 흉내 내면 된다는 거지?' 하며 영화를 반복해서 돌려 보았다.

역할 놀이는 완벽할 수 있었다. 단지에서의 삶도 그렇게 나쁘지 않았다. 적어도 현실의 삶보다는 쾌적했기 때문이다.

"이런 건 누워서 떡 먹기지."

들떠 있을 때였다.

그 여자가 나타났다.

야마다 부인.

그 여자는 하는 일마다 그르치는 사람이라 보는 것만으로 짜증이 났다. 처음에는 어쩔 수 없이 여러모로 도움을 주었지만 첫 단추를 잘못 끼웠는지 갈수록 뻔뻔하게 매일같이 이러쿵저러쿵 핑계를 대며 물건을 빌리러 온다. 물론 그 물건들은 돌려받은 전례가 없고 감사 인사로 무언가를 받은 적도 없다. 말 그대로 일방적으로 갈취하는 것이다.

무시무시한 거지 근성을 가진 여자.

오늘도 갓 사 온 회를 가지고 가 버렸다. 그것도 내가 너무나도 좋아하는 뱃살을!

뭐야? 저 여자?

"제기랄! 사람을 우습게 보고!"

리노는 무심코 외쳤다. 한번 외치고 나니 멈출 수 없었다.

"죽여 버릴 거야!"

리노는 같이 사 온 휴지를 창문을 향해 집어던졌다.

"네? 지금 뭐라고 하셨어요?"

리노는 눈앞의 여자가 하는 말을 곧바로 이해하지 못했다.

그 여자는 G방송국 제작 스태프였다. ……이름이 뭐라고 했더라? 그래. 사카가미. 옛날에 옆집에 살던 아줌마와 왠지 모르게 닮았다. 거칠고 포악하고 빠른 말투가 말이다.

리노는 '개별 인터뷰'라는 명목으로 스태프 룸에 불려갔다.

수납 창고 같은 그 방에는 창문이 없었다. 어둑어둑한 데에다 어딘가 움막으로 들어가는 듯해서 불안해졌다.

그녀는 좁은 곳을 좋아하지 않는다. 어릴 때 무슨 일이 생기면 벽장에 갇혔다. 이틀 내내 갇혀 있었던 적도 있다. 화장실에도 가지 못하고 밥도 먹지 못하고 물조차 마시지 못했다. 그때의 공포가 되살아났다.

그래서인지 심장 박동이 빨라지고 땀이 멈추지 않았다. 얼른 이곳에서 나가고 싶었다.

그런데 눈앞에 사카가미 씨가 가로막고 있었다. 쉽게 내보내 줄 것 같지 않았다.

"저…… 한번 더 설명해 주실래요?"

리노가 땀을 닦으며 말했다. 겁이 나기도 했고 실제로 많이 덥기도 했다.

사카가미 씨도 마찬가지로 땀범벅이라 분명 여기서 얼른 나가고 싶을 텐데.

그 증거로 그녀의 말이 무지하게 빨랐다. 무슨 말을 하는지 전혀 알아들을 수 없었다.

"저…… 죄송한데요. 한번 더 설명해 주세요. ……천천히."

리노는 땀을 닦아 내며 같은 말을 되풀이했다.

그럼에도 사카가미 씨는 더욱 빠르게 말을 이어 갔다.

"야마다 씨 남편을 유혹하는 게 어떤가 제안하는 거라고요."

"네? 왜요?"

"야마다 부인 싫죠? 그분 때문에 엄청 열 받았잖아요."

사카가미 씨가 단호하게 말했다. 자신도 거침없이 말하는 편이지만 그보다 훨씬 더했다.

"뭐…… 싫다기보다." 리노의 시선이 흔들렸다.

"괜찮아요. 여기는 카메라 없어요. 그러니까 속마음을 털어놔도 남을 일이 없어요."

"……정말요?"

리노가 확인에 확인을 거듭하자 사카가미 씨가 천천히 고개를 끄덕였다.

"맞아요. 전 야마다 부인이 너무 싫어요." 리노는 단숨에 속에 있는 말을 끄집어냈다. "세상에서 제일 싫은 타입이라고요. 정말 짜증 나요. 바퀴벌레보다 더 싫어요. 적어도 바퀴벌레는 고기나 쌀을 뺏어 가진 않잖아요. 믹서기도 안 갖고 가고. 그 여자는 바퀴벌레보다 못한 도둑이에요!"

리노는 숨도 쉬지 않고 마음에 담아 두었던 말들을 뱉어 냈다.

뱉고 또 뱉어도 멈출 수 없었다. 그럴수록 야마다 씨에 대한 증오만 솟구쳐 올랐다. 정신을 차려 보니 무려 15분이 지나 있었다. 그런데도 부족했다. 어째서인지 15분 전보다 증오가 더 심해졌다.

하아하아 하고 소리 내어 숨을 돌려야 할 만큼 숨이 찼다.

"그 심정 이해해요. 야마다 씨가 선을 넘었잖아요. 스태프 사이에서도 문제가 되고 있어요."

"그렇죠? 그 사람 왜 그래요? 대체 어떤 사람이에요?"

"뭐, 평범한 주부라고밖에 말 못하겠네요."

"그런 사람이 '평범'한 거면 우리나라는 망해요!"

"그렇겠죠……? 그래서 우리가 생각해 봤는데요. 야마다 씨한테 처벌이 필요할 것 같아요."

"처벌이요?"

"네. 처벌."

'처벌'이라는 말에 순간 리노의 팔에 닭살이 돋았다. 엄마가 입버릇처럼 하던 말이었다.

하지만 "반격하는 거예요. 배로 돌려줘야죠."라는 말에는 흥분하지 않을 수 없었다. '배로 갚아 주기'는 좌우명으로 삼고 싶을 만큼 좋아하는 말이었다.

"우리는 생각했어요. 야마다 씨가 가장 버거워하는 '처벌'이 무엇일까 하고요. ……그건 바로 불륜이에요. 그래서 아까부터 계속 불륜을 얘기한 거고."

이 시점에서 리노는 다시 머리를 감싸 쥐었다. 이해가 되지 않았다. 왜 처벌이 '불륜'이 되어야 하는지.

'불륜'의 사전적 의미는 당연히 알고 있었다. 기혼자가 다른 상대와 바람을 피우는 것.

"……저, 누구랑 누가 불륜 관계가 되는데요?"

"아까부터 쭉 설명한 대로 당신이 야마다 부인의 남편

을 유혹하는 겁니다."

여기서 다시 리노의 사고 회로가 뒤엉켰다.

왜 내가 그 남자를 유혹해야 하지?

언뜻 본 적은 있지만 자신의 취향과는 아주 먼, 아니 외려 싫어하는 타입이다. 그런 사람을 유혹하는 건 아무리 연기라고는 하나 자존심이 허락하지 않는다.

"야마다 부인한테 여러 가지를 도둑맞아서 열 받았다면서요?"

그건 그랬다.

"그래서 배로 갚아 주는 걸 추천한다고요. 남편을 다른 여자에게 도둑맞으면 그 뻔뻔한 여자도 타격이 크겠죠."

그럴지도 모른다.

그래도—.

"근데 그 장면이 방송을 타는 거잖아요?" 리노가 물었다.

"그렇죠."라며 사카가미 씨가 빙긋 웃었다.

그런 남자를 유혹하는 것도 싫은데 그게 전국에 방송된다니…….

"물론 강요는 하지 않습니다. 어디까지나 추천만 드릴 뿐입니다."

사카가미 씨가 서류를 하나 꺼냈다. 계약서였다. 리노의 사인이 보였다. 계약서 앞에서는 한없이 약해지는 그녀다. 이번에도 제대로 읽지 않고 사인을 했다.

그런데 '마음에 들지 않는 게 있으면 출연자는 계약을 무효화할 수 있다. 그때는 출연료도 무효로 한다······.' 같은 내용이 적혀 있었던 것은 강렬하게 기억하고 있었다. 남편이 그 부분을 몇 번이나 확인했기 때문이다. 남편은 "촬영 도중에 하차하면 500만 엔이 날아가는 거네······." 라며 웬일로 진지한 표정을 지어 보였었다.

그때 리노는 "도중에 하차하지 않으면 되지." 하고 쉽게 받아넘겼었다. 이제 와서 그 의미가 이런 식으로 다가오다니.

"······제가 야마다 씨 남편을 유혹하지 않겠다고 하면 어떻게 되나요?"

"특별히 뭐."

사카가미 씨는 무표정한 얼굴로 말했다. 손에는 계약서가 들려 있었다.

그게 대답인 듯했다.

거부하면 하차해야 한다. 500만 엔도 없던 일이 된다. ······그건 곤란하다. 500만 엔으로 빚을 청산하고 살림을 다시 일으켜 세우려고 했는데.

"뭐, 강력하게 추천하는 건 아니고. 당신의 자유 의지에 맡길게요."

사카가미 씨가 서류를 넣더니 또다시 빙긋 웃었다.

"오래 붙잡아 둬서 미안해요. 집으로 돌아가도 돼요."

"네? 지금 뭐라고 하셨어요?"

너무나도 갑작스러운 제안에 와카코는 잠시 머리가 멍해졌다.

와카코는 눈앞의 여자를 바라보았다.

그 여자는 G방송국 제작 스태프였다. ……이름이 뭐라고 했더라? 잊어버렸다. 중학교 때 담임 선생님과 왠지 모르게 닮았다. 고압적이고 독선적이고, 그리고 무섭다.

와카코는 '개별 인터뷰'라는 명목으로 스태프 룸에 불려 갔다.

수납 창고 같은 그 방에는 창문이 없었다. 어둑어둑한 데에다 어딘가 움막으로 들어가는 듯해서 가슴이 두근거렸다. 단, 그녀는 어두운 곳을 좋아하는 편이다. 어릴 때 종종 벽장에 숨어 있기도 했다. 벽장에서 책을 읽거나 인형 놀이를 하면서. 그때의 흥분이 되살아났다.

그래서인지 심장 박동이 빨라지고 땀이 멈추지 않았다. 아니, 더워서 그렇다. 터무니없이 덥다. 좁고 어두운 곳은 좋아하지만 더위에는 약했다.

아, ……더워! 얼른 여기서 나가고 싶어.

그런데 여자 스태프는 시원스러운 얼굴로 말했다.

"스즈키 씨 남편을 유혹하는 게 어떤지 제안하는 거예요."

"네? 스즈키 씨 남편을요? 왜요?"

"그런 스타일 싫지 않잖아요."

와카코의 얼굴이 확 달아올랐다. 더운 것과 별개로 창피함 때문에 얼굴이 달아오른 것이었다.

······확실히 '소설가'라는 단어가 주는 어떤 특별함이 있다. 게다가 스즈키 씨 남편은 첫사랑과 닮았다. 통학하는 전철에 자주 함께 탔던, 남학교에 다니던 레몬, 바로 그 사람. 처음 보았을 때 가지이 모토지로의 《레몬》을 읽고 있어서 남몰래 그리 불렀다. 물론 말을 걸지는 못했다.

"제 스타일이긴 한데. ······아." 와카코는 여기저기를 두리번거렸다.

"괜찮아요. 여기는 카메라 없어요. 그러니까 속마음을 털어놔도 아무도 못 들어요. 나 말고는."

"······정말요?"

와카코가 확인에 확인을 거듭하자 여자 스태프가 고개를 천천히 끄덕였다. "괜찮아요. 믿어 주세요."

그녀의 다정한 말투에 왠지 모르게 본심을 숨길 수 없었다.

"말씀하신 대로 그 남편분이 어떤 사람인지 좀 궁금하긴 했어요. 아, 이상한 의미가 아니라—." 와카코는 주저하면서도 속마음을 토로해 나갔다. "—아니, 소설가 하면 막연히 동경하게 되잖아요. 우리 남편도 원래는 소설가를 지망했거든요. 본인은 숨기고 있지만 옛날에는 투고도 했나 보더라고요. ……근데 어느 순간 포기했나 봐요. 어쩔 수 없죠. 먹고사는 게 우선이니까요. 애도 둘이고. 남편이 부지런히 일해야죠. ……스즈키 부인이 내심 부러워요. 남편은 소설가지, 마음껏 사치도 부릴 수 있지. ……꽤 잘나가는 작가인가 봐요? 혹시 괜찮다면 알려 주세요. 스즈키 씨의 진짜 이름은 뭔가요? 무슨 이름으로 소설을 쓰고 있나요? ……아, 맞다. 그건 안 되죠? 현실 세계의 개인적인 사안은 건드리지 않기로 약속했죠? ……그래도 너무 궁금하네요. 살짝 귀띔해 주면 안 되나요? 성 말고 이름만이라도—."

와카코는 숨 쉬는 것도 잊고 그동안 담아 온 동경하는 마음을 쉼 없이 뱉어 냈다.

뱉어도 뱉어도 멈출 수 없었다. 그럴수록 스즈키 씨의 남편에 대한 동경심만 솟구쳐 올랐다. 정신을 차려 보니 무려 15분이 지나 있었다. 그런데도 부족했다. 어째서인지 15분 전보다 동경하는 마음이 더 커졌다.

하아하아 하고 소리 내어 숨을 돌려야 할 만큼 숨이 찼다.

"숨기려고 해도 얼굴에 묻어난다……고 하죠. 스즈키 씨 남편분에 대한 당신의 마음은 스태프 사이에서도 화제가 되고 있어요."

"네?"

와카코의 얼굴이 더욱 벌게졌다. 스태프들에게 들켰다니. ……어떡하면 좋아. 너무 창피하다…….

"당신이 스즈키 씨네 집 문턱이 닳도록 오가며 이것저것 빌린 건 스즈키 씨 남편이 목적 아닌가요?"

아, 그것도 들켰나……. 와카코는 극도의 창피함으로 몸부림쳤다.

"하던 얘기로 다시 돌아가죠. ……스즈키 씨 남편분도 당신에게 마음이 있는 듯합니다."

"네?"

"당신의 속마음이 어떤지 한번 떠봐 달라는 부탁을 받았거든요."

"네? 뭐라고요?"

"만약 조금이라도 마음이 있다면 단둘이 만나고 싶다던데."

"네? 네? 네?"

"그렇다고 뜬금없이 둘이서만 만나면 문제가 생길 수도 있다고 생각합니다. 이 기획은 어디까지나 가족 쇼지 연애 쇼가 아니니까요."

"……네. 잘 알죠."

"그럼에도 불구하고 어떻게든 응원하고 싶은 마음이라. 기획과는 별개로."

"아뇨. 응원이라뇨. ……전 단지 소설가를 막연히 동경

하고 있을 뿐이지…… 스즈키 씨 남편이랑 어떻게 해 볼
마음이 있는 건 절대 아니에요……. 전 결혼도 했고……."

"이대로 정말 괜찮겠어요?"

"네?"

"당신이 감춘 마음이 줄줄 새고 있잖아요. 당신의 마음
이 이렇게 훤히 다 보이는데요."

"……."

"이왕 기획 방송의 리얼리티 쇼까지 출연했는데. ……
상도에서 조금 벗어나 보지 않겠어요?"

"상도를 벗어난다고요?"

"네. 기간 한정으로 오로지 연애에만 자신을 맡겨 보는
거예요."

"네?"

"방송 촬영은 말하자면 '축제'예요. 비일상(非日常). 비일
상에서는 누구나 상도를 벗어나는 법이죠."

"그래도……."

"선만 안 넘으면 돼요. '놀이'라도 괜찮아요. 상도를 한
번 벗어나 보죠."

"……."

"안 그러면 촬영이 끝나도 계속 질질 끌게 될 거예요.
그 마음을요."

"……."

"뒤탈 없이 일상으로 돌아가기 위해서라도 지금은 상도에서 벗어나 보죠."

"……."

"물론 강요는 하지 않습니다. 어디까지나 추천만 드릴 뿐입니다."

여성 스태프가 서류를 하나 꺼냈다. 계약서였다. 와카코의 사인이 보였다. 계약서 앞에서는 한없이 약해지는 그녀다. 이번에도 제대로 읽지 않고 사인을 했다.

"……제가 스즈키 씨 남편과 단둘이 만나지 않겠다고 하면 어떻게 되나요?"

"특별히 뭐."

여성 스태프는 무표정한 얼굴로 말했다. 손에는 계약서가 들려 있었다.

그게 대답인 듯했다.

거부하면 하차해야 한다. 500만 엔도 없던 일이 된다.

"뭐, 강력하게 추천하는 건 아니고. 당신의 자유 의지에 맡길게요."

여성 스태프가 서류를 넣더니 빙긋 웃었다.

"오래 붙잡아 둬서 미안해요. 집으로 돌아가도 돼요."

미시시피 프리미엄에서 오늘부터 시작한 〈1961 도쿄
하우스〉라는 프로그램이요. 지상파에서 선전하길래
엉겁결에 봤는데 순 엉망이더라고요.

후카다 다카야는 스마트폰 화면을 내리던 손가락을 멈
추었다.

〈1961 도쿄 하우스〉에 대한 댓글을 발견했기 때문이다.

"엉망이다."

웃고 있지만 다카야의 얼굴이 복잡해 보였다.

익명 게시판은 인기의 척도나 다름없다. 게시판이 생
겼다는 것은 그만큼 보는 사람이 많다는 것을 의미한다.

지금 다카야가 보고 있는 것은 여성 전용 게시판인 '우먼 채널'이다. 줄여서 '우채'.

여성 전용……이라고 해도 좌우지간 익명이다. 진짜 여자만 있다고 단정할 수 없다. 다카야도 이렇게 보면서 댓글을 달려고 하지 않는가.

실은 '작은 불이 발생했으니 불을 끄라는' 사카가미 여사의 지시를 받았다.

1시간 전이었다.

밤샘 작업을 끝낸 스태프 룸에 사카가미 여사의 우렁찬 목소리가 메아리쳤다.

"이게 뭐야?"

그 소리에 반응하듯 테이블 위의 빈 캔 하나가 데굴데굴 굴러 바닥으로 떨어졌다.

같은 날 새벽 1시에 〈1961 도쿄 하우스〉의 첫 방송을 기념하는 소소한 파티가 열렸다.

실시간 인터넷 게시판이나 소셜 미디어에서는 분위기가 꽤 좋았다. 시청자 수도 예상을 뛰어넘는 숫자를 기록했다.

"대박 난 것 같은데!" 하며 사카가미 여사가 캔 맥주를 들이켰다.

다른 스태프들도 상당히 흥분되어 있었다. 다카야도 과일 맛 술 두 캔을 비웠다.

요즘 들어 형무소에 수감된 죄수 같은 기분이었다. 집에도 들어가지 못했다. 방영 일정이 앞당겨져서 편집 작업에 쫓기고 있어서였다.

그런 구속 아닌 구속 상태가 이어지던 와중에 술과 음식이 눈앞에 있으니 긴장이 풀려서 정신이 흐리멍덩해졌다. 긴급 사태 선언 중이지만 그런 건 알 바 아니다!

기분이 좋은 사카가미 여사를 앞에 두고 우울해할 필요가 없다. 지금은 사카가미 여사가 군주이자 독재자다. 이 사람의 선창에 거역할 수도 없었다. 다들 바보처럼 술을 들이켜고 추태를 부렸다. 다카야도 사카가미 여사의 평소답지 않은 행동에 야한 춤을 선보였다.

떠들썩한 축제 같은 밤이 지나고 아침 햇살이 비출 무렵이었다. 사카가미 여사가 크게 소리를 질렀다.

들떠 있던 분위기가 단숨에 사그라들었다.

"이 게시판 뭐야?"

사카가미 여사가 태블릿을 치켜들었다.

"누구야? 이런 악플을 단 게!"

물론 스태프는 아니었다. 지금까지 내내 엄청나게 소란을 떨었으니까.

"악플이라 할지라도 화제가 되는 건 좋은 일이에요."

오카지마 씨가 말했다.

"그래. 분명히 악명은 무명에 이기는 법이다……라고

하지?" 사카가미 여사가 테이블의 빈 캔을 하나 집어 들더니 빠지직 찌그러뜨렸다. "근데 말이야. 악명은 신세를 망친다……라고도 해."

"누가 한 말인가요?"

"지금 그게 대수야? 이대로 놔두면 안 돼. 악플이 갈수록 눈덩이처럼 불어날 거야. 눈 깜짝할 사이에 악플 천지가 될 거라고!"

"아직 악플 조짐은 안 보여요. 조롱 정도예요. 이 정도는 무시하는 게 낫고요."

"무시 못 해. 내가 이미 봐 버렸으니까."

"그래도 무시해야죠. 며칠 있으면 게시판 자체가 없어질 거예요."

"과연 그럴까? 전에 방송 중지될 뻔한 프로그램 말이야. 익명 게시판을 무시했다가 악플이 넘쳐 났다고. 그 탓에—"

"그건 진행자가 불륜 소동을 일으켜서 그런 거잖아요. 더구나 준고정 게스트가 반사회적 모임과 연결 고리가 있다는 게 주간지에 폭로됐고요. ……사정이 전혀 달라요."

"마찬가지야. 익명 게시판에 악담을 쓰는 놈들은 무시하면 할수록 까불어. 마치 자기가 세상을 움직이는 양 착각하고 있는 일 없는 일 싸질러 대는 법이야. 그놈들은 방화범이랑 같아. 불이 없는 곳에 불을 지르니까. 거기에 휘발유까지 끼얹어서!"

"방화범을 자극하지 않는…… 것도 하나의 방법이에요."

"바보 아냐? 그런 성선설은 지금 시대에 안 통해. 지금은 컨트롤이 필요하다고."

"컨트롤이요?"

"그래. 방화범의 먹이가 되기 전에 컨트롤해야지."

"댓글 알바생이라도 심자는 건가요?"

"그래. 그거." 사카가미 여사는 다음 빈 캔을 비틀어서 찌그러뜨렸다. "당신이 말한 대로 확실히 인터넷에서의 악명은 어떤 의미에서 선전이 되기도 해. 이른바 악플 상법이라는 거지. 하지만 이번만큼은 안 돼. 악플이 나오기 시작하면 안 된다고. 작은 불씨조차 허용할 수 없어."

"왜요? 난 분명 악플이 목적이 아닌가 생각했는데요."

"무슨 뜻이야?"

"피험자들을 그런 형태로 부채질했잖아요. 캐릭터를 설정하거나 연출을 하거나 결국에는 불륜—."

"그건 당신이—."

"어쨌거나 지금 섣불리 컨트롤하면 갈수록 악플이 늘 거예요. 인터넷 유저들은 그런 법이에요. 알바생인지 아닌지 바로 알아요. 들키면 가차 없을 거고."

"그럼 안 들키면 되겠네? 안 들키게 하란 말이야!"

"가능할까요……?"

"가능해." 사카가미 여사는 빙그르 몸의 방향을 바꾸었다. 그곳에 하필이면 다카야가 있었다. "당신, 가능하지?"

강한 압박에 다카야는 반사적으로 "네. 할 수 있습니다." 라고 답해 버렸다.

소 잃고 외양간 고친다는 건 이런 때를 두고 하는 말일 테다.

"난 지지리도 운이 없구나."

다카야는 다른 방에 틀어박혀 〈1961 도쿄 하우스〉로 계속 검색을 하고 있었다.

트위터, 페이스북, 인스타그램, 블로그, 그리고 익명 게시판.

30분도 지나지 않아 대량으로 검색 결과가 나왔다. 글자 그대로 대어였다.

역시나 미시시피 프리미엄이었다. 지상파에서 짜증 날 정도로 광고한 보람이 있다.

이번 기획에는 장난 아닌 액수의 돈이 움직이고 있다. 사카가미 여사가 신경이 예민한 것도 수긍이 간다.

그렇다고 인터넷에서 악성 댓글을 찾아내고 진화하는 댓글 알바생 노릇을 하라니…….

요즘에 악성 댓글을 다는 곳은 익명 게시판뿐이다. 특

히 심한 데가 '우채'에 만들어진 게시판이다. 사카가미 여사가 본 것도 아마 이것일 테다.

"하필이면 악명 높은 '우채'에서 댓글 알바를 하라니……."

한숨을 푹 쉬는데 "어이!" 하고 누군가가 어깨를 두드렸다. 소카이샤의 영업맨 요시모토 씨였다.

"오카지마 씨한테 들었어. 후카다를 도와주라고 하던데. ……뭘 어떡하면 돼?"

요시모토 씨의 말에 한순간에 긴장이 풀리는 듯했다.

"요시모토 씨……."

그리고 마치 가녀린 소녀처럼 요시모토 씨의 팔에 매달렸다.

"흠, 그렇구나. 댓글 알바."

요시모토 씨는 "으랏차." 하는 소리와 함께 파이프 의자에 앉더니 곤혹스러운 표정을 지었다.

"그러니까, 시청자로 위장해서 익명 게시판에 글을 쓰라는 말이잖아."

"네."

"근데, 들킬 텐데……."

"그렇죠? 저도 익명 게시판을 자주 보지만 알바는 바로 알잖아요."

"어설프니까. 게시판에 녹아들기 전에 목표를 수행하려고 하잖아. 어제 한 익명 게시판에서 어떤 게임 게시판을 들여다보는데 갑자기 너무 뜬금없이 칭찬을 남발하는 댓글이 연속으로 올라오더라고. 그러다 해당 게임 관계자라는 걸 들켜서 이후에 엄청난 악플 세례를 받았어."

"맞아요. 맞아요……."

"반대 경우도 있어. 어떤 과자 게시판을 보는데 갑자기 악의적인 기사가 막 올라왔거든. 그 과자 회사의 라이벌 회사 관계자라는 게 금방 들통났어."

"그런 일도 있을 법하죠……."

"남을 속이는 건 어려운 일이야. 어떤 나라는 스파이를 양성하는 데 막대한 양의 돈과 시간을 쏟아붓잖아. 아마추어가 하룻밤 만에 해낼 수 있는 일이 아냐."

"맞아요……."

"그렇다고 아예 불가능하냐? 그것도 아니야."

"네?"

"아마추어도 요령만 익히면 즉석에서 프로 댓글 부대원이 될 수 있어."

"……즉석에서…… 댓글 부대원이요?"

"응. 어렵지 않아. 처음에는 철저하게 동조하는 거야. 어디에? 그 게시판의 분위기에."

"같이 악플을 달라는 소린가요?"

"맞아. 그러다 게시판의 분위기에 익숙해졌다 싶으면 부드럽게 긍정적인 의견을 조금씩 다는 거지. 그리고 다른 계정으로 들어가서 그 의견에 동의하는 댓글을 달고."

"아, 혼자서 몇 가지 역할을 하는 거군요……. 근데 그것도 바로 들키지 않아요?"

"혼자서 몇 가지 역할을 다 하면 들키지. 하지만 다른 사람이 다른 기기로 올리면 의외로 안 들킬 수 있어."

"네?"

"우선 후카다가 글을 써. 적절한 때에 내가 후카다의 의견에 동의할게. 그리고 또다시 적절한 때에 다른 사람도 후카다한테 동의하고."

"다른 사람이라뇨?"

"우리 회사에는 그런 걸 전문으로 하는 스태프가 있어. 열 명 정도. 후카다랑 나랑 그 스태프랑 도합 열둘. 열두 명이면 그 게시판에서는 다수파나 마찬가지지. 이렇게 하면 순조롭게 게시판을 점령할 수 있어."

"……점령한다고요?"

"응. 이런 게 바로 댓글 알바의 심오한 경지라는 거야. 점령. 그럼 불도 끄고 광고 효과도 누릴 수 있지."

"무슨 말인지 잘 모르겠어요."

"익명 게시판에 글까지 올리는 유저들은 생각보다 적어. 대다수는 눈으로만 보지. 말하자면 관객인 거야. 프로

레슬링을 상상해 봐. 악역을 담당한 레슬러가 링 위에서 하고 싶은 대로 하잖아. 그 모습이 화제가 돼서 관객이 여기저기서 모여들지. 폭력이 난무하고 비명이 메아리치는 아비규환의 링에 정의의 사도처럼 복면을 한 레슬러가 나타나서 악역 레슬러를 딱 해치우면 어떻게 될까?"

"그럼 사람들이 엄청 흥분하겠죠!"

"그렇지? 가족도 부르고 친구도 불러서 다 같이 보겠지?"

"여차하면 동네 사람한테도 얼마나 재밌는지 알려 주겠죠?"

"그러니까. 익명 게시판도 마찬가지야. 예전에 익명 게시판을 화장실 낙서에 비유한 사람이 있었어. 화장실 낙서도 훌륭한 광고 수단이 될 수 있어. 변기에 앉아 있는 동안에는 거기밖에 마땅히 볼 게 없잖아. 광고 효과가 의외로 크다니까."

"광고 효과요?"

"그래. 익명 게시판은 광고 매체랑 똑같아. 그만큼 효과적인 광고 도구도 없어. 입소문으로 대박 나는 것들 대부분의 시초는 익명 게시판이라니까. 옛날에 어떤 만화도 익명 게시판에서 안티가 많이 생성됐다가 대박 난 거니까."

"그렇군요……"

"그러니 얼른 주작 활동을 개시해 볼까. 우선 후카다가 글을 달아 봐."

요시모토 씨가 다카야의 어깨를 툭툭 두드리며 말했다.

❏━❏

제목은 〈도쿄 하우스〉인데 도쿄가 전혀 아니라는 사실. 그 단지는 시즈오카현 Q시에 있는 거잖아. 다 아는 거 짓말임.

아, 역시 그럴 줄 알았어. 시즈오카현 외곽에 있는 그 단지네.

맞아. 그 단지.

그 단지라니, 그게 뭔데?

10년 전쯤에 그 단지에서 연속 감금 살인 사건이 있었 잖아.

아, 그 사건. 범인이랑 엄마도 그 단지에 살고 있었다던데?

그래. 범인이랑 엄마도 그 단지에서 죽어서 사망자가 꽤 나왔지.

아, 그러고 보니 들은 적 있음. 60년 전에 그 단지가 준 공된 해에도 살인 사건이 있었대. 미제 사건이고 범인 은 안 잡힘.

준공하자마자 살인 사건? 완전 저주받은 단지네!

지금 사고 매물 사이트에서 알아보니 화염 마크가 한
가득이네! 이게 뭐야?

그 단지는 자살 명소이기도 함. 옛날에는 한 달에 한 명
씩 자살했대. 최근에는 한 달에 한 명씩 고독사 중이래.
살인에 자살에 고독사. 정말이지 사고 매물계의 백화
점이심!

다카야는 그 모습을 보면서 "와─!" 하고 감탄했다.

진짜 화제에서 벗어났다.

그때까지 〈1961 도쿄 하우스〉의 험담 퍼레이드였는데
어떤 댓글을 계기로 분위기가 완전히 전환되었다.

그리고 그 계기가 된 댓글을 단 사람은 요시모토 씨였다.

다카야가 댓글 쓰기를 주저하고 있으니 요시모토 씨가
자신의 스마트폰으로 댓글을 달았다.

요시모토 씨가 단 댓글은 '이 단지 도쿄인가?'라는 짧
은 내용이었다.

이 의문을 계기로 험담의 타깃은 단지 그 자체로 옮겨
갔다.

그로부터 반나절이 지났지만 여전히 '단지'가 화제였다.

"근데 단지 위치가 들켜도 괜찮으려나. ……더구나 살
인이라니."

다카야는 신경이 쓰여서 '사건 매물 사이트'로 가 보았

다. 간단히 말하자면 이 사이트는 살인이나 자살 등이 일어난 장소나 매물의 지도상 위치에 화염 아이콘을 달아 놓은 것이다. 뿐만 아니라 어떤 사건이 일어났는지 자세한 설명도 달려 있었다. 실로 편리한 사이트가 아닐 수 없다.

사건 매물 사이트에 접속한 지 몇 분 후였다.

"윽."

다카야의 온몸에 소름이 돋았다.

S가오카 단지에 무수한 화염 마크가 달려 있었던 것이다. ……그렇다. 다카야가 지금 있는 단지에 말이다!

더구나 장난이 아닌 숫자였다.

다카야는 익명 게시판을 다시 열어 보았다. 그러자 이런 기사가 올라와 있었다.

할머니한테 물어보니 원래 거기에 늪이 있었대. 더구나 저주의 전설이 있는 출입 금지 구역이고. 고향 사람들도 무서워서 멀리한대. 그런 곳에 세운 단지니 준공 당시부터 이런저런 사건이 이어진 모양이야.

갑작스러운 메일을 보내서 죄송합니다.

저는 시즈오카현에 사는 한 시청자입니다.

요즘 〈1961 도쿄 하우스〉가 화제이더군요. 아이 친구 엄마들이 모일 때마다 그 이야기뿐입니다. 그런데 저는 그 화제를 따라갈 수 없었습니다……. 미시시피 프리미엄에 가입하지 않았기 때문입니다. 전에 가입했었는데 최근에 탈퇴했습니다. 처음에는 저렴하다고 생각한 월 2천 엔이라는 요금이 갈수록 부담이 되었습니다. 하지만 아이 친구 엄마들 사이에서 너무나도 화제가 되고 있어서 다시 한번 가입해 볼까 하던 차에 지상파에서 방영이 시작되어 매우 감사하게 생각하고 있습니다.

과연 화제가 될 만했습니다. 너무 재미있기도 하고요.
다만 조금 우려되는 부분이 있습니다.

출연하고 있는 자녀들에 대한 겁니다. 혹시 아이들이
나쁜 영향을 받지 않을까…… 하고 매번 조마조마한 마
음이 듭니다.

실은 〈1961 도쿄 하우스〉에 출연하는 아이들과 저희
아이가 같은 초등학교에 다니고 있습니다. 학급이 달라
서 직접적인 교류는 없지만 학교에서도 화제라고…… 아
이에게서 들었습니다.

엄마들 사이에서 화제가 된 것도 그런 이유에서입니다.
잘은 모르나 〈1961 도쿄 하우스〉에 출연하는 아이가
심한 괴롭힘을 당하고 있다고 합니다. 왕따 수준이라고
해도 지나치지 않을 만큼……. 학교에서 관심의 대상이 되
어 너무 불쌍하다고 저희 아이가 말했습니다.

참고로 저희 아이는 6학년이고 전교 회장입니다. 아이
가 정의감이 강한 편이라 그런 상황을 그냥 두고 보지 못
합니다. 그래서 어느 날 출연자 자녀들을 불러서 물어보
았다고 합니다. "힘들지 않아?" 하고요. 그랬더니 "괜찮
아."라고 대답했다고는 합니다. 하지만 그건 일종의 오기
아닐까요……?

듣자 하니 이 기획에 출연하는 가족에게 500만 엔의
출연료가 나온다고 하던데요. 단, 도중에 하차하면 출연

료는 없던 게 되고요. 그 부분 때문에 아이들이 참는 게 아
닌지 저희 아이가 걱정하고 있습니다.

그뿐만이 아닙니다.

내용이 점점 이상하게 흘러가는 듯합니다. 저번 회에
서 야마다네 아내와 스즈키네 남편의 분위기가 묘하더
군요.

그건 사실인가요? 아니면 대본인가요?

어쨌든 큰일에 휘말린 처지나 다름없는 아이들의 정신
건강이 무척이나 걱정됩니다. 엄마가 이웃집 남편과 불
륜이라니……. 학교에서도 화제 만발입니다. 저희 아이도
걱정이 이만저만이 아니고요. 이대로 가다가는 '사건'이
터질지도 모릅니다…….

후카다 다카야는 그 메일을 '중요'라는 이름이 붙은 폴
더로 옮겼다.

다카야는 시청자로부터 온 메일이나 팩스, 전화의 내
용을 정리하는 일을 맡았다. 처음에는 양이 많지 않았지
만 요 며칠간 그 양이 훌쩍 늘었다.

지상파 방영이 시작되어서일 테다. 원래 계획은 지상
파 채널에서 2시간짜리 연말 특집으로 내보내려고 했는
데, 방영 일정이 앞당겨져서 주에 한 번씩 12회 방송을 하
게 되었다.

미시시피 프리미엄에서 제한적으로 방송했을 때는 인터넷 익명 게시판에서 악성 댓글이 소곤소곤 들리는 정도라서 수습이 비교적 쉬웠지만, 직접 의견을 받고 나니 일이 그리 간단하게 풀리지 않았다. 익명 게시판은 '화장실 낙서'로 끝나지만 정식 의견은 어느 정도 신중하게 다루어야 했다. 익명이라고는 하나 한 명 한 명의 시청자가 아주 중요하기 때문이다.

게다가 출연자와 연결 고리가 있는 사람의 의견은 특별히 신중하게 다룰 필요가 있었다. 어떤 폭탄이 심어져 있는지 모르는 노릇이니까. 번거로운 점은 그 폭탄이 다른 곳에도 보내졌을 가능성이 있다는 것이다. 주간지 같은 데 말이다.

이렇게 관계자로 보이는 인물에게서 온 의견은 기하급수적으로 늘어났다.

다카야는 방금 도착한 메일을 열었다.

이 메일 또한 비슷한 종류였다.

안녕하세요.

아무래도 알려 드려야 할 것 같아 메일을 씁니다.

혹시 알고 계십니까?

'스즈키'라는 이름으로 출연하는 가족에 대해서 말입니다.

남편이 '소설가'라고 나오는데 전혀 사실무근입니다. 옛날에 파친코 잡지에 기고를 하긴 했지만 그 잡지는 휴간되었습니다. 그러니까 지금은 무직인 겁니다. 식충이라고 하죠.

그런데 방송 내에서 잘나가는 소설가……라는 설정이라서 좀 웃기더라고요.

그것도 대본의 한 부분이겠죠.

하지만 그렇게까지 거짓 설정을 할 필요가 있나요?

그렇게까지 거짓투성이라는 건 혹시 '야마다'네도 거짓투성이라는 뜻 아닌가요?

저번 회에서는 야마다네 부인과 스즈키네 남편의 관계가 왠지 미심쩍었는데 혹시 그것도 장치인가요?

만약 정말로 그런 일이 일어나고 있다면 충고 한마디 하겠습니다.

그 식충이 남편은 위험합니다.

그 사람은 과거에 살인을 저질렀습니다.

지나가던 소녀를 폭행해서 죽였습니다.

그렇지만 그 식충이는 당시 미성년자였기 때문에 가벼운 형만 받았고 사건은 그길로 종결되었습니다.

그냥 두고 보기에는 너무 위험합니다. '사건'이 일어날지도 모릅니다.

"사건……."

다카야의 속이 울렁거렸다.

그는 조금 전에 야마다네에게서 회수한 일기장을 뚫어
져라 응시했다.

ㅁ ㅁ ㅁ

나는 게이타로 씨의 얼굴을 가까이에서 바라보았다.

게이타로 씨가 "아, 가만있어 봐요." 하며 얼굴을 가까
이 들이댔기 때문이다.

담배 냄새가 난다. 우리 남편과는 전혀 다른 상쾌한 향
이다. 계속 맡고 싶은 향기.

안 된다.

아직 늦지 않았다. 그 얼굴을 세게 치고 달아나면 된다.

그런데 어째서인지 몸이 움직이지 않았다. 달콤하게
저릿한 느낌이 내 하반신을 옭아맸다.

이 자리에서 벗어나야 한다.

아이들이 학교에서 돌아올 시간이니까.

쇼핑센터에 가야 하니까.

빨래를 걷어야 하니까.

만들고 있던 남편의 잠옷을 완성해야 하니까…….

나는 온갖 변명을 떠올려 보았다. 하지만 어느 것 하나

이 저릿한 느낌을 풀어낼 정도의 긴급함은 없는 듯했다.

나는 알아차렸다. 이 느낌은 여자의 중요한 부분이 격렬하게 반응하는 증거라는 걸. 치마 아래쪽이 숨길 수 없는 증거로 흘러넘치고 있을 테다.

정신이 아득해지는 것 같다. 눈을 감은 순간이었다.

"움직이면 안 돼요."

그의 손가락이 내 턱을 살포시 지지해 주었다.

"가만있어요."

게이타로 씨가 자신의 오른쪽 검지를 날름 핥았다. 그러고는 손가락을 천천히 내 얼굴로 가져왔다.

"눈을 똑바로 떠 보세요. ……그래요. 속눈썹이 들어갔네요. 아프셨죠? 바로 빼 드릴게요."

속눈썹?

그러고 보니 아까부터 눈이 까끌까끌했다.

게이타로 씨는 한번 더 검지를 핥더니 젖은 손끝으로 내 눈을 살짝 건드렸다.

"됐어요. 이거예요."

게이타로 씨가 고기를 낚은 소년 같은 해맑은 얼굴로 손끝을 나에게 내밀었다.

거기에는 작디작은 속눈썹 하나가 있었다. ……아니, 틀렸다. 마스카라의 잔해다.

저번 주부터 마스카라를 바르기 시작했다.

여성 잡지에 소개되어 있기에 전부터 궁금하던 차였다. 여러 여배우가 애용한다는, 속눈썹을 순간적으로 길고 짙게 만들어 준다는 마법의 화장품. 하지만 나와는 상관 없는 물건이라고 생각했다. 결혼 전에는 나름대로 화장 을 했지만 지금은 립스틱만 발라도 남편이 불쾌해한다.

그런데 스즈키 부인이 가르쳐 주었다.

"이거, 정말 편해요."

스즈키 부인의 눈은 아름답다. 마치 나카하라 준이치 가 그린 소녀처럼 새까만 눈을 가지고 있다. 나도 그런 눈 을 가지고 싶었다.

"어머, 간단해요. 마스카라랑 아이라이너만 있으면 돼 요."

스즈키 부인이 말했다.

결혼 전에 아이라이너를 써 본 적이 있다. 하지만 그리 기 어려워서 포기했었다.

"마스카라 칠하는 건 아주 간단해요. 전용 브러시로 속 눈썹에 바르기만 하면 돼요. 잠깐만 가만히 있어 보세요."

스즈키 부인이 내 속눈썹을 마스카라 브러시로 말아 올렸다.

"보세요. 간단하죠? 인상이 완전히 바뀌잖아요. 거울 한번 보세요."

진짜다. 눈이 또렷해서 한층 더 커진 것 같다.

내내 싫어했던 외꺼풀 눈. 이 눈 때문에 애교 없는 여자라는 소리를 지겹도록 들어 왔다.

그러나 지금 거울 속의 나는 어딘지 모르게 애교가 있어 보인다. 속눈썹에 살짝살짝 마스카라를 바르기만 해도 이렇게 달라지다니. 마법이 따로 없다.

"이거 줄게요."

스즈키 부인이 마스카라를 내 손에 쥐어 주었다.

"마스카라는 화장한 것처럼 안 보여요. 아마 남편도 속을걸요?"

"네?"

"남편이 화장하는 거 별로 안 좋아하죠?"

"네. 그런 편이에요."

"립스틱이나 파우더는 들킬 수도 있지만 마스카라는 안 그래요. 와카코 씨도 내가 마스카라 바른 거 몰랐잖아요."

"네. 맞아요."

"마스카라는 마법 같아요. 인상이 확 달라지는데 화장한 걸 들키지도 않거든요."

"정말 그래요."

"우리 남편도 몰라요. 매일 마스카라를 하고 있는데." 스즈키 부인이 혀를 쏙 내밀었다. "그러니까 이거 한번 써 봐요. 절대로 안 들킬걸요."

그 말을 듣고 스즈키 부인한테서 마스카라를 받은 게 일주일 전이다.

스즈키 부인의 말대로 남편에게 들키지 않았다. 아이들에게는 "엄마, 요새 예뻐졌어."라는 칭찬도 들었다.

그래서 오늘도 마스카라를 하고 왔다. 평소보다 듬뿍. 스즈키네 집에 갈 때는 늘 그런다. 처음에는 그녀 자신도 그 이유를 알 수 없었다.

하지만 지금은 확실히 알겠다.

스즈키 부인의 남편…… 게이타로 씨에게 잘 보이고 싶어서다.

호감 있는 남자아이를 만나기 위해 비장하게 리본을 달고 같은 전철을 탔던 여고 시절처럼.

오늘도 나는 게이타로 씨를 보기 위해 스즈키네를 찾아갔다. 치즈를 빌린다는 구실로. 심지어 스즈키 부인이 장을 보러 간 걸 베란다에서 확인하기까지 했다.

그렇다고 해서 딱히 무언가를 기대하는 건 아니다. 그저 게이타로 씨의 얼굴을 보며 세상 돌아가는 소소한 이야기를 나눌 수 있으면 그걸로 족했다.

하지만 여자의 숨겨진 욕정은 그런 거 따위로 만족되지 않는다는 것을 지금의 나는 절실히 깨닫고 있다.

지금 그 사람과 나는 현관 근처에 서 있다. 게이타로 씨의 얼굴이 느닷없이 가까워지고 그의 손가락이 내 눈가를 따라 움직였다. 그리고 그 손가락에는 그의 타액이 묻어 있었다.

나는 무심코 눈물을 흘리기 시작했다.

하반신이 피할 도리가 없는 상태에 빠져 있었기 때문이다.

"왜 그러세요?"

"안 돼요. 안 돼요."

나는 흐느껴 울었다. 바지에 실례를 한 아이처럼.

"뭐가 안 되는데요?"

어떻게 대답해야 좋을지 몰랐다. 격렬한 수치심과 건잡을 수 없는 추잡한 성욕. 이런 상태를 어떻게 설명해야 할까?

"우선 들어오세요."

나는 순순히 그의 말을 따랐다. 이대로 우리 집으로 달아날 수도 있었지만 그렇게 하지 않았다.

그러기는커녕 오히려 "더워. 괴로워." 하면서 일부러 깃이 활짝 젖혀진 셔츠의 단추를 풀어 가슴 언저리를 드러냈다. 그러고는 소파에 요염하게 기댔다.

어떻게 이런 대담한 행동을 할 수 있는지 스스로도 알 수 없었다. 이런 게 여자의 본성인가?

"괜찮으세요? 몸이 안 좋으신 건 아닌가요?"

"배가…… 아랫배가 왠지 이상해요."

"아랫배요?"

"좀 만져 주세요."

나는 게이타로 씨의 눈에 욕정의 불이 깃드는 것을 놓치지 않았다.

아니, 처음부터 그는 욕정으로 숨이 막혀 있었다. 그래서 현관에서 느닷없이 그런 행동을 했을 테다. '속눈썹'을 핑계로.

먼저 욕정을 품은 건 그 사람이다. 그는 자신의 욕정에 진 게 분명하다.

"⋯⋯대단해요. 이렇게 됐어요."

치마 아래를 만지작거리면서 게이타로 씨가 속삭였다. 그리고 "어떻게 해 줄까요?" 하고 말했다.

뭐 이런 비겁한 남자가 다 있어. 그 말을 여자가 하게 만들다니. 내가 그런 말을 먼저 할 수 있겠냐고.

잠자코 있자 게이타로 씨의 입술이 내 입술을 덮쳤다.

상쾌한 담배 냄새는 나지 않았다. 비릿한 남자 냄새가 났다.

나는 그의 혀를 받아들였다.

"말도 안 돼."

오후 5시를 넘은 시간, 스태프 룸이었다. 후카다 다카야는 무심코 자리에서 일어났다.

모니터 안에서 펼쳐지고 있는 일은…….

"스즈키네 남편과 야마다네 부인을 이대로 두면 위험하겠어!"

다카야는 머리를 굴렸다.

지금 여기에는 다카야밖에 없다. 다른 스태프들은 이런저런 용무가 있어 다들 나가 있었다. 이곳은 비디오방이나 마찬가지였다.

"이건 실제 상황이야. 어쩌지……."

호기심보다 공포가 더 크게 몰려왔다. 다카야는 스마트폰을 꺼내 전화번호 목록을 뒤졌다.

오카지마 마키코.

이름을 눌렀다. 신호가 한번 울리자마자 "여보세요." 하는 목소리가 들렸다. 오카지마 씨였다.

"오카지마 씨, 큰일 났어요."

그럴 필요까진 없었는데 다카야는 들릴락 말락 하게 목소리를 죽였다. 목소리를 너무 죽이는 바람에 저쪽 편에서 "응? 무슨 일이야? 안 들려. 더 크게 말해 봐."라고 했다.

"큰일 났다고요. 스즈키네 남편이랑 야마다네 부인이─."

"그 두 사람이 왜?"

"······선을 넘었어요!"

"뭔 소리야?"

"그러니까 선을─."

"불장난을 치고 있다는 거네."

참으로 거침없는 말투였다. 이래서 아줌마······ 아니, 연상의 여자를 무섭다고 하나.

"아직 본격적으로 불장난을 하는 건 아닌데······. 그래도 이대로는 위험할 것 같아서요. 어쩌죠? 말리는 게 좋을까요?"

"응. 알겠어. 나한테 맡겨."

"네. ……그럼 전 뭘 할까요?"

"넌 거기서 모니터를 주시하고 있어. 딱히 어떤 조치를 취할 필요는 없어. 섣불리 움직이면 긁어 부스럼이 될지도 몰라."

"네. 알겠어요."

"나한테 맡겨. 알겠지? 넌 그 자리에 가만히 있어. 모니터 보면서."

다카야는 지시대로 모니터 앞에 앉았다. 하지만 바로 엉거주춤하게 일어났다.

"이건 또 뭐야?"

그건 야마다네 현관에 달린 실시간 카메라 영상이었다.

첫째와 둘째가 학교에서 돌아왔다. 그런데 열쇠가 없는 모양이었다.

'어쩌지? 열쇠가 없네.' 첫째의 울먹이는 목소리가 들렸다. '여기서 엄마 기다릴래? 아니면—'

'엄마, 아마 스즈키 아줌마네 집에 있지 않을까?' 어딘가 차가운 느낌의 둘째 목소리가 들렸다. '요즘 무슨 일만 있다 하면 스즈키 아줌마네 집에 있잖아.'

'맞아. 그럼 스즈키 아줌마네 집에 가 볼까?'

탁탁탁탁탁!

다카야는 고개를 크게 가로저었다.

"아, 어쩌지?"

그때였다. 전화 소리가 울렸다. 순간적으로 눈앞의 전화기를 보았다. 그 전화가 아니었다.

스즈키네를 비추고 있는 모니터에서 난 소리였다. 전화 소리에 놀란 두 사람의 움직임이 멈추었다. 정신이 돌아왔는지 다급히 흐트러진 옷매무새를 가다듬었다. 스즈키네 남편이 검은색 수화기를 들었다.

아마 오카지마 씨일 테다. 그 검은 전화기는 단순한 장식이 아니라 실제로 연결되어 있다.

스즈키네 남편은 머리를 긁적이면서 수화기를 향해 연신 고개를 숙였다. 얼굴이 새빨갰다. 한편 야마다네 부인도 얼굴을 붉히고 가슴 언저리를 정돈 중이었다.

아기 울음소리가 울려 퍼졌다.

옆방 침실에서 자던 스즈키네 둘째였다. 아기가 자는 방 바로 옆에서 무슨 짓을 한 거야…… 하는 후회라도 든 건지 야마다네 부인이 가슴께를 누르면서 고개를 푹 숙이고 있었다.

그때 초인종이 울렸다.

야마다네 자매가 엄마를 데리러 왔다.

"휴, 아슬아슬하게 넘어갔네."

다카야는 힘이 빠진 듯 의자 등받이에 몸을 맡겼다.

"헉, 그런 일이 있었어?"

소카이샤의 영업맨 요시모토 씨가 히죽거리면서 말했다. "큰일 날 뻔했네."

단지 내의 어린이 회관. 다카야와 요시모토 씨 말고는 아무도 없었다. 여기는 보조 출연자들의 대기실로 사용되고 있어서 낮에는 여러모로 소란스럽지만 밤 10시 정도가 되면 그 모습이 싹 사라졌다.

요시모토 씨는 더욱 히죽거리면서 "그러고 보니 옛날 포르노 영화 중에 '단지 부인' 시리즈라는 게 있었어. 그 영화 때문에 단지가 세간에 떠도는 추잡한 이야기의 주인공이 됐다고 단지에 살던 친척이 화를 냈어."

"영화가 아니라 실화예요! 애들이 현장을 목격이라도 했으면 어떡할 뻔했는지. 필시 트라우마가 됐을걸요. 부모님의 그런 행위를 봐도 트라우마가 된다는데."

"부모님이 그런 행동하는 거 본 적 있어?"

"그 이야기는 그만하시죠."

"가족이 그런 행위를 하는 걸 목격해 버리면 찝찝하지……. 불륜은 말해 뭐 해. 영영 벗어날 수 없을지도 모르지."

"내 말이요."

"근데 애들도 목격하게 될걸? 그 장면이 조만간 방송으로 나올 테니까."

"그렇게 되도록 내버려 두지 않을 거예요. 제가 철저하게 저지할 거거든요."

"후카다한테 그런 권한은 없어."

"네. 저한테는 아무 권한이 없죠. 근데 이번 기회에 실력 행사 좀 해 보려고요."

"실력 행사?"

"영상 말이에요. 다 삭제했어요."

"뭐?"

"다행히 그 장면을 본 사람은 저밖에 없었거든요."

"오카지마 씨도 알아?"

"아뇨. 제 독단이에요. 근데 오카지마 씨도 분명 납득 할 거예요. 그 행위를 멈추게 한 사람이 바로 오카지마 씨 니까요."

요시모토 씨가 평소답지 않게 진지한 얼굴을 했다. 화 가 났다기보다 어처구니없거나 초조해 보였다.

"아무튼 난 그 얘기는 안 들은 걸로 할게."

"네?"

"그러니 후카다도 잊어. 기억을 완전히 삭제하라고."

"왜요?"

"영상을 삭제하는 게 무슨 의미인지 알아? 우리는 하 청업체 소속이야. 하청 업자가 클라이언트의 재산을 삭 제한 거라고."

"아니, 그래도."

"투고받은 소설 원고를 담당자가 마음대로 태운 거나 진배없어. 용서받지 못할 일이야."

"아니, 그거랑 이거는 좀 다른 거 같은데요……."

"같아! 이런 일이 G방송국…… 특히 사카가미 여사에게 알려지면—."

사카가미 여사의 이름이 나오자 다카야도 마침내 사태의 중대함을 인지했다. 등에 차가운 것이 흘렀다. 정의감에 사로잡혀 영상을 삭제했지만 확실히 듣고 보니 터무니없는 짓을 저지른 것 같았다.

"이 건은 기억에서 완전히 지워. 나도 잊어버릴게. 들킬 것 같아도 시치미를 떼. 끝까지 모르쇠로 나가야 해. 소카 이샤와 후카다를 위해서."

요시모토 씨의 단호함에 떠밀려 다카야는 고개를 꾸벅했다.

◦ ◦ ◦

아, 나도 참 어쩌다 그런 짓을 저질렀는지…….

전화 소리가 나지 않았다면 우리는 어떻게 되었을까. 분명 갈 데까지 갔겠지.

그랬다면 어떻게 되었을까.

"엄마?"

나는 문득 시선을 들었다.

"엄마, 왜 그래?"

식탁 건너편에서 큰딸이 이쪽을 지그시 쳐다보고 있었다. 옆에 있던 둘째도 내 마음을 들여다보기라도 하려는 듯 몸을 앞으로 내밀고 있었다.

"아무것도 아니야. ……스튜가 좀 싱거운가…… 해서."

오늘 저녁 메뉴는 크림 스튜다. 원래 그라탱을 만들 예정이었는데 치즈를 깜빡하고 사지 않았다. 그래서 스즈키 씨에게 치즈를 빌리러 간 건데…….

그때 일을 떠올리자 내 하반신이 바로 반응을 보였다.

"별로 안 싱거워. 딱 좋아."

큰딸이 미소 지었다. 언제부터인지 이 아이는 미소를 짓게 되었다. 아마 이 단지에 오고 나서부터였을 테다. ……학교에서 무슨 일이 있었던 걸까?

"학교는 어때?"

내가 물었다.

"급식이 맛없어."

둘째가 대답했다.

"응? 급식이 맛없어?"

"응. 그래도 남기면 선생님한테 혼나. 다 먹을 때까지 안 보내 줘."

그래서 최근에 집에 늦게 왔구나.

"알겠어. 선생님께 말해 둘게."

"안 돼."

"응?"

"선생님한테 절대로 말하지 마. 다른 사람한테도 말하지 말고. 절대로."

"그래도."

"미안. 급식이 맛없다는 건 거짓말이야. 남으라고 하는 것도 거짓말이고. 학교 끝나고 어린이 회관에서 텔레비전을 보고 오는 거야."

단지 내에 있는 어린이 회관은 아이들의 아지트다. 본래는 공부를 하는 곳이었지만 어느새 아이들에게 놀이터가 되어 있었다. ……텔레비전이 있기 때문이다.

텔레비전이 있는 집은 드물다. 우리 집에도 아직 없다. 그래서 어린이 회관에 틀어박혀 있었던 모양이지만 거짓말을 하는 건 바람직하지 않다.

둘째는 최근 들어 거짓말을 자주 한다. 이것도 최근에 생긴 내 고민 중 하나다.

"그것보다 엄마……."

둘째가 화장실에 가고 싶은 걸 참듯이 조금 전보다 모호하게 말했다.

"왜? 화장실 가고 싶어?"

"아니. 아냐."

"그럼 왜?"

"아빠는 오늘도 늦어?"

그 질문에 나는 고개를 갸웃거렸다.

"아마도. ……일이 바쁜가 봐."

나는 남편의 지정석인 상석을 응시했다. 일단 식기를 두긴 했지만 거기에 음식이 담기게 될지 어떨지는 모른다. 남편은 어제도 그제도 "저녁은 됐어." 하고는 집에 오자마자 자러 갔다.

……전에는 그런 일이 없었는데. 아무리 늦어도 식사만큼은 꼭 했는데.

"……저, 엄마."

둘째가 머뭇거리더니 눈치를 보면서 말했다. "엄마 눈이 이상해."

응? 또 거짓말을 하네.

"정말이야." 첫째가 말했다. "……아까부터 신경 쓰였어. ……엄마, 거울 좀 봐."

거울? 그러고 보니 얼굴을 확인하지 않았다. 스즈키네 집에 가기 전에 마스카라를 바르면서 거울을 본 게 마지막이었다.

속눈썹을 만져 보았다. 마스카라의 흔적이 느껴지지 않았다.

"어?"

다급히 삼면거울로 달려갔다.

"어머, 이게 뭐야!"

온 얼굴이 거뭇거뭇했다. 눈 주변은 가부키 분장을 한 것 같았다. 난 몰라. 이런 얼굴로 스즈키 씨한테……. 창피해서 양손으로 얼굴을 가렸다.

"엄마!" 하며 큰딸이 다가왔다. "나 저녁때 아빠 봤어."

"응?"

"스즈키 아줌마랑 같이 걷고 있었어."

"응? 스즈키 부인이랑?"

"응. 둘이서 걷고 있었어. 사이좋게 걷고 있었어."

사이좋게?

"오늘뿐만이 아니야. 어제도 그제도—."

"입 다물어."

정신을 차리고 보니 나는 딸의 뺨을 때리고 있었다. 왜 그런 짓을 했는지 알 수 없었다. 무의식적으로 나온 행동이었다.

손이 얼얼했다.

딸아이는 그 이상의 통증을 느끼는 듯했다. 양쪽 눈에서 연달아 눈물이 넘쳐흘렀다.

"다 싫어!" 큰딸이 울기 시작했다. "다 싫다고! 여기 오고 나서 다 이상해졌어. 아빠도 엄마도 다 이상해! 돌아갈래! 우리 집에 갈래!"

"우리 집에 가다니. ……여기가 우리 집이잖아."

"여긴 우리 집이 아니야."

큰딸이 버럭 하며 현관을 향해 달려갔다.

"언니, 어디 가?" 둘째가 그 뒤를 따랐다.

"줄넘기하고 올게. 이단 뛰기 연습해야 돼. 반에서 못하는 사람이 나밖에 없어."

"그럼 나도 갈게."

"넌 안 와도 돼. 노는 게 아니니까."

그리하여 큰딸은 좋아하는 줄넘기를 손에 쥐고 현관을 뛰쳐나갔다.

"언니! 나도 같이 갈래." 둘째가 울면서 언니를 쫓아갔다.

나는 그 자리에 우두커니 서 있었다.

식탁에는 식어 버린 스튜가 있었다. ……참, 샐러드 만드는 걸 잊어 버렸네. 기껏 프렌치드레싱을 해 놨는데. 모두가 맛있다고 했던 프렌치드레싱.

창밖은 완전히 어두웠다.

아이들을 쫓아가야 했었나?

나는 창에서 몸을 내밀고 아이들의 모습을 찾았다.

ㅁ ㅁ ㅁ

다카야가 스태프 룸으로 돌아왔다. 왠지 모르게 어수

선한 분위기였다.

"무슨 일 있어요?"

한 스태프를 붙잡고 물어보았다.

"야마다네 큰딸이 없어졌대요."

"네?"

"자매가 나갔다가 집에 안 돌아왔었는데요. 지금 동생
은 찾았고 언니는 아직 못 찾았어요."

"네?"

"후카다, 너, 애 못 봤어?"

"아니요."

"그래? ……어디 갔지?"

"찾아볼까요?"

"응. 부탁해. ……금방 찾을 수 있을 거야. 단지 내에 있는
게 분명해. ……그래도 만에 하나 무슨 일이 있으면 안 되
니까. ……아, 이제 다 귀찮아졌어!"

언니, 언니!

어디야?

어디 있어?

어, 언니! 찾았다!

기다려, 언니, 언니!

어? 누구야?

언니 옆에 있는 사람 누구야?

어두워서 잘 안 보여!

응? 누구?

언니! 언니도 참!

돌아가자. 집에 가자!

언니!

엄마! 큰일 났어. 언니가 사라졌어!

"정말 언니였어?"

응. 틀림없어.

"근데 어두웠잖아. 잘못 본 거 아냐?"

아니야! 언니였어!

"네가 부르는데 아무 대답 안 했다며."

응. 대답하지 않았어.

"그럼 잘못 본 게 맞아."

아니야! 분명 언니야! 틀림없어! 언니가 누구랑 같이 있
었어!

"누구랑 같이?"

응. 잘 안 보였지만 어른이었어. 그 사람이 언니 손을 잡
아끌고 계속계속 가 버렸어. 쫓아갔는데 따라잡을 수 없
었어. 그러다 쓱 사라졌어!

"사라졌어? 설마 너 꿈꾼 거 아냐?"

아니야. 꿈 아니야. ……맞다. 그 사람도 봤어. 그 사람.
그러니까…… 맞다. 그 냄새가 났어!

"그러니까, 꿈 아니냐고."

꿈 아니라니까!

꿈 아니라고—.

□ □ □

"오카지마 씨!"

이름을 불렀지만 오카지마 씨는 깨지 않았다. 아주 깊이 잠들어 있었다.

피로가 쌓였던 모양이다. 그냥 자게 두면 좋겠지만 그럴 수 없다.

"오카지마 씨! 일어나 봐요!"

후카다 다카야는 마음을 독하게 먹고 오카지마 씨의 몸을 흔들었다.

"……응?"

오카지마 씨가 몸을 벌떡 일으켰다.

"……여기 어디야?"

그녀는 어리둥절한 얼굴로 주위를 두리번거렸다. 마치 불안에 떠는 소녀 같았다.

"저…… 여기가 어디야?"

"정신 차리세요! 여긴 스태프 룸이에요. S가오카 단지 스태프 룸이요!"

"……스태프 룸?"

오카지마 씨는 졸린 눈으로 천천히 자신의 뺨을 꼬집었다.

"……아, 그랬지. 깜박 졸았네. ……꿈을 꿨어. 어릴 적 꿈을."

그리 말하고는 오카지마 씨가 입술을 꾹 닫았다. 슬슬 평소의 오카지마 씨 얼굴로 돌아오고 있었다.

"무슨 일이야?"

"사라졌던 야마다네 첫째 딸 말이에요!"

"아, 마유 양. ……찾았어?"

"……그게."

"왜?"

"지금 구급차를 부르고 있는데―."

"구급차? 왜? 무슨 일 있어?"

"저도 잘 몰라요. 다른 스태프 하나가 발견했으니까. ……근데 그 친구가 지금 엄청 흥분해서―."

"……이노우에 씨?"

"아, 맞아요. 스타일리스트 이노우에 씨요."

"그 친구가 왜?"

"마유 양이 숨을 쉬지 않는다면서 죽은 것 같다고 했어요."

"죽었다고?"

"네. 이노우에 씨가 발견했을 때는 이미 죽어 있었대요."

"그래서, 이노우에 씨는?"

"지금 경찰 쪽에서 여러 가지 물어보나 봐요."

⬚─⬚

—확인하겠습니다. 성함이 이노우에 가나 맞습니까?

"네."

—무슨 일을 합니까?

"프리랜서고 스타일리스트 일을 하고 있습니다."

—연예인이나 배우에게 의상을 제공하는 일이요?

"예전에는 그런 일도 했는데, 지금은 드라마 속 의상을 전문으로 하고 있습니다."

—그렇군요. 그런 일도 있군요.

"네. 드라마 주제에 걸맞은 의상을 고르는 건 상당한 전문 지식이 필요하니까요."

—전문 지식이라면?

"예를 들어, 경찰 드라마 같은 거요. 경찰, 범인, 용의자. 이 사람들이 하나같이 최신 유행 스타일의 옷을 입으면 이상할 거 아니에요. 물론 그럴 수도 있지만 드라마에서는 그러면 안 돼요. 캐릭터 한 사람 한 사람의 성격, 연령, 입장, 직업, 수입에 따라서 복장에 차별화를 둘 필요가 있어요. 복장은 캐릭터 그 자체니까요. 그래서 전문 지식을 가진 전문 스태프가 필요해지죠. 보다 형사답게, 보다 범인답게, 보다 용의자답게 보이는 복장을 선택할 수 있는 스태프요. 연봉 3천만 엔의 청년 실업가인 용의자가 만 엔짜리 기성품 지갑을 갖고 다니면 이상하잖아요? 반대로 연봉 500만 엔의 형사가 300만 엔짜리 롤렉스를 차고 있으면요? 그쪽으로 시선이 가서 정작 중요한 스토리가 머리에 들어오지 않게 돼요."

―네. 뭐, 형사도 롤렉스를 찰 순 있죠.

"그렇죠. 그래도 통상적으로 형사와 롤렉스는 그다지 어울리지 않아요. 일반적인 이미지가 아니에요. 그런 형사를 보면 '아, 이 형사 뒤에서 나쁜 짓 하는 거 아냐?' 하는 다른 이미지를 부여하게 돼요. 물론 스토리상 그렇다면 상관없죠. 하지만 평범한 형사라면 3만 엔 정도 되는 시계로 충분하겠죠."

―그래요. 드라마 내용에 어울리는 캐릭터를 의상으로 창조하는 일.

"맞아요. 말씀하신 대로예요. 참고로 전 시대극 전문이에요. 대학 시절에 일본 근대사를 전공해서 특히 메이지 시대부터 쇼와 시대까지의 패션에 자신 있어요. 계급, 연령, 직업에 맞는 의상을 조달하고 때로는 제가 직접 만들기도 해요. 의상뿐만이 아니에요. 소품, 액세서리, 도구 등도 제공하죠. 앤티크 숍을 운영하는 친구가 있어서 웬만한 물건은 그 친구한테 부탁해서 마련해요.

다만 이번 건은 좀 까다로웠어요. 1961년, 즉 쇼와 36년 여름이라는 시대가 정확하게 설정돼 있어서요. 이 시대에는 1년, 아니 한 달 만에 패션이나 유행이 확확 바뀌거든요. 가전제품도 한 달이 멀다 하고 모델이 바뀌어서 조금만 방심하면 '오파츠(당대 문명보다 한참 높은 수준의 물건이 발견되거나 인간이 존재하기 이전 시대에 '인간의 흔적'이 나왔을 때 오파츠라고 부른다. 오파츠는 주류인 역사학계 및 과학계에서 거의 사용하지 않고 비주류에서 사용되는 용어다. – 옮긴이)가 돼요."

 —오파츠……? 그 시대에 있을 리가 없는 물건이다. 이런 말씀이신 거죠?

"맞아요. 1961년 10월 이후에 발매됐던 게 있으면 안 돼요. '아주 소소하게 어긋나는 정도는 괜찮지 않나요?'라고 말하는 스태프도 있지만 제 자존심이 허락하지 않아서요. 더군다나 절대 용납하지 않는 한 사람도 있고."

 —한 사람?

"제작 스태프 중에 엄청 엄격한 여자분이 한 명 계세요. 얼마나 지적질이 심한지 몰라요. 이 냄비는 당시에 없었다, 이 옷은 당시에 기본적으로 팔던 게 아니다, 이 휴지는……. 퇴짜의 연속이었어요. 저도 이 업계에서는 나름 난다 긴다 하는 사람이다 보니 자존심이 갈기갈기 찢겼어요. 정수리에 원형 탈모가 생길 정도예요.

그건 그렇고 왜 1961년일까요……. G방송국 개국 연도에 맞춘 거라고는 하지만 왠지 어중간하잖아요. 보통 1960년이나 1965년처럼 깔끔하게 떨어지는 연도로 하겠죠. 아니면 도쿄 올림픽이 열렸던 1964년이라든가. 진짜 왜 그럴까요—."

—일에 대해서라면 이제 충분히 알겠습니다. 그럼 본론으로 들어가시죠. ……어떤 일이 있었는지 말씀해 주십시오.

　"어제 저녁 무렵이었어요. ……정확한 시간은 잘 기억나지 않지만, 해가 저물어서 꽤 어두웠으니 아마 저녁 6시가 넘었을 때라고 봐요.

　야마다 부인이 심상치 않은 안색을 하고 스태프 룸을 찾아왔어요. '애가 안 보여요. 어디 있는지 모르세요?' 하면서요. 그래서 급히 수색이 시작됐어요."

　—그 시점에 경찰에 신고는 안 했습니까?

　"아뇨. 그건……."

　—왜요?

　"아, 뭐랄까, ……특수한 환경이라서요……."

　—촬영 중이기 때문이란 말인가요?

　"네. 지금 이 단지가 통째로 촬영 현장인 셈이라서요. 그래서 촬영 현장을 찾아보면 반드시 발견될 거라……는 낙관적인 생각이 모두를 지배하고 있었던 듯해요."

　—낙관적인 생각 때문에 경찰에 신고하는 게 늦어졌다고요?

　"근데 결국엔 연락했잖아요. 그러니까 당신들이 이렇게 이곳에 왔고요."

　—그래도 신고를 다음 날 새벽 3시가 넘은 시간에 했

잖습니까. 마유 양이 발견된 이후기도 하고. 시간이 꽤 지체됐는데.

"……네. 맞아요. 그 점은 인정해요. 하지만 전 분명히 말했어요. 경찰에 신고하는 게 낫지 않느냐고요. 근데 그 사람이……."

—그 사람?

"제작 스태프 중 한 사람인데 엄청 무서운 여자예요. 마녀 같아요. 마녀. ……아니다. 아니에요. 지금 얘기는 못 들은 걸로 해 주세요. 어쨌거나 경찰에 신고가 늦은 건 제 탓이 아니에요!"

—그래도 당신이 첫 번째 발견자라는 건 틀림없는 사실입니다.

"제가 원해서 첫 번째 발견자가 된 게 아니잖아요……. 우연이에요. 그냥 우연."

—왜 그 현장에 있었습니까? 어린이 회관에요.

"어린이 회관은 보조 출연자랑 스태프의 휴식 공간으로 정해져 있어서 다과가 상시 구비돼 있거든요. 그래서 잠시 들른 거예요. 한숨 돌리고 싶어서. 저녁 무렵부터 내내 스태프가 총동원돼서 수색 중이었고 저도 동원돼서 녹초가 됐었거든요. 손전등을 들고 몇 시간 동안 온 단지를 찾아 헤맸어요. 한계가 느껴지더라고요. 그래서 단 게 너무 당겼어요.

……새벽 3시가 되기 조금 전이었나, 어린이 회관 입구에 접어드는데 왠지 모르게 가슴이 떨렸어요. 그럴 수밖에 없던 것이, 뭐라고 형언할 수 없는 냄새가 났거든요.

'어라? 이건?' 하고 생각했어요. 담배 냄새였어요. 제가 준비했던 담배요.

……'골루아즈'라는 프랑스의 유명한 담배인데요. 지금은 편의점에서도 팔지만 1961년 당시에는 일본에서 희귀한 담배였거든요. 그걸 준비하라고 하더라고요. ……힘들었어요. 1961년 당시에 출시된 진짜 패키지로 된 게 필요하다고 해서요. 만든 건 안 된대요. 그래서 찾고 찾아서 한 마니아한테서 겨우 구입했어요. 아, 물론 1961년 당시의 물건은 패키지뿐이고 내용물은 현재 거예요. 그 사람은 내용물도 당시의 걸……로 구하라고 억지를 부렸지만 아무리 찾아도 없었고요. 행여 있다고 해도 지금 와서 피울 수도 없잖아요. 60년 전 담배인데. 아무리 그래도 그렇죠. ……그나저나 그 사람은 왜 그런 데 집착할까요. 아무튼 지독한 주문을 내린다니까요. 철저하게 당시 물건에 집착하면서. 그 사람은 진짜 악마예요. 연속으로 어려운 문제만 내면서. ……이젠 몸도 마음도 너덜너덜해졌어요. 이대로라면 저까지 죽을 것 같아요……."

—그래서 '골루아즈'가 어떻다는 말입니까?

"아, 맞다. 골루아즈.

아세요? 골루아즈는 아주 특징적인 향이 있어요. 한번 맡으면 잊을 수 없는 향.

그 향기가 희미하게 났어요. 어린이 회관 뒤편에서요.

어린이 회관은 단지 끄트머리에 있고 뒤에는 창고가 있어요. 더구나 그 뒤로 벼랑이 바짝 붙어 있는데, 듣자 하니 거긴 비가 많이 올 때마다 무너져서 지금은 출입 금지라고 하더라고요. 그래서 그 창고에 가는 사람이 없다고 했어요. 실제로 '출입 금지'라고 쓰인 안전 고깔이 두 개 놓여 있기도 하고요.

근데 담배 냄새가 나는 거예요.

누가 있나? 누가 담배를 피우나?

평소라면 무시할 테지만 그때는 왠지 가슴이 두근두근했어요. 골루아즈 냄새라서. 그걸 피우는 사람은 그 남자뿐이었거든요.

그 남자가 왜 이런 데서 그 담배를 피우고 있을까? 다들 필사적으로 마유 양을 찾는데 태평하게 담배나 한 대 피우나?

떨리는 가슴과 분노와, 그리고 약간의 호기심이 뒤범벅돼서 도무지 무시할 수 없더라고요. 그래서 창고로 이어지는 골목을 들여다봤어요. 하지만 아무것도 안 보였어요. 새벽 3시였으니까 당연했겠죠? 어두컴컴한 시간이니까.

그래서 갖고 있던 손전등으로 그 앞을 비춰 봤어요.

'출입 금지' 안전 고깔 두 개가 보였어요.

그리고 그 안전 고깔 사이에…….

처음에는 인형인 줄 알았어요.

근데 아니었어요. 사람이었어요. 아이였어요. ……마유의 머리였다고요. ……아, 죄송해요. 그때 광경을 떠올리기만 해도 심장이 빨리 뛰어서요. 물 좀 마셔도 되나요?"

―그럼요. 드세요. 근데 그 담배…… 골루아즈는 누가 피우는지 압니까?

"스즈키네 남편이 애용한다는 설정이라 스즈키 씨가―."

▫ ▫ ▫

거짓말이지?

이게 언니야?

언니 죽었어?

거짓말!

그냥 누워 있는 거지? 그렇지? 엄마!

엄마, 눈 주변이 새까매.

그거 발랐구나.

마스카라?

나 알아.

엄마가 스즈키 아줌마네 집에 갈 때마다 마스카라 바르는 거.

오늘도 스즈키 아줌마네 집에 갔었지?

뭐 하러 갔어?

왜 가만히 있어?

나 다 알거든?

엄마랑 아빠가 하는 거.

'불륜'이라는 거 맞지?

단지 사람들이 그랬어.

야마다네랑 스즈키네가 서로 불륜을 저지르고 있다……고.

'불륜'이라는 거 나쁜 거잖아.

분명 나쁜 거야.

왜냐하면 엄마가 스즈키 아저씨네 집에 갈 때 얼굴이 마녀 같거든. 눈 주변이 새까매서.

아빠가 스즈키 아줌마를 만나러 갈 때도 똑같아. 악마 같아. 이상한 냄새가 나.

왜 그런 나쁜 짓을 하는 거야?

옛날의 엄마 아빠로 돌아와. 그럼 분명히 언니도 살아 돌아올 거야.

듣고 있어? 아빠! 엄마!

□ □ □

"오카지마 씨?"

다카야는 오른쪽 옆에 앉은 오카지마 씨에게 말을 걸어 보았다. 하지만 먼 곳을 응시한 채 아무 대답이 없었다.

여느 때도 그랬지만 오늘은 더더욱 표정을 읽을 수 없다.

뭐, 하는 수 없다. ……이런 일이 일어났으니까.

여기는 어린이 회관이다.

관계자 전원이 경찰과 면담을 하기 위해 모여 있었다.

안쪽 탕비실에 곧바로 취조실이 설치되어 그곳으로 한 사람씩 불려 가고 있었는데 도무지 차례가 돌아오지 않았다. 시계를 보니 오전 9시가 넘어 있었다. 경찰이 온 지도 벌써 6시간이 넘었다.

"……언제까지 이런 식일까요?" 다카야가 우는소리를 했다.

"아마 내일이면 풀리지 않으려나?" 하고 오카지마 씨가 평소의 포커페이스로 대꾸했다.

"네? 내일이요?"

다카야는 보란 듯이 한숨을 쉬었다.

"그래도 생각하기에 따라서는 행운이지." 다카야의 왼쪽 옆에 앉은 요시모토 씨가 농담처럼 말했다. "여기는 화장실도 있고 과자도 산더미처럼 쌓여 있고 음료도 마음

껏 마실 수 있잖아. 에어컨도 빵빵하고. 이런 데라면 일주
일 동안 농성을 한다 해도 거뜬할 거야."

"……일주일이라니 농담하지 마세요."

하지만 요시모토 씨의 말이 맞긴 했다. 어린이 회관은
보조 출연자들 쉼터라서 늘 과자가 산더미처럼 쌓여 있
었다. 그리고 정기적으로 도시락도 배달되는데 오늘 먹
을 것도 막 도착한 참이었다. 정수기 비축량도 한 달치는
되었다.

"그냥 피난 훈련이라고 생각해." 요시모토 씨가 손가락
으로 스마트폰 화면을 밀면서 말했다. "무엇보다 컴퓨터
나 스마트폰을 쓸 수 있잖아. 경찰서에 있었으면 그렇게
못했을 건데."

요시모토 씨의 손가락이 경쾌하게 춤을 추었다. 그러
다 그 움직임이 멈추었다.

"아, 어제 방송분. 역시 상당한 화제가 되고 있군. 검색
어에 '마스카라'가 있어!"

잠시만……? 이런 아수라장에 우리 방송을 검색하고 있
는 거야?

"〈1961 도쿄 하우스〉는 역시 보류되겠죠? 촬영도 중지
되고?" 다카야가 말했다.

"뭐?" 하고 요시모토 씨가 의외라는 듯 얼굴을 찡그렸다.

"사람이 죽었어요! 사태가 엄중하다고요. ……살인 사

건인 거겠죠?"

"살인?"

"네. 살인이니까 우리가 여기 이렇게 감금돼 있는 거 아니에요? 관계자 중에 범인이 있어서!"

"이 중에 범인이 있다……. 무슨 미스터리 드라마 같네."

요시모토 씨가 아주 즐겁다는 듯 히죽거렸다.

"이번에는 미스터리 소설에 도전해 볼까? 미스터리 신인상 마감이 얼마 안 남았을 텐데. ……그래. 그러자. 경찰의 움직임을 확실히 관찰해 둬야지. 이런 기회는 쉽게 오지 않으니까. 이번에야말로 리얼리티가 살아 있는 걸 쓸 수 있을 거야! 그게 말이야. 내 소설에 리얼리티가 없다는 소리를 자주 듣거든. 판타지래. 작년에 투고한 원고도 최종 심사만 남았는데 리얼리티가 없다는 중진 작가의 한마디에 낙선했지 뭐야. 그전에도—"

요시모토 씨는 이 주제만 등장하면 사설이 길어진다. 낙선을 상당히 자주 한 모양이다.

"요시모토 씨는 참 태평하네요. 전 조금 전부터 다리가 후들거려서……."

"아니, 왜 그렇게 졸아 있어?"

"그야."

"설마 후카다가 범인이야?"

"농담으로라도 그런 소리 하지 마세요!"

"그럼 그렇게 쫄 것도 무서워할 것도 없잖아. 평소처럼 있으면 되지."

"평소처럼은 못 있죠. 사람이 죽었는데. 더구나 이 중에 살인범이 있을지도 모르는데요."

다카야가 시선을 돌렸다.

스태프는 자신을 포함해 총 열 명이었다. 출연자는 스즈키네가 네 명, 야마다네가 세 명. 그리고 우연히 어린이 회관에 있었던 보조 출연자가 두 명.······원래 보조 출연자의 근무 시간은 오전 10시부터 오후 5시까지다. 즉, 사건이 발생했을 무렵에는 전원이 귀가했을 테지만 어찌 된 일인지 이 둘은 어린이 회관에 남아 있었다. 막차를 놓쳐서 이곳에 숙박할 작정이었다고······ 해명을 늘어놓긴 했지만.

"전 그 두 사람이 왠지 수상해요." 다카야가 목소리를 낮추었다. "제가 아는 한 여기서 묵는 보조 출연자는 없어요. 막차는 저녁 8시잖아요. 보조 출연 일이 끝나는 건 오후 5시고. 대관절 5시부터 뭘 하고 있었던 걸까요?"

"뭐, 그렇긴 하지."

"그나저나 보조 출연자들.······오늘은 어떻게 하죠? 다들 슬슬 올 시간인데."

"아, 그건 괜찮아. 취소됐다고 이미 얘기해 뒀으니까."

"취소된 보조 출연자들이 이상하게 생각하지 않던가요?"

"응?"

"왜 갑자기 취소됐냐고 안 그래요? 무슨 일이라도 일어났냐고."

"뭐, 의심은 할 수 있겠지."

"혹시 이 일이 이미 뉴스에 나온 건 아니겠죠?"

"……응. 좀 전에 실려 간 병원에서 사망 확인이 됐다고 들었으니 슬슬 공개적으로 보도가 될지도 모르지."

"아, 그럼 이제 완전히 끝났네요. 중지되겠군요."

다카야는 왠지 모르게 마음이 놓였다. 자신이 기획한 방송이지만 애초의 의도와는 전혀 다른 프로그램이 되어 버린 데에다 불륜에 사망자까지 나왔다. 이런 방송은 얼른 끝내는 편이 낫다.

그렇지만 그리되면 보수는 어떻게 되는 거지? 현재 소카이샤에서 계약 사원 대우를 받지만 월급은 아직 받지 않았다. 어? 설마 이대로 돈을 못 받는 건가? ……정말 그러면 어떡하지? 집세도 내야 하고 학자금도 갚아야 하고 오토바이 할부금도——.

여기까지 생각하다가 다카야는 제정신으로 돌아왔다.

……아, 나는 어쩜 이렇게 못났을까. 사람이 죽었는데. 이 기획을 낸 나도 아예 관련이 없는 게 아닌데 이런 상황에서 내 처지만 걱정하고 있다.

그런 다카야를 책망이라도 하듯 아기가 울기 시작했다.

스즈키네 막내다.

이 아이는 자주 운다. 아마도 짜증이 심한 아이일 테다. 다카야도 어릴 때 짜증에 잘 듣는 약을 자주 복용했다고 들었다.

"다 싫어!" 아이 엄마까지 덩달아 울기 시작했다. "이제 진짜 못 견디겠어! 집에 가고 싶어! 500만 엔 따위 필요 없어!" 그러고 나서 아이를 남편에게 떠맡기더니 현관을 향해 달리기 시작했다.

그러나 곧 경찰의 손에 저지당하고 말았다.

"스즈키 부인, 다음 차례입니다. 저쪽 방으로 들어가세요."

□——□

—재혼했죠?

"역시 경찰은 다르네요. 조사했어요? ……네. 근데 그게 뭐가 어때서요?"

—큰아이는 전남편 사이에서 생긴 아이, 즉 데리고 온 아이고요.

"그래서 그게 왜요?"

—가정생활은 원만합니까?

"그런 건 왜 물어요?"

—결혼을 반대한 사람은 없었습니까?

"누가요?"

—예를 들어, 부모님이라든가.

"……그런 것도 조사했어요?"

—아니요. '부모님이 결혼을 반대하지 않았을까?'라는 건 제 추측입니다.

"왜 그렇게 생각했는데요?"

—남편분의 전과를 조회했더니…….

"아, 역시 그 부분도 찾아본 거군요."

—어디까지나 절차입니다.

"그래요. 당신네들 추측대로 남편의 전과 때문에 부모님이 결혼을 반대했어요. 본인들도 제대로 된 인간이 아니면서. 자기들 생각은 안 하고 '전과자와의 결혼은 용납 못해!' 하는 거죠."

—혹시 남편분이 어떤 범죄를 저질렀는지 알고 있습니까?

"공갈이라 들었어요."

—그렇군요.

"왜요? 아니에요?"

—어제 오후 6시 전후에 어디 있었습니까?

"첫째랑 장을 보러 갔었는데요? 남편은 둘째랑 집에 있으라고 하고."

—말씀대로 그 시간에 쇼핑센터에 장을 보러 갔더군

요. 카메라에 찍혀 있었고 스태프도 그리 증언했습니다.

"그럼 왜 또 묻는데요?"

—제가 확인하고 싶은 건, 그 시간에 누구를 만났는가 하는 사실입니다.

"……무슨 말이 하고 싶은데요?"

—그때 아래층 남편분을 만나지 않았습니까?

"아, 야마다 부인 남편이요? 네. 만났어요. 만났다기보다 그 사람이 날 기다리고 있었어요. 직장에 있을 시간인데 어찌 된 일인지 거기 있더라고요. 게다가 카메라가 없을 만한 데로 끌고 가려고 했어요. ……그 남자, 나한테 마음이 있대요. 정말 귀찮아 죽겠어요!"

—그래도 먼저 추파를 던진 건 당신 아니에요?

"추파를 던져요? 무슨 말이 그래요. 완전 웃기네. 고릿적 말을 하고 있어요. 할아버지나 쓸 법한 말을."

—대답하세요. 처음에 접근한 건 당신 아니었습니까?

"……네. 분명 그랬죠. 스태프 지시로 그 남자를 꼬시라는 말을 듣고 어쩔 수 없이 그런 거예요. 근데 역시나 안 되겠더라고요. 본능적으로 그런 타입을 받아들이는 일 자체가 불가능해요. 하지만 그 사람은 진심이었나 보더라고요. 가는 데마다 날 기다리고 있는 거예요. 촬영 중이니 참으려고 했는데, 그거 완전 스토커 짓거리잖아요! 못 견디겠어요. 이런 기획에 참가하는 게 아니었어요."

—그럼 정리하겠습니다. 어제 저녁 6시 전후에 당신은 쇼핑센터에서 아랫집 남편분과 만났습니다.

"네. 그건 틀림없어요. 하지만 그 남자랑 5분도 같이 안 있었어요. 바로 도망쳤으니까."

—그럼 당신의 남편분은요?

"네?······말했잖아요. 둘째랑 집을 보고 있었다니까요."

—당신이 그걸 증명할 순 없죠. 장을 보러 나갔는데.

"아니, 내가 증명하지 못해도 카메라가 있잖아요. 집 곳곳에 카메라가 설치돼 있어요. 녹화된 걸 확인하면 되지 않나요?"

—그날 오후 영상이 전혀 남아 있지 않습니다. 스태프가 실수로 삭제한 모양입니다. 다시 말해, 당신의 남편은 알리바이가 없습니다.

"네? 무슨 말이에요? 알리바이라뇨? 우리 남편의 알리바이요? 네? 우리 남편이 무슨 의심이라도 받고 있단 말이에요?······아, 그러고 보니."

—뭐죠?

"장을 보고 집에 오니 막내가 혼자 자고 있었어요······. 잠시 후에 남편이 헐떡이면서 후다닥 돌아와서······. 어디 갔다 왔느냐고 물으니 잠시 산책하고 왔다고······."

—그건······.

"확실히 말해 줘요. 우리 남편이 범인이에요? 우리 남편이 마유를⋯⋯?"

—아니요. 아직 모릅니다. 지금부터 조사해 나갈 겁니다. 다음 차례가 남편분이니 얘기를 들어 보면 되겠죠.

▫ ▫ ▫

—사건 당일 저녁에 어린이 회관 뒤편에 있었습니까?

"왜 그런 걸 묻죠?"

—목격자가 있습니다.

"목격자요?

네. 그날 저녁 무렵에 어린이 회관 뒤에 있었어요. 왜인지 아세요?

담배를 피우고 있었어요. 담배.

집에서는 담배를 못 피워요. 한번은 담뱃불 때문에 카펫에 구멍이 나서 아내의 불호령이 떨어졌어요. 이후로 집에서는 금연이에요. 베란다에서 피웠더니 다른 주민에게서 민원이 들어와서 베란다에서도 금지됐어요. 그래서 어린이 회관 뒤에서 피우고 있었던 거예요.

그런데 말이죠. 단지 생활에는 세세한 규칙이 많아서 갑갑해요. 이럼 안 된다, 저럼 안 된다. 이래라저래라.

예전 집이 좋았죠. 느긋하게 지낼 수 있었으니까요. 난 애초에 단지 생활에 조금도 흥미가 없었어요. 집합 주택은 불편해요. 생판 남이랑 같은 건물에 빽빽하게 채워져 사는 거잖아요. 혼잡한 전철처럼. 전철은 일시적이기라도 하지. 주택은 달라요. 1년 내내 이웃들의 숨소리랑 시선을 느끼면서 살아야 하는데요. 소름 끼쳐요.

그래도 아내가 어떻게 해서든 단지 생활을 체험해 보고 싶다고 하니 마지못해 지원했어요. 합격할 리 없다고 생각했거든요. 그래서 합격……이라기보다 연락을 받았을 때는 솔직히 당혹스러웠어요. 그래도 이왕 이리됐으니 물러설 수 없다 생각했죠. '단지 생활을 즐겨 보자!'라고 다짐했어요.

하지만 그조차도 첫날뿐이었어요. 이튿날부터 뭐라 표현할 수 없는 폐쇄감에 심각하게 고민이 됐어요. 여기는 외곽이잖아요. 카페도 없고 술집도 없고. 놀 장소도 없죠. 한숨 돌릴 장소가 전혀 없어요. 감옥살이하는 기분이에요. 옛날 유배지가 이런 느낌이 아닐까 싶을 만큼…….

그런 나한테 유일한 휴식 거리가 담배였어요.

어린이 회관 뒤편은 담배를 피울 만한 절호의 장소고."

—혼자서요?

"네. 당연히 혼자서죠."

—그 시간에도?

"네. 혼자서 피우고 왔어요. 누가 있으면 안 피워요. 담배는 혼자서 피우는 게 좋아요."

─정말 아무도 없었습니까?

　"없었어요. 확실해요."

　─아무도 발견 못했어요?

　"네. 아무도 못 봤어요. 누가 날 목격했대요? 그날, 그 시간, 그곳에는 나 말고 다른 사람은 없었을 텐데. 아, 설마, 그 여자인가?"

　─그 여자?

　"네. 야마다 씨요. 아랫집 여자. 그 사람 좀 수상해요. 나한테 마음이 있는지 막 색기를 부려요. 마스카라를 잔뜩 칠하고 속눈썹을 깜박깜박하면서 꼬리를 치더라고요. 처음에는 마음이 좀 흔들렸는데, ……다 차려 놓은 밥상도 못 먹는 건 남자의 수치라고들 하잖아요."

　─그래서 그런 관계가 됐습니까?

　"아뇨. 설마. 실제로는 밥상에 손도 안 댔죠. 뭐, 손가락으로 몰래 집어먹을 뻔했지만 아슬아슬하게 브레이크를 밟았어요. 그리고 확실히 의사 표현을 했어요. 이런 행동은 삼가 달라고.

　애초에 난 그런 짓에 흥미 없어요. 이렇게 보여도 애처가라고요. 아내가 슬퍼할 만한 행동은 절대 안 해요. 그 부인에게도 확실히 말했는데.……근데 그 여자가 착각을 했는지 이후로도 적극적으로 들이대는 거예요. 날 기다린다거나 하면서. 뒤를 밟을 때도 있었고요. 정말이지 민폐예요. ……그래서 그 여자가 목격자라는 거죠?"

—그건 말씀드릴 수 없습니다.

"그렇군요. 눈은 입만큼 뭔가를 말하는…… 법이라죠. 형사님이 아무리 말을 얼버무리려고 해도 눈은 '목격자는 그 여자다'라고 말하고 있네요."

—아니오. 틀렸습니다. 그 부인이 아닙니다.

"네. 네. 알겠습니다. 그 여자가 날 경찰에 찔렀군요. 정신 나간 여자 같으니. 도대체 나한테 무슨 억하심정이 있어서 그러는지. ……적반하장으로 내가 원한을 샀다는 건가요? 내가 그 여자를 거들떠보지도 않아서?"

—정말 그 부인에게 관심을 보이지 않았습니까?

"무슨 뜻이에요?"

—관계가 깊어진 건 아니고?

"네?"

—그 부인과 결혼까지 생각하지 않았습니까?

"무슨 소릴 하는 거예요? 그럴 리 없잖아요!"

—그 부인이 증언을 했습니다. 처음에는 단순한 불장난이었다. 그런데 갈수록 점점 진심이 돼서 헤어질 수 없게 됐다. 그래서 서로의 가족을 버리고 둘이서 어디 멀리 떠나자고 약속했다. 이렇게요. 사랑의 도피 같은?

"뭐라고요? 그건 거짓말이에요. 당연히 거짓말이죠. 그 여자 머리가 어떻게 된 거 아니에요?"

—이런 증언도 했습니다. 어린이 회관 뒤편이 밀회 장
소다.

　"아니. 아니. 아니. 아니에요. 정말이지 가당치도 않네
요. 대체 누가 그런 말도 안 되는 소릴 지껄여요?"

　—그날, 그 시간에 당신은 평소처럼 그 장소로 갔습니
다. 불륜 상대와 밀회를 하기 위해서. 하지만 거기 있었던
건 아이였습니다. 상간녀의 딸.

　"말도 안 돼!"

　—그 딸이 당신에게 따진 건 아닙니까? 하나같이 야무
진 아이였다고 입을 모으던데요. 정의감이 강한 아이였
다고. 잘못된 일은 잘못됐다고 지적하는 아이였다고 하
더군요.

　"네. 그 말은 맞아요. 그 아이는 성실했어요. 정의감도
강했고요. 내가 어린이 회관 뒤에서 담배를 피우니까 '담
배꽁초 버리지 마세요!'라고 주의를 준 적도 있어요."

　—이번에도 그런 식으로 주의를 받은 게 아닙니까? '나
쁜 짓 그만하세요!'라고. 애한테 그런 소리를 들은 당신이
열 받아서 충동적으로 목을 졸라 살해한 게 아니에요?

　"아니에요. 엉터리라고요! 엉터리! 말이 하나도 안 되는
엉터리!"

　—지문 대조를 해 보면 알겠죠. 전과 있죠? 학생 때 검
거돼서. 그때도 살인이었고.

"아니요. 사실이 아니에요. 분명한 과실 치사였어요. 재판에서도 인정받았어요!"

—당신한테 실력이 좋은 변호사가 붙었잖습니까. 덕분에 집행 유예에 가벼운 형으로 끝났잖아요. 하지만 이번에는 쉽게 벗어날 수 없을 겁니다.

"도망치지도 숨지도 않을 겁니다. 난 아무 짓도 안 했으니까."

—단언할 수 있습니까?

"경찰은 늘 이런 식이더라고요. 자기들이 짠 스토리에 맞춰서 범인을 만들어 내요. 자기들이 지어낸 스토리에 따라서 증인을 모으고. 자기들이 지어낸 스토리에 따라서 증언을 시키고. 근데 나도 그냥 두고 보기만 하진 않을 거예요. 필요하면 맞서 싸울 거라고요."

—네. 그럽시다. 싸웁시다. 우리도 끝까지 싸울 겁니다. 경찰을 만만하게 보지 않았기를 바랄 뿐입니다.

"거참, 형사님도. 농담입니다. 농담. ……아, 맞다. 하나 생각났어요. 그날 저녁에 어린이 회관 뒤에서 담배를 피우는데 묘하게 기분이 우울한 거예요. 그럴 땐 어슬렁어슬렁 산책이나 하는 게 최고잖아요. 그래서 무작정 걷기 시작했어요. ……오후 6시 전후였을 거예요. 정신을 차려 보니 역 앞에. ……맞다. 중간에 주민 하나를 마주쳤어요. 진짜예요. 그 사람한테 물어봐요! 진짜라니까요!"

□ □ □

스즈키네 남편이 취조실…… 탕비실에서 나왔다.

경찰에게 호되게 당했는지 얼굴이 핼러윈 좀비 같았다. 걸음걸이도 어설픈 것이 당장이라도 쓰러질 것 같았다.

다카야는 정수기에서 차가운 물을 따라 단숨에 들이켰다.

"저 사람이 범인 아니냐는 소문이 있던데."

목소리가 들린 쪽을 보니 한 중년 여자가 서 있었다. 손에는 태블릿을 들고 있었다.

어, ……누구더라? 다카야가 뒤로 물러섰다.

"아, 미안해요. 놀라게 했나? ……난 보조 출연자예요. 미쓰이라고 해요."

아, 보조 출연자였구나. 어제 막차를 놓치고 어린이 회관에 발이 묶였다던 보조 출연자 둘 중 한 명인 모양이다.

"이름이?" 여자가 불쑥 다가왔다.

"네?" 다카야는 더욱 물러섰다.

"스태프죠? 자주 봤어요. 근데 이름을 몰라서."

"후카다……라고 합니다."

"아, 후카다 씨. 성 말고 이름은요?"

'어? 왜 이름까지 묻지?' 하는 생각이 들었지만 기에 눌려 "……다카야입니다."라고 대답했다.

"다카야 씨, 좋은 이름이네요. 다카야 씨는 어떻게 생각해요?"

"네?" 왜 느닷없이 이름으로 부르지?

"그러니까, 다카야 씨는 스즈키네 남편이 범인이라고 생각해요?"

"아니, 뭐라고……."

"난 되게 수상하던데. 스즈키네 남편이 어린이 회관 뒤에서 어슬렁거리고 있었다면서요."

"그래요?"

"저 사람 전과자래요."

"네?"……아, 그리고 보니 시청자로부터 그런 말을 전하는 메일을 받은 적이 있었다. 저 남자는 위험하다. 살인 전과가 있다……. 요시모토 씨도 비슷한 말을 했던 것 같다.

"실은 보조 출연자들 사이에서 예전부터 그런 소문이 돌긴 했어요. 그래서 신경 쓰여서 찾아봤더니 이런 기사가 나왔어요. 자, 봐요."

여자가 태블릿을 내밀었다.

화면에는 오래된 신문 기사가 있었다.

11일 가고시마현 ××시를 흐르는 ××강에서 구로다 미유키(12세)의 시체가 발견되었다. ××서는 미유키 양을 살해한 혐의로 근처에 거주하는 X(17세)를 체포했다.

"이 X가 스즈키네 남편이라는 소문이 자자했어요."

여자가 거친 콧김을 내뿜으며 말했다.

"근데 이 X가 미성년자라는 이유로 가벼운 형만 받고 끝났대요. 이런 일이 용서받을 수 있을 것 같아요?"

"……용서하기 힘들겠네요."

"그렇죠? 아니, 댁들은 출연자 신상 조사를 제대로 하긴 해요? 이런 살인마를 참가시키다니."

"……"

"아니면 뭐예요? 의도적이었어요? 일부러 켕기는 데가 있는 사람을 출연시켜서 화제를 끌려는 꿍꿍이였어요?"

"아뇨. 그런 건—" 아니라고 단언할 수 있을까?

요시모토 씨 말대로 출연자에 대한 사전 리서치는 완벽하다. 배경과 이력을 철저하게 조사해서 이를 바탕으로 출연자를 결정했다.

그러니 스즈키네 남편의 과거가 모조리 밝혀졌을 테다. 이 말인즉슨 그 사람의 과거를 알면서도 일부러 출연시켰다……는 의미다. 그건—.

"설마 했는데 그 남자를 출연시켜서 어떤 사건이라도 일으키길 기대했어요?"

여자 보조 출연자의 말에 다카야는 오싹해서 몸을 움츠렸다. 자신도 똑같은 생각을 하고 있었기 때문이다.

"대체 이 프로그램의 의도가 뭐예요?"

"네?"

"나 이래 봬도 보조 출연 경력이 상당해요. 20년째 하고 있다고요."

"20년이요?"

"그래요. 처음에는 극단 소속 배우였는데 아르바이트로 시작한 보조 출연 일이 재밌어서 전문으로 하게 됐어요. 보조 출연자는 단순한 통행인이 아니에요. 한 사람 한 사람의 인생을 짊어지고 있어요. 한 사람 한 사람의 듣는 귀와 보는 눈을 갖고 있고요. 그런 걸 표현하고 싶어서 하게 됐어요."

"그러시군요……."

"그래서 난 매번 대본을 꼼꼼하게 읽어요. 배역 전원의 대역을 할 수 있을 정도로 대본을 완벽하게 머릿속에 넣어요. 이번 〈1961 도쿄 하우스〉 때도 그랬고."

"그래도 이건 리얼리티 쇼니까 대본은……."

"대본이 당연히 있죠. 스태프면서 그것도 몰랐어요? 세세한 시나리오가 있어요."

"……세세한 시나리오요?"

"보조 출연A, 며칠 몇 시 몇 분에 어린이 회관 앞을 빠른 걸음으로 지나간다……든가, 보조 출연B, 며칠 몇 시 몇 분에 쇼핑센터에서 휴지 세 개를 구입한다……든가."

"그렇게 세세하게요?"

"네. 조금이라도 틀리면 큰일 나니까. 나중에 그 여자한 테 불려 가서 당하니까."

그 여자? ……아, 사카가미 여사.

"그래서 어제 막차까지 놓친 건데."

"무슨 말씀이시죠?"

"그 여자한테 불려 가서 하나하나 지도를 받았어요."

"지도요……?"

"네. ……저기 봐요. 저 구석에 스마트폰에 열중하고 있 는 마르고 키 큰 아저씨 있죠?"

여자 보조 출연자가 가리킨 방향을 쳐다보자 확실히 마르고 키가 큰 아저씨가 손가락으로 정신없이 스마트 폰 화면을 내리고 있었다.

"아, 저분도 보조 출연자시군요."

"네. 근데 저 아저씨 완전 초짜예요. 전혀 시나리오대로 움직이지 않아요. 그 불똥이 나한테까지 튀었어요. 그래 서 그 여자한테 설교를 들었어요. 덕분에 막차를 놓쳐서 마유 양 수색에 나서야 하질 않나, 이런 곳에 감금당하질 않나…… 아, 정말이지 엎친 데 덮친 격으로 짜증이 나려 고 하네요. 출연료는 더 주는 거죠?"

"글쎄요……."

내 월급도 나올지 안 나올지 알 수 없는 판국인데 남의 일은 내 알 바 아니다.

그때 경찰이 키 크고 마른 아저씨의 어깨를 두드렸다.

저 아저씨 차례인가 보다.

아저씨는 경찰에게 안내를 받아 탕비실로 들어갔다.

ㅁ—ㅁ

—성함이 '다카하시 요시오' 맞죠?

"네. 다카하시 요시오 맞습니다."

—무슨 일을 하십니까?

"프리터(아르바이트로 생계를 꾸려 나가는 사람을 일컫는다. ‒옮긴이)예요. 여기 오기 전까지는 유적 발굴 알바를 했어요."

—내내 아르바이트만 했습니까?

"대학교 졸업하고 취직을 했었는데 좀 아니다…… 싶어서 한 달 만에 관뒀어요. 재취업도 했는데 거기도 역시 좀 아니다…… 싶어서 한 달 만에 관뒀고요. 그 후에도 마찬가지였어요. 계속 이직을 하는 동안 '프리터'라는 말이 유행하더라고요. 그럼 프리터를 하면 되겠다 싶었어요. 스물다섯 무렵부터는 내내 알바만 했어요."

—실례지만 나이가?

"이번 9월에 예순 됐어요. ……어제가 생일이었는데."

—아, 그렇군요. ……축하드립니다.

"감사합니다. 그나저나 눈 깜짝할 사이에 60년이 지나 갔어요. 세월은 화살…… 같다더니."

—그렇죠. ……보조 출연 일은 어떻게 하게 됐습니까?

"평소처럼 아르바이트 거리를 찾고 있었어요. 마침 우편함에 보조 출연 모집 전단지가 있길래 지원해 봤어요. 처음이에요."

—보조 출연 일이 처음이라는 말입니까?

"네. 지금까지 지원할 기회는 있었는데 아무래도 수지가 안 맞는 듯해서요. 교통비가 자기 부담인 데다 반나절을 옴짝달싹 못하면서 5천 엔인가 그래요. 출연료가 나오면 다행이지만 개중에는 출연료가 없는 것도 있어요. 가보면 봉사 활동, 취미 활동 같은 거예요. 알바를 할 작정으로 참가하면 뜨거운 맛을 보는 거죠."

—그럼 이번엔 왜 지원했습니까?

"출연료가 괜찮았어요. 하루에 만 엔이었거든요. 교통비도 별도 지급이었고. 시급이 꽤 높았어요. 보조 출연치고는 파격적이었어요. 촬영장이 집에서 많이 멀지 않은 점도 한몫했고요. ……근데 가깝다고 해도 전철로 1시간 가까이 걸리고, 그마저도 1시간에 한 대밖에 없는 전철인 데다 막차 시간이 이른 편이라서요. 막차를 놓치면 끝이긴 해요."

—알겠습니다. 아르바이트에 지원한 동기가 시급이 높

고 자택에서 가까웠다……는 거죠?

"아뇨. 가장 큰 동기는 '1961년'이라는 점이었어요. 내가 태어난 해라서요. 더구나 촬영장이 S가오카 단지고요. '이건 분명 어떤 연이다.' 하는 생각이 들더라고요. …… 인연이랄까."

―인연이요?

"어릴 때부터 내내 어머니한테 S가오카 단지에 대해서 들어 왔어요. 부모님이 결혼했을 무렵에 S가오카 단지가 생겼다고 하더라고요. 엄청나게 화제였나 봐요. 주간지나 신문에 몇 번이나 소개되고, 정부에서 나온 몇몇 높은 사람도 시찰하러 오고, 영화배우들도 몰래 방문했다고 하고요. 그래서 어머니가 끌렸나 봐요. 무슨 일이 있어도 반드시 S가오카 단지에 살겠다고. 근데 떨어졌어요. 이후로 어머니는 원망 섞인 불평을 했어요. 자장가 대신 어머니의 불평을 반복해서 들었어요. 'S가오카 단지는 귀신의 거처. 거기 살면 지옥에 곤두박질.'이라고.

심하죠? '좋아하는 마음이 너무 커서 미워하는 마음이 100배가 된다'는 딱 그거였어요.

손에 넣지 못하는 걸 헐뜯어서 당신 자신을 위로했던 거예요. 이솝 우화의 〈여우와 신포도〉 같은 거죠. 심리학 용어로 말하자면 방어 기제 또는 합리화.

아무리 그렇다 해도 어머니의 합리화는 돌아가실 때까

지 이어졌어요. 너무 이상하죠. 아, 어머니는 작년에 돌아가셨어요. 여든다섯에. 분명 저세상에서도 'S가오카 단지는 귀신의 거처. 거기 살면 지옥에 곤두박질.'이라고 읊조리고 있을걸요.

웃을 일이 아니에요. 진짜로 어머니는 돌아가시기 직전까지 중얼중얼 불평을 했어요.

'S가오카 단지는 저주받았다. 비나이다. 비나이다.'

그 모습이 너무 처량해서 어머니 공양이라도 되려나…… 싶어 〈1961 도쿄 하우스〉 보조 출연 모집에 지원했어요."

—그랬군요. 그럼 슬슬 본론으로…….

"보조 출연, 뭐 그까짓 거 그냥 서 있거나 걸어 다니기만 하면 되는 거라고 대수롭지 않게 여겼는데 그 안이한 생각은 첫날에 날아가 버렸어요.

좌우지간 스파르타식이었어요.

첫날부터 불볕더위에 세워 놓고 느닷없이 노성을 지르는 거예요.

마치 드라마에 나오는 미국 군대처럼요.

보조 출연자 중에는 첫날에 도망간 사람도 꽤 있어요.

나도 오늘 관두자, 내일 관두자…… 하고 매일 타이밍을 재고 있었어요.

그러다 결국 오늘까지 질질 끌면서 계속했어요.

어째서일까요.

……그냥 뭔가 즐거웠어요. 충만감이 느껴진다고 해야 할까.

아침에 두툼한 시나리오랑 그날 입을 의상을 받으면 그 순간에 뭐라 표현할 수 없는 감정이 고양된다고나 할까요. 촬영이 끝나고 하는 반성회에서는 또 뭐라 표현할 수 없는 감정으로 흥분되고요.

나는 예순이 다 돼서야 드디어 알아차렸어요.

그렇구나. 나는 배우가 되고 싶었던 거구나……라고요.

60년 내내 미로를 헤매는 듯했는데 마침내 출구를 찾은 것 같았어요.

난 이 일이 끝나면 본격적으로 극단에 들어가서 연기를 해 보려고 해요."

—그러십니까? 힘내세요. 그럼 다시 본론으로 돌아가도 되겠습니까?

"아, 네. 하세요."

—보조 출연 일은 오후 5시까지라고 들었는데 왜 어젯밤에는 이곳에 묵었나요?

"막차를 놓쳐서요. ……반성회에서 남으라는 소리를 들었어요."

—반성회라는 걸 그렇게 오래합니까?

"평소에는 50분 정도에 끝나는데 어제는 그 사람이 남으라고 해서요. ……내 잘못은 아니고. 부부 설정으로 짝을 이룬 여자가…… 이름이 뭐더라. 맞다. 미쓰이. 그 여자는 정말이지 인성이 글러 먹었어요. 거기다 튀고 싶어서 시나리오에 없는 짓을 하니까 스태프의 심기가 불편해진 거예요. 그래서 나도 덩달아 설교를 들었어요.

……제기랄, 그 여자 때문에 일이 엉망진창이에요. 막차는 놓쳤지, 마유 양 수색에 불려 나갔지. 결국에는 이렇게 감금까지 당하고 있고 말이죠. 어제는 케이크를 사서 아버지랑 둘이 생일을 축하할 예정이었는데. 정말이지 짜증 나네요. 얼른 집에 돌아가서 뜨거운 욕조에 몸이나 담갔으면 싶어요. 지쳤어요. 한숨도 못 잤으니 당연하죠. 대체 언제쯤이면 해산할 수 있나요? 곧 해도 질 것 같은데요!"

—그건 여기 계신 관계자 전원의 이야기를 다 들으면……이라고밖에 말씀을 못 드리겠네요.

"그게 대체 언제까지 이어지는데요?"

—모두가 좀 더 빠릿빠릿하고 간결하게 대답해 주시면 좋겠습니다만.

"아, 알겠습니다. 다들 얘기가 길어지나 보네요. 혹시 아줌마 무리가? 미쓰이라는 여자도 말이 많아서 난감했어요. 어제도 촬영 내내 휴지 얘기를 하는 거예요. 시나리오에 없는데도요. 자기 딴에는 애드리브라고 생각한 건

241

지 모르겠지만, 그 애드리브 때문에 남아서 설교를 들었으니 참을 수가 있어야죠. 아줌마들은 왜 말을 많이 할까요. 하도 옆길로 새서 무슨 얘기를 하고 있는지 점점 알 수 없어져요. 우리 어머니도 그랬어요. 그러다 정신을 차리고 보면 S가오카 단지의 험담을 하고 있었죠."

―아, 네. 그건 잘 모르겠고. 본론으로 들어가도 되겠습니까?

"아, 네. 하시죠."

―마유 양 수색에 불려 나갔다고 했는데. 어린이 회관도 수색했습니까?

"네. 수색했죠. 아니, 제일 먼저 여기부터 수색하러 왔어요. 그 애가 여기 자주 왔었거든요."

―자주요?

"네. 자주 봤어요. 대부분 오후 4시나 5시쯤. 방과 후에 자주 들렀어요. 란도셀을 멘 채로 텔레비전을 보고 있었어요."

―텔레비전이요?

"네. 어린이 회관은 보조 출연자들 휴게실이고 텔레비전도 틀어져 있어요. 대부분은 G방송국 프로그램이 나오는데 마유 양은 다른 방송국 프로그램을 보고 있었어요. 애니메이션 재방송 같은 거."

―참고로 말인데요. 여기 S가오카 단지는 통째로 1961

년이라는 설정입니까? 아니면 어린이 회관은 달랐습니까?

"네. 좀 전에도 말씀드렸지만 어린이 회관은 휴게실이라서 1961년 속 2021년 같은 개념이에요. 그래서 피험자들도 한숨 돌리러 여기에 자주 왔어요. 스즈키네 남편분도 여기서 자주 농땡이를 부렸죠."

—스즈키네 남편분이요?

"네. 자주 담배를 피웠어요."

—어제도 보셨습니까?

"어제요? 아뇨. 어제는 못 봤어요."

—저녁에도?

"네. 저녁에도요."

—어제 일이 끝나고 설교를 들은 장소가 어린이 회관이었습니까?

"네. 이곳이었어요."

—몇 시부터 몇 시까지였습니까?

"5시부터 8시 넘어서예요."

—그렇게나 길게. 힘들었겠네요.

"네. 어제는 정말 힘들었어요. 설교가 끝나고 밖에 나갔더니 마유 양 실종 소동으로 난리도 아니더군요."

—그렇군요. 마지막으로 혹시 마음에 걸리는 점은 없습니까?

"마음에 걸리는 점이요?"

—어제 저녁부터 마유 양 시체가 발견될 때까지 마음에 걸리는 점은 없으신가 해서요.

"글쎄요. ……아, 그러고 보니."

—뭐죠?

"좀 전에 스마트폰으로 익명 게시판을 보고 있었는데요. 〈1961 도쿄 하우스〉 게시판이요. 이상한 댓글이 하나 올라왔더라고요.

확실하진 않지만 스즈키네 남편분이 역 앞 패스트푸드점에 있었던 것 같다는 목격담이었어요. 목격한 건 어제 저녁 6시 전후라고 하고요. 아무래도 그분이 규칙을 어기고 밖으로 나간 것 같아요. ……뭐, 그 심정은 이해가 가요. 여기는 지옥 같은 곳이니까. 카메라를 피해서 자기 부인이랑 슬쩍슬쩍 단지 밖에 나갔다가 들어오나 봐요."

◻︎—◻︎

"왠지 사태가 이상하게 흘러가고 있는 것 같아."

요시모토 씨가 어딘가 흥분한 기색으로 돌아왔다.

"어디 가 계셨어요?"

다카야가 다소 화난 말투로 물었다. 요시모토 씨가 자리를 비우고 나서 여태껏 끝날 줄 모르는 미쓰이라는 여자의 긴 이야기를 들어주고 있었기 때문이다.

"탕비실 옆 테이블에. 거기 있으면 탕비실에서 하는 얘기가 다 들리거든."

"혹시 엿들으려고 한 거예요?"

"엿들은 건 아니야. 소리가 들린 거지."

"근데 사태가 이상하게 흘러간다니 무슨 말이에요?"

"지금까지 경찰은 스즈키네 남편을 의심하고 있었거든? 근데 스즈키네 남편한테 알리바이가 있어."

"알리바이요?"

"응. 그 남편 말이야. 이 단지를 몰래 빠져나가서 역 앞 패스트푸드점에 있었나 봐. 어제 6시 전후에. 그러니까, 알리바이 성립."

"네? 그래요? 그럼 담배 건은요?"

"어? 담배 건이라니?"

"……아, 실은 저도 좀 전까지 몰래 탕비실에서 얘기를 들었거든요. 우연히. 탕비실 앞에 있는 정수기에 갔을 때 우연히 들려서요. 스즈키네 남편분이 면담 중이었는데, 담배가 어떻다는 둥 했어요. ……맞다. 어린이 회관 뒤에서 담배를 피우고 있었다고 했어요."

"담배를 피운 게 몇 시쯤이래?"

"글쎄요. ……거기까진 모르겠어요."

"어쨌든 마유 양의 사망 추정 시각을 알아낸 것 같아."

"요시모토 씨가 어떻게요?"

"경찰들이 하는 말을 우연히 들었어."

"아니, 경찰이란 작자들이 어쩜 그렇게 부주의하죠? 그런 중요한 정보를 일반 시민 앞에서 주절주절 떠들어 대고. ······그래서 사망 추정 시각이 언젠데요?"

"어제 오후 6시 전후일 거래."

"그 시간에 스즈키네 남편은 역 앞 패스트푸드점에 있었던 거고요? 아, 그럼 진짜네요. 알리바이가 성립되네요."

"그렇지?"

"그럼 대체 누가 마유를······?"

갈 곳을 잃은 다카야의 시선이 흔들리고 있었다.

이 안에 살인범이 있다는 건가? 지금 이 순간 살인범과 같은 공기 속에서 숨 쉬고 있다는 건가?

"아."

구석진 공간의 어둠 속에서 사카가미 여사의 모습이 보였다. 평소의 위세는 어디로 갔는지 몸을 웅크리고 햄스터처럼 떨고 있었다. 한 아름, 아니 두 아름은 작아진 느낌이었다.

경찰이 사카가미 여사에게 다가갔다.

드디어 그녀 차례인가.

다카야는 마치 자기 일인 양 경직되었다.

—〈1961 도쿄 하우스〉는 리얼리티 쇼라고 들었습니다만.

"……네. 맞아요. 리얼리티 쇼예요."

—리얼리티 쇼가 정확히 뭔지 말씀해 주시겠습니까?

"시나리오나 연출, 연기 등이 일절 없는 '쇼'로 일종의 다큐멘터리입니다."

—더 구체적으로요.

"예를 들어, 성형이나 다이어트 등의 '변화'를 밀착 취재하는 것, 아이돌이나 배우 들의 오디션에서 데뷔까지 '육성 과정'을 쫓는 것, 대가족의 '일상'을 기록하는 것. 넓은 의미에서는 몰카도 리얼리티 쇼에 해당된다고 볼 수 있죠."

—경찰 24시…… 같은 경찰을 밀착 취재한 다큐멘터리도 리얼리티 쇼 중의 하나입니까?

"네. 그렇습니다."

—그럼 〈1961 도쿄 하우스〉는 장르로 말하자면 뭐죠?

"'설정'물입니다."

—설정이요?

"네. 출연자에게 '설정'을 부여하고 그 모습을 촬영하는…… 겁니다. 무인도에 일주일간 살아 본다든가, 히치하이킹으로 세계 일주를 한다든가, 몇몇 여자들이 부자 꽃미남 하나를 두고 쟁탈전을 벌인다든가. ……그리고 요즘 유행하는, 남녀 여럿을 한 지붕 아래에서 생활하게 하고 그 연애 양상을 촬영하는…… 거도 있고."

—연애 양상이요? 근데 작년이었나? 비슷한 프로그램에서 문제가 있지 않았습니까? 출연자가 자살했다고 들은 것 같은데.

"……."

—불가피하게 출연하고 연기를 강요당한 게 원인이 돼서 인터넷에서 악플 세례를 받았기 때문이라던데. 맞습니까?

"……."

—현재 〈1961 도쿄 하우스〉도 인터넷에서 엄청난 악플을 받고 있다고 들었는데요. 저도 어제 방송분을 봤지만 악플을 받아도 할 말이 없겠다 싶더라고요. 두 부부가 각자의 상대와 이중 불륜을 저지르고 있잖아요. ……근데 실제 상황이 맞긴 합니까?

"그렇죠, 뭐. '리얼리티 쇼'니까."

—진짜로요? 제작진의 연출이나 연기 지도가 개입된 건 아니고요?

"……."

—전 부자연스럽다고 느꼈습니다. '짜고 치기'라는 생각이 들지 않을 수 없던데.

"……."

—시청자 역시 그 부분을 지적하고 있고. 인터넷 보셨습니까? '마스카라'에 이어 '짜고 치기'가 검색어로 올라와 있습니다.

"......."

—방금 전에 리얼리티 쇼는 '시나리오나 연출, 연기 등이 일절 없는 쇼'라고 말씀하셨죠.

"네. ......그랬죠."

—확실히 단언할 수 있습니까? '짜고 치기'가 없었다고 단언할 수 있냐고요.

"......."

□—□

탕비실 안에서 G방송국 피디 사카가미 여사가 경찰과 면담을 하고 있었다.

"사카가미 씨는 시간이 좀 걸리네요......"

다카야는 탕비실 문을 응시했다. 그러다 "차를 좀......" 하면서 다시 탕비실 옆 정수기로 향했다.

정수기가 있는 자리에서는 탕비실 안에서 나누는 말소리를 희미하게 들을 수 있다. 엿들으려는 속셈이었는데 그곳을 선점한 사람이 있었다.

보조 출연자 미쓰이 씨였다.

자리를 뜨고 나서 돌아오지 않는다 싶었는데 여기 있었던 것이다.

다카야를 본 미쓰이 씨의 얼굴이 순간적으로 굳었다가 곧바로 시치미를 떼고 미소를 지어 보였다.

"저 사람 진땀깨나 빼고 있는 것 같네요."

"……사카가미 씨요?"

"네. 사카가미 씨. 평소의 위세는 다 어디 가고 형사님 추궁에 목소리가 상기돼 있어요. 우나 봐요."

"울어요? 사카가미 씨가요?"

"꼴좋네."

"네?"

"아이고, 방금 한 말은 못 들은 걸로 해 줘요. ……아, 차 마시러 왔어요? 아니면 물?"

미쓰이 씨가 정수기 옆 홀더에서 종이컵을 빼냈다.

"아, 괜찮아요. 제가 할게요."

"그래요?"

이쯤 되면 자리를 양보하는 게 어른의 상식일 테다. 그러나 미쓰이 씨는 고집스럽게 꼼짝하지 않았다.

"제가 직접 할게요. 죄송하지만 좀 비켜 주시면—."

"아, 그러고 보니 악플 세례를 받는 것 같던데."

"네?"

"인터넷에서요. 〈1961 도쿄 하우스〉 사이트가 악플로 난리도 아니던데요?"

"아, '마스카라'가 검색 키워드에 올랐나 보더라고요.
어젯밤에 방송된 불륜 전개 때문에 화제가 됐겠죠."

"아니에요. 사건이 새 나갔어요."

"네? 마유 양 일이요?"

아, 결국 뉴스에 나왔구나.

다 틀렸다. 끝이다. 이제 창고에 처박힐 일만 남았다.

다카야는 불성실한 태도일지언정 어딘가 속 시원한 기
분이 들었다. 하지만…….

"아뇨. 마유 양 일은 아직 뉴스에 안 나갔어요. 용의자가
밝혀질 때까지는 비공개로 둘 방침이겠죠. 이런 건 초동
수사가 중요하잖아요. 촬영 현장인 단지에서 '사건'이 일
어났다……라고만 올라왔어요. 관계자 중 누군가가 익명
게시판에 썼겠죠. ……아, 난 아니에요. 난 전달 사항을 확
실히 지키고 있으니까. 비밀을 지킬 의무 말이에요."

그럼 누가…….

"아마 단지 주민 아닐까요? 단지 주민도 마유 양 수색을
거들지 않았어요? 아무리 애쓴다 해도 이런 건 완벽히 숨
길 수 없는 법이니까."

단지 주민?

여기가 진짜 단지라는 사실을 까맣게 잊고 있었다. 그
렇다. 재건축이 끝난 구역에는 천 명이 넘는 사람들이 평

범한 생활을 영위하고 있다. 주민들의 입을 막는 일은 쉽지 않다. 설령 경찰이라 하더라도.

요즘 세상에는 눈앞에서 발생한 사건을 촬영해서 바로 인터넷에 업로드하는 건 일도 아니다. 아니, 어쩌면 이런 현상은 요즘에만 국한된 게 아니다. 아주 옛날부터 인간은 구경꾼 근성에 지배당해 왔다. 어떤 의미에서 그건 인류의 위기 회피 본능이다. 위험을 타인에게 알리기 위해서, 또는 같은 전철을 밟지 않기 위해서 일부러 현장에 가서 관찰한다. 즉, 인간은 불이 나거나 사고를 목격하면 모여들고 둘러싸면서 눈앞의 '위험'을 바라본다. 그리고 위험을 타인에게 알리기 위해서 소문을 퍼뜨린다.

다카야도 예외는 아니다. 탕비실 옆에 진을 치고서 정보를 얻어 내기 위해 기를 쓰고 있다. 그리고 틈만 나면 익명으로 인터넷에 발설하고 싶은 충동이 소용돌이치고 있었다.

아마 어린이 회관의 모두가 비슷한 충동의 소용돌이에 휘말려 있을 테다.

하나같이 고개를 숙이고 있는 것이 그 증거다. 다들 스마트폰이나 태블릿에 열중하고 있다.

다카야도 참지 못하고 바지 뒷주머니에 있던 스마트폰을 꺼냈다.

'S가오카 단지에서 사건이 발생했습니다. 구체적인 건 말 못하지만 꽤 심각합니다. 지금 어린이 회관은 아비규환입니다.'

'좀만 자세히. 어떤 사건?'

'그럼 힌트만. ……60년 전에 S가오카 단지에서 일어난 사건.'

'검색해 보니 인터넷 사건 백과에 있음.

……1961년 9월 13일 미명. S가오카 단지 내의 창고 앞에서 여아가 시체로 발견되었다. 피해자는 당시 초등학교 6학년이었던 야마다 미요코 양. 목이 졸린 흔적이 있어서 살인 사건으로 보고 수사가 개시되었으나 범인을 특정하지 못했다. 용의자는 몇 명 있었지만 하나같이 알리바이가 성립해 체포되지 않았다. 지금도 미제 사건으로 남아 있는 상태……다.'

'아, 〈Q시 여아 살해 사건〉이구나. 미제 사건 특집 방송에서 본 적 있음. 분명 그 사건 후에 살인 사건이 또 났다던데. 같은 단지에서.'

'여아의 시신이 발견된 날 용의자로 보이는 한 남성의 시체도 발견되었다……고 인터넷 사건 백과에 나와 있는데.'

'〈Q시 여아 살해 사건〉이 어쨌다는 거지? 무슨 힌트가

되는 거임?'

◻—◻

"〈Q시 여아 살해 사건〉이라고 알아?"

어느새 다카야의 옆에 요시모토 씨가 있었다.

정수기 주변에 작은 줄이 생겨 있었다. 목적은 물도 차도 아닌, 탕비실에서 새어 나오는 목소리일 테다.

조금 전부터 공갈이라고도 할 수 있는 경찰의 엄격한 목소리가 들리고 있었다. 그리고 우는 소리도. ……천하의 사카가미 여사가 우는 소리다. 다들 그 울음소리에 귀를 쫑긋 세웠다. 그녀의 캐릭터로는 도무지 상상할 수 없는 광경이었다. 대체 어떻게 울고 있을까? 정말 우는 게 맞나? 어쨌든 꼴좋다……고 말하고 싶었을 테다. 모두가 공포와 흥분으로 공개 처형을 지켜보는 구경꾼들이 되어 있었다.

다카야도 그중 하나고 요시모토 씨도 마찬가지다.

요시모토 씨는 흥분을 조금도 숨기지 않았다. 뺨은 붉어져 있고 눈가는 히죽거렸다. 자신도 그런 얼굴인가? 이렇게 생각하니 수치심이 급격하게 솟구쳤다.

빈 종이컵을 한 손에 들고 다카야는 그 자리를 떴다. 그러고 나서 적당한 자리를 발견하고 그곳에 앉았다.

요시모토 씨도 다카야의 뒤를 쫓았다.

"그러니까 〈Q시 여아 살해 사건〉이라고 알아?"

요시모토 씨가 새로운 말을 갓 익힌 초등학생처럼 끈질기게 따라붙었다.

"〈Q시 여아 살해 사건〉이 뭔데요?"

다카야가 마지못해 대답했다.

"쇼와 36년에 일어난 사건인데."

요시모토 씨가 의기양양한 얼굴로 말했다.

"그래서, 그게 왜요?"

"어라? 안 놀라네? 쇼와 36년이라고."

"1961년이네요."

"그래. 1961년. ……아직도 모르겠어?"

"아, 1961년이라고 하면—." 다카야의 등줄기가 미세하게 떨렸다.

"그래. 〈1961 도쿄 하우스〉의 배경이 바로 1961년이잖아."

"단순한 우연이죠?"

"과연 그럴까?"

"그래서 그 〈Q시 여아 살해 사건〉이 뭔데요?"

"1961년에 이 단지에서 일어난 사건이야. 초등학교 6학년 여아가 시체로 발견됐지. 무려 이 어린이 회관 뒤편 창고 앞에서."

"아!" 무심코 큰 소리가 나오고 말았다. "이번 사건이랑 판박이잖아요!"

'1961년'이 겹친 것은 우연이라고 쳐도 같은 단지의 같은 어린이 회관 뒤편 창고 앞에서 시체가 발견되었다니. ……여기까지 오면 우연이 아니라—.

"더구나 사건이 일어난 건 9월 12일 저녁 무렵이야. 시체가 발견된 건 이튿날 13일 동트기 전이었고."

다카야의 등에 닭살이 돋았다. 동시에 묘한 두근거림이 느껴졌다. 이른바 호기심이라고 하는 것 말이다.

"어떻게 된 일이에요? 아니, 이번 사건 그 자체잖아요?"

"그러니까. 나도 좀 전에 인터넷 보고 알았어."

"인터넷이요? 안 그래도 악플이 쇄도하나 보던데."

"이 중 누군가가 누설했나 봐." 요시모토 씨가 목소리를 낮추었다. "여기 어린이 회관에 있는 누군가가—."

"여기 있는 사람이요? 아니면 단지 주민일지도 몰라요."

"아니야. 이 어린이 회관의 현재 상황을 아는 사람의 댓글이었어. 이 부분을 봐."

요시모토 씨가 자신의 태블릿에 손가락을 얹었다. 거스러미가 낀 손가락 끝에 '지금 어린이 회관은 아비규환입니다'라는 댓글이 보였다.

"아, 그렇네요……. 대체 누구일까요?"

"난 아니야."

"저도 아니에요."

"……이건 터무니없는 일이야." 요시모토 씨가 흥분을 미처 감추지 못한…… 모습으로 말했다.

"그렇죠. 살인 사건인데."

"그게 아니라, 당연히 살인 사건도 터무니없는 일이지. 근데 동기가 터무니없다……는 거야."

"동기요?"

"이건 어디까지나 내 추측인데. ……이번 사건은 60년 전 사건을 그대로 따라 하는 거야. 즉, 사건이 재현되고 있는 거지."

"무슨 말이에요?"

하지만 요시모토 씨는 그 질문에는 대답하지 않았다.

"어쨌든 이대로라면 피해자가 한 명 더 나올지도 몰라."

"그러니까, 그게 무슨 말이냐고요."

"〈Q시 여아 살해 사건〉에서는 용의자였던 사람도 죽거든."

"용의자까지 죽는다는 말은…… 연쇄 살인 사건이란 말이잖아요!"

"응. 그리고 그 사건이 재현된다면 오늘 중으로 사람 하나가 더 죽는 거지. 용의자가—."

"한 사람이 더 죽는다? ……용의자가 죽는다?"

다카야가 목소리를 쥐어짰다. 목이 칼칼하고 타는 것

처럼 뜨거웠다. ……아무래도 감기에 걸렸나 보다. 철야를 하는 바람에 어제부터 한숨도 못 잤다. 체력도 떨어졌다. 이런 경우 다카야는 어김없이 감기에 걸렸다.

그럼에도 흥분이 가시지 않았다. 다카야는 모이를 쪼는 닭처럼 고개를 최대한으로 뻗었다.

"60년 전 사건의 용의자는 누구였어요?"

"인터넷 사건 백과에서는…… 소설가래."

"소설가요?"

"가스토리 잡지를 중심으로 활동한 소설가인 모양이지만."

"가스토리 잡지요?"

"종전 직후에 유행했던 대중 잡지야. 지금으로 말하자면 19금 잡지 같은? 근데 저명한 작가도 거기에 일러스트나 글을 기고하고 있었으니 무시할 수 없었지. 기쿠치 간, 에도가와 란포, 나가이 가후의 작품 같은 것도 가스토리 잡지에 게재됐어. 하지만 GHQ(2차 세계 대전 후 일본 점령 중에 설치했던 연합군 총사령부를 뜻한다. – 옮긴이)한테 뭇매를 맞아서 짧게 흥하다가 말았어. 근데 물밑에서 형태를 바꿔서 자질구레하게 계속 간행됐어. 이름 있는 문예지나 주간지의 근간을 더듬어 보면 가스토리 잡지였던…… 경우도 꽤 있지."

"그래서, 그 용의자는요?"

"가스토리 잡지의 흐름을 이어받은 주간지에 19금 소설을 기고하거나 초등학생용 잡지에 SF 소설을 기고하거나 해서 이렇게 저렇게 벌어먹던 소설가였나 봐."

"19금과 초등학생용 SF라······. 정말 극단적이네요."

"뭐, 드문 일은 아니야. 지금도 매체별로 필명을 바꿔서 아동용부터 성인용까지 기고하는 작가는 많아."

"그렇군요. 그래서 그 용의자는—."

"19금 잡지에 《롤리타》 같은 소설을 써서 수단을 가리지 않고 돈을 벌었나 봐."

"《롤리타》라면 설마 로리콘(롤리타 콤플렉스의 일본식 줄임말이다. - 옮긴이)이요?"

"응. 지금은 규칙이 엄격해졌지만 당시에는 허술했어. 어른끼리의 성행위 묘사는 《채털리 부인의 연인》처럼 재판에 올라올 만큼 지금 이상으로 규제가 엄격했지만 아동 도서에 대해서는 규제가 허술했지."

"그래요? 되게 꺼림칙한 이야기네요······."

"아무튼 그 용의자는 로리콘 소설로 무자비하게 돈을 벌어들였고, 한편으론 어린이를 대상으로 한 잡지에서도 수단을 가리지 않고 돈을 벌어들였지."

"왠지 열 받는데요."

"당시에도 후카다 같은 생각을 갖고 있던 사람들이 적지 않아서 이 단지에서 소소하게 따돌림을 당했나 보더라고."

"소위 왕따를 당한 거네요. ……그 말은 용의자가 로리
콘 소설을 쓴다고 공표라도 했단 건가요?"

"자세한 내막은 모르지만 아무리 본인이 숨긴다고 해
도 그런 건 결국 들통나게 돼 있어. 특히 이 단지는 공동
체 의식이 강하게 남아 있는 분위기였고. 하루 종일 집에
틀어박혀 있는 남자가 있다면 이래저래 탐색하고 싶어
지겠지?"

"뭐, 일견 이해는 가네요."

"이런 지방 동네에서는 비밀이 있을 수 없어. ……내가
살던 시골도 그랬고……."

"제 고향도 비슷했어요."

"여기서부터는 내 추측인데 말이야. 아이가 나오는 저
속한 소설을 쓰는 남자가 있다, 그 남자는 변태인 게 틀림
없다, 아이가 그 남자 근처에 가면 안 된다……라는 암묵
적인 규칙이 단지에 생겼고, 결과적으로 집단 따돌림 비
슷한 상태가 완성된 게 아닐까?"

"충분히 가능성 있는 얘기 같아요."

"그런 와중에 단지에 사는 초등학생 여자애가 살해
당했다? 주민들은 제일 먼저 소설가부터 의심하겠지.
……그 남자가 수상하다, 그런 소설을 쓰는 남자다, 언젠
가 사고 칠 줄 알았다. ……그리고 이런 사실을 경찰에게

밀고하지 않았을까?"

"그래서 경찰이 그 소설가를 용의자로 지목했고요?"

"근데 말이야. 남자한테는 확실한 알리바이가 있었어. 그래서 처음엔 용의자 후보에서 제외됐는데 두 번째 사건이 벌어진 거지."

"그 남자가 살해당한 거요?"

"응. 아이가 살해당한 이튿날 물탱크 밑에서 시체로 발견된 모양이야."

"물탱크요?"

"응. 이 단지의 수도 공급원이야."

다카야의 시선이 정수기로 쏠아졌다. 다카야는 몸서리를 쳤다.

"용의자가 완전히 바뀌어서 피해자가 된 거네요."

다카야는 자신의 스마트폰 화면을 두드렸다.

〈Q시 여아 살해 사건〉이라고 검색하자 인터넷 사건 백과를 필두로 몇몇 사이트가 떴다.

다카야는 인터넷 사건 백과 다음으로 올라와 있는 사이트를 클릭해 보았다. 개인이 운영하는 쇼와 미제 사건에 대한 사이트인 듯했다.

개인이 취미로 운영하는 이런 유의 사이트는 대형 매체보다 정보가 풍부한 경우가 많다. 이를테면, 대형 매체에서 밝히지 않는 용의자의 실명이 거론되어 있는 것처

럼 말이다. 이 사이트도 비슷했다. 인터넷 사건 백과에서
는 '용의자A'라고만 나와 있던 이름이 '스즈키 게이타로'
라고 또렷하게 실명으로 표시되어 있었다.

"……뭐? 스즈키?"

다카야의 등줄기에 또다시 소름이 돋았다.

"그렇지?" 요시모토 씨가 의기양양하게 콧방울을 벌름
거렸다. 그러고는 이어서 말했다.

"1961년 9월 12일 S가오카 단지에서 여자아이 한 명 행
방불명. 이튿날 새벽 어린이 회관 뒤편 창고 앞에서 아이
의 시체 발견. 용의자는 스즈키. 이쯤 되면 우연이라고 하
기 힘들지. ……안 그래?"

"……."

부정할 도리가 없었다. 현실에서 이렇게까지 겹치는
일은 드물었다. 설사 겹치는 일이 있다고 해도 그건 누군
가의 의지가 반영된 거라 보는 편이 자연스럽지 않을까.

"이제 좀 납득이 가? 〈1961 도쿄 하우스〉가 이 단지에
서 60년 전에 일어난 사건을 모방하고 있다…… 즉, 재현
하고 있다는 사실이?"

"근데 뭘 위해서요? 누가요?"

다카야는 목소리를 쥐어짰다. 놀라움과 긴장감과 공포
감으로 목이 칼칼하게 말라 버렸다.

요시모토 씨는 평상시의 매끄러운 목소리로 말했다.

"우선은 무엇을 위해서인가 하는 점인데……."

다카야는 옛날이야기를 들으며 앞으로 전개될 내용을 조르는 어린아이처럼 몸을 내밀었다.

"미안. 나도 그 부분은 상상이 잘 안 돼."

다카야가 "쳇!" 하고 혀를 찼다. "그래도 '누가'라는 점에 관해서는 좀 알 것 같아." 하고 요시모토 씨가 이어서 말했다.

다카야는 다시 몸을 내밀었다. "누군데요?"

"〈1961 도쿄 하우스〉라는 기획을 갖고 온 인물."

응? 그건 바로 나다.

다카야는 고개를 크게 가로저었다.

"아, 아니에요. 전 아니에요!"

"맞아. 후카다는 아니야. 그건 분명해. 다만 이번 건에 유일한 '우연'이 존재한다면 그건 후카다라는 존재지."

"네?"

"곰곰이 생각해 봐. 네가 갖고 온 기획."

"생각할 것도 뭣도 없어요. 120년 전 생활을 현대인이 체험한다면……이라는 거죠."

"그래. 처음에는 120년 전 생활을 체험한다……는 거였어. 그리고 실제로 그런 내용의 기획서로 G방송국에 프레젠테이션을 하러 갔고. 근데 정신을 차리고 보니 120년 전이 아니라 '1961년'이라는 설정이 결정돼 버렸잖아."

"……네. 그랬죠."

"그 인물은 네 기획서를 보고 '이거 좀 쓸 만하겠다.' 하고 생각했을 거야. 본인이 내내 품어 온 계획을 실행할 수 있겠다고 말이야. 그래서 설정을 교묘하게 120년 전에서 1961년으로 바꾼 거지. ……그때 일 기억나?"

"자세한 건 기억 안 나지만 어렴풋하게는 나요……."

맞다. 그때 G방송국의 높은 사람들이 이러쿵저러쿵 하고 싶은 말을 쏟아 냈었다. 그리고 이러니저러니 하는 동안에 '1961년'이라는 키워드가 등장했다. ……그 말을 제일 처음 꺼낸 사람이 누구였더라……. 그게, 사카가미 여사였나 아니면─.

"오카지마 씨야."

"네?"

"우리 사장, 오카지마 씨라고." 요시모토 씨가 갑자기 목소리를 죽였다. "'1961년'이라는 키워드를 꺼낸 건 오카지마 사장이야."

듣고 보니 다카야도 짚이는 게 있었다. 종잡을 수 없는 의견이 떠다니는 와중에 오카지마 사장이 불쑥 말했다.

"1961년으로 하는 건 어때요?"라고.

다카야는 한겨울에 얇은 옷만 입은 채 밖으로 내쫓긴 초등학생처럼 몸을 떨었다.

그리고 문 근처에 서 있던 오카지마 씨를 향해 조심스

럽게 시선을 보냈다.

오카지마 씨는 조금 전부터 그곳에 서 있었다. 어린이 회관에 있는 사람들을 관찰하듯. 또는 아무도 이곳에서 벗어나지 못하게 하려는 듯.

그 모습이 마치 지옥의 문지기 같았다.

"……즉, 오카지마 씨가 흑막인 거지."

요시모토 씨가 괴담꾼 같은 얼굴로 말했다.

"오카지마 씨가…… 흑막이요?"

이해할 수 없었다. 다카야는 혼란스러운 머리를 양손으로 떠받쳤다.

"이해가 안 되는데. ……무슨 말이에요?"

"그러니까 오카지마 씨가 꾸민 일이라고. 〈1961 도쿄하우스〉."

"근데 그건 제 기획인데……."

"네가 애초에 생각한 내용이랑 상당히 동떨어져 버렸잖아?"

"네."

"넌 그냥 계기를 가져다준 거뿐이야."

"계기……."

"네가 갖고 온 기획을 보고 오카지마 씨는 오랫동안 품어 왔던 계획을 실행하겠다고 작전을 꾸민 거야. 아니, 어쩌면 돌발적으로 떠오른 계획일지도 몰라. 어쨌든 60년간 배수구의 오염된 진흙처럼 내내 들러붙어 있던 답답한 마음을 불식시키고 싶다고 생각했겠지. 지금이 아니면 앞으로 나아갈 수 없다. 지금이야말로 요 60년을 청산할 기회다 싶었던 거지. 오카지마 씨는."

"……." 오카지마 씨가 왜?

"오카지마 씨의 포커페이스가 내내 신경 쓰였어. 그래서 조사를 좀 해 봤어."

"오카지마 씨에 대해서요?"

"응. 오카지마 씨는 심료 내과(정신 건강 의학과와 내과가 결합된 진료 과목이다. – 옮긴이)에 다니면서 약을 복용하고 있어. 마음의 병이 그 사람 특유의 포커페이스를 만들어 낸 거 같아. 단순한 표정이 아니야. 표정을 지을 수 없게 돼 버린 거야. ……잔인한 이야기지."

"오카지마 씨는 왜 마음의 병이 생긴 걸까요?"

"1961년에 일어난 〈Q시 여아 살해 사건〉의 피해자 야마다 미요코 양이 오카지마 씨의 친언니였어."

"네?" 그러고 보니 예전에 오카지마 씨가 S가오카 단지에서 살았다는 말을 들었다. ……60년 전에 살해당한 소녀의 이름도 '야마다'다. 말도 안 돼. 그렇게까지 똑같을 수가…….

동요하는 다카야를 아랑곳하지 않고 요시모토 씨가 말을 이어 나갔다.

"오카지마 씨는 사건 후에도 계속 이 단지에 살았으니까 상당히 괴로웠을 거야. 언니가 살해당했다는 상처도 아물지 않고, 타인의 호기심 어린 눈에 계속 노출된 상처도 깊었을 테고. 표정이 사라진 건 그 후유증 아닐까?"

"……." 확실히 그런 일을 겪으면 마음을 닫기 쉬울 테다.

"더구나 언니가 살해당한 후에 용의자 스즈키 게이타로도 시체로 발견됐어. 그때 범인으로 의심받은 게 오카지마 씨 어머니셨어."

"어, 왜요?"

"스즈키 게이타로와 오카지마 씨 어머니가 불륜 관계였나 봐."

"네? 그 설정은……."

"그렇지? 이번 불륜 연출이랑 똑같지?"

"근데 불륜 연출을 강요한 건 사카가미 여사였잖아요?"

"사카가미 여사는 단순한 꼭두각시였어. 그 사람, 겉으로는 대범해 보여도 속은 소심하고 휩쓸리기 쉬운 스타일이야. 유도 신문에도 바로 걸려들고 암시에도 걸리기 쉽지. 누구보다 세뇌되기 쉬울걸."

"그럼 사카가미 여사를 뒤에서 조종한 게 오카지마 씨라는 거예요?"

다카야는 문 앞을 가로막고 서 있는 오카지마 씨를 다시 응시했다.

여전히 포커페이스였다. 무슨 생각을 하는지 전혀 알수 없었다.

"근데 전 잘 모르겠어요. 〈1961 도쿄 하우스〉를 계획한게 오카지마 씨라고 치죠. 왜 그런 큰일을 벌였을까요?"

"그러니까, 아까부터 말했잖아. 〈Q시 여아 살해 사건〉을 그대로 재현해서 진상을 밝혀내기 위해서라고."

"재현한들 이제 와서 진상을 밝혀낼 수 있겠어요? ……그것보다." 다카야의 등줄기에 다시 차가운 것이 흘렀다. "……진상을 밝힌다고 해도 희생자가 발생했잖아요. 60년 전 사건을 재현하기 위해서 마유 양이 희생됐다고요."

다카야는 여기까지 말하고 극심한 공포에 몸을 떨었다.

"……설마 마유 양이 희생되는 것도 계획에 있던 건가요? 시나리오대로?"

다카야는 보조 출연자 미쓰이 씨가 한 말을 떠올렸다.

'스태프면서 그것도 몰랐어요? 세세한 시나리오가 있어요. ……조금이라도 틀리면 큰일 나니까. 나중에 그 여자한테 불려 가서 당하니까.'

그 여자가 설마…… 오카지마 씨? 다카야는 떨리는 입술에 주먹을 가져다 댔다.

"아무리 그래도 그럴 리가……."

왜, 왜, 왜, 왜 그렇게까지 하는 걸까? 어째서?

"그럼 요시모토 씨는 거기까지 알고 있으면서 왜 말리지 않았어요?"

"나도 알아차린 지 얼마 안 됐어. 손쓰기엔 이미 늦은 거지. 좌우지간 지금 우리는 오카지마 씨 손바닥 위에 있어. 그 사람이 쓴 시나리오 판의 말인 거야."

"오카지마 씨의 시나리오의 종착점은 어디 일까요?"

"그걸 어떻게 알겠어? 다만 앞으로 피해자가 두 명 더 나온다는 것만 짐작할 수 있지."

"네? 두 명이요?"

"그래. 야마다 미요코 양이 살해당한 이튿날에 용의자 스즈키 게이타로가 시체로 발견돼. 그리고 그 이튿날에 스즈키 게이타로의 아내까지 사망해. ……뭐, 스즈키 부인은 스스로 몸을 던진 모양이니 엄밀히 말해 살해당한 건 아니지만 일종의 피해자라고 할 수 있겠지."

"……그 말은 설마."

다카야는 둥글게 만 몸을 공간 구석에 붙여 앉은 스즈키…… 아니, 나카하라네를 응시했다.

그렇구나. 다카야는 새삼 전율했다. 일부러 '스즈키'라는 이름을 붙인 이유는 60년 전 일을 재현하기 위해서다.

그리고 고이케네 가족에게 '야마다'라는 이름을 붙인 이유도 재현을 위해서…….

고이케네 식구들의 모습이 어찌나 초췌한지 보고 있기

힘들 정도였다. 부부는 새파래진 얼굴로 내내 고개를 숙이고 있었다. 둘째 딸만이 조금 전부터 얼굴이 시뻘게진 채 반복해서 소리를 질렀다.

"이게 다 아빠 엄마 때문이야! 언니가 죽은 건 아빠 엄마 탓이라고!"

탕비실에서는 경찰의 성난 목소리와 사카가미 씨의 울음소리가 들렸다.

출입구에는 오카지마 씨가 우두커니 서 있었다.

정말이지 지옥 같은 끔찍한 상황이다.

"어라?"

다카야는 위화감을 느꼈다.

스즈키…… 아니 나카하라네 남편과 아기가 없었다. 몸을 웅크리고 있는 건 부인과 첫째 아이뿐이었다.

다카야는 공간을 한 바퀴 둘러보았다.

없다.

몇 번이나 확인했지만 ……없었다.

'화장실에 갔나?' 하고 화장실 쪽으로 시선을 옮겼을 때였다.

출입구 쪽에서 소란스러운 타격음이 들렸다.

누군가가 문을 격하게 두드리는 소리였다.

그 앞에 서 있던 오카지마 씨가 조용히 움직였다. 그리고 천천히 문을 열었다. 나타난 사람은 무라마쓰 씨였다.

이 단지의 자치회장으로 사전 답사 때 다카야 일행을 안내해 준 그 무라마쓰 씨였다. 무라마쓰 씨가 오카지마 씨에게 무슨 말을 했다. 하지만 거절당했는지 이번에는 다카야 일행 쪽으로 다가왔다. 그리고 조용히 말했다.

"이제 완전히 밤인데, 취조는 아직이에요?"

탁한 한숨과 더불어 무라마쓰 씨가 끙 하며 철제 의자에 앉았다. 그의 얼굴이 피로한 기색으로 물들어 있었다.

"이게 다 무슨 일인지. 이런 촬영은 애초에 허가를 안 내줬어야 했어요. 단지에 활기가 되살아났으면…… 하는 바람으로 허락한 건데 이런 일이 일어날 줄이야. 활기는커녕 단지에서 갈수록 사람들이 빠지고 있어요."

그리 말하면서도 무라마쓰 씨의 눈은 어딘가 생기가 넘치고 있었다. 무언가 말하고 싶어서 참을 수 없다는 눈이었다.

"60년 전에도 이런 사건이 있었다던데요?" 요시모토 씨가 무라마쓰 씨를 교묘하게 유도했다.

"네?" 무라마쓰 씨는 순간 몸을 사렸다. 하지만 "그래요!" 하고 목소리를 죽이면서도 물 흐르듯 자연스럽게 답했다.

"단지 주민 사이에서도 그 일로 말이 많아요. '60년 전과 비슷하다'고. 하지만 전 그 당시에는 여기 살지 않아서 직접적으로 겪진 않았어요. 그래도 무슨 일이 있을 때마다 얘기는 많이 들었어요. '60년 전에 여기서 연속 살인 사건이 있었다……'고. 분명 뱀신의 벌이 틀림없다고."

"뱀신이요?"

"물의 신이요. 여기가 옛날에 큰 늪이었대요. 고대 때부터 늪의 '물의 신'을 모시는 작은 신사가 있었는데 이 단지를 건설하면서 묻어 버렸대요. 통째로."

"신사를 통째로 묻어 버리다니 너무 폭력적이네요. 보통은 신사를 다른 곳으로 옮기잖아요." 요시모토 씨가 말했다.

"뭐, 경제가 고도로 성장하던 시대였잖아요. 그런 건 뒷전이었겠죠. 근데 신앙심이 깊은 주민들이 협력해서 작은 사당을 지었대요. 그 장소가 바로 어린이 회관 뒤쪽이고요."

"네?" 다카야가 흥미를 보였다.

"하지만 그 사당마저 반년도 안 돼서 철거되고 창고가 됐대요. 그 탓인지 그해 여름에 홍수로 절벽이 무너졌어요. 뱀신의 저주……라고 소문이 돌던 차에 초등학교에 다니는 여자아이가 사망한 채 발견됐고요."

"야마다 미요코 양 맞죠?"

"네. 당시 주민들은 다들 '미요코 양이 저주 때문에 살해당했다'고 생각했대요. 아니면 스즈키 게이타로가 뱀신한테 홀려서 미요코 양을 살해했거나. 더 오싹한 건 스즈키 게이타로 본인도 죽었다는 사실이에요. 부인도, 애들도."

"자녀들도요?"

"네. 어머니가 자살한 후 친척 집인가, 시설인가에 맡겨졌는데 죽었다고 들었어요."

"……." 아이까지. 이것이야말로 저주가 아니고 뭔가.

"아, 맞다. 당시부터 여기에 살던 사람이 지금도 몇 있어요. 이 단지의 살아 있는 전설이죠. 그 사람들 얘기 좀 들어 보실래요?" 무라마쓰 씨가 제안했다.

"네. 꼭이요." 요시모토 씨가 고개를 깊이 숙였다.

"부탁드립니다." 다카야도 고개를 숙였다.

"잠시만 기다려 주세요."

무라마쓰 씨가 휴대 전화를 꺼내 몇 사람에게 전화를 하고는 말했다.

"한 사람만 오겠다고 하네요. 쓰치야라는 분이에요. 지금 여기로 온대요."

몇 분 후 네 발 달린 보조 카트를 밀면서 나타난 사람은 걷는 것조차 벅차 보이는 꼬부랑 노파였다. 더구나 지금까지 자고 있었던…… 듯 잠옷 바람이었다.

"저래 봬도 정신은 맑으세요. 다만 귀가 좀 어두우셔서 대화가 어긋날 수도 있지만…… 그래도 쓰치야 씨가 야마다네, 스즈키네 모두와 왕래해서 당시 사건 때도 몇 번이나 언론 취재에 응했대요. 그러니 사건에 대해 단지에서 아니, 일본에서 사정을 제일 잘 아는 사람이라 할 수 있죠. ……저, 그렇죠? 쓰치야 씨?"

"뭐? 뭐라고 했어?"

쓰치야 씨가 보조 카트 뒤를 주섬주섬 더듬기 시작하더니 말했다.

"요즘 들어 귀가 더 어두워져서 힘들어. 그래서 이걸 갖고 왔어."

쓰치야 씨가 옛날 잡지 한 권을 꺼냈다.

"60년 전 거야. 당시에 여러 잡지 기자들이 와서 취재를 했는데 이 잡지가 제일 정확해서 놔뒀어. 다른 잡지는 엉망진창이었어. 하지도 않은 말들이 기사로 나와서 얼마나 열 받던지. 전부 처분해 버렸어. ……근데 이 잡지는 내용이 제대로 실려 있어서 안 버렸어."

쓰치야 씨가 잡지를 넘기며 말했다.

ㅁ ㅁ ㅁ

—스즈키 씨, 야마다 씨 모두와 왕래하는 사이였다고 들었습니다.

"네. 그랬죠. 스즈키네 옆집에 살아서 자연스럽게 그리

됐어요. 스즈키 부인과 야마다 부인 사이가 너무 나빠서 자주 싸운 탓에 제가 중재를 나서는 수밖에 없었어요. 정신을 차려 보니 어느새 스즈키, 야마다네와 따로따로 오가는 지경에까지 이르렀더라고요. 어쩌다 보니 그렇게 됐지만 엮이고 싶진 않았어요."

—스즈키 부인과 야마다 부인은 처음부터 사이가 나빴나요?

"그렇진 않았어요. 처음에는 사이가 좋아 보였어요. 스즈키네에 야마다 부인이 자주 가는 것 같았거든요. 그런데 어느 날 스즈키 부인이 불만을 쏟아내는 거예요. ……야마다 부인이 뻔뻔함을 넘어선 도둑……이라면서. 툭하면 물건을 빌리러 온대요. 처음에는 쌀, 빵 같은 걸 빌리러 왔다가 점점 도를 넘더니 산 지 얼마 안 된 믹서기에, 심지어 수도 끝에 다는 것까지 '빌려 달라'고 해서 갖고 갔대요. 돌려줄 생각도 안 한대요. 그런데도 스즈키 부인은 참고 있었어요. 야마다네가 이 단지에서 근근이 먹고 사는 처지라 동정심을 가졌던 듯싶어요. '이 단지에 들어올 자격이 안 되는데 무리해서 입주했나 보더라고요. 그러니 생활이 빠듯할 수밖에. 애들 옷도 낡았고. 솔직히 불쌍해요.'라고 자주 말했거든요. 외려 전 그 동정심이 언젠가 적대감으로 변하지 않을까 싶어 조마조마했지만요."

—왜 조마조마했는지 구체적으로 말씀해 주실 수 있

을까요?

"당연하잖아요. 동정하는 쪽은 우월감에 젖기 쉽고, 반면에 동정받는 쪽은 열등감이 커지기 쉽죠. 그 우월감과 열등감이 언젠가 크게 충돌하지 않을까 생각했어요. 그리고 예상대로 스즈키 부인과 야마다 부인의 관계가 점점 험악해졌어요."

—소문에 야마다 부인과 스즈키네 남편의 사이가 가까워졌다는 얘기가 있던데요.

"아, 그 소문은 저도 들었어요. 근데 소문이 아니고 사실이에요. 제가 몇 번이나 목격했는걸요. 야마다 부인이 화장을 진하게 하고 스즈키네 집에 가는 모습을요. 스즈키 부인이 집을 비운 사이에.

……스즈키 부인에게 노골적으로 동정받고 무시당하던 야마다 부인의 소소한 복수였겠죠. 남편을 뺏어서 스즈키 부인에게 상처를 주고 싶었던 거예요. 여자는 그래요. 저도 여자라 잘 알아요. ……하지만 야마다 부인의 마음이 변했나 봐요. 그러니까, 진짜로 스즈키네 남편을 좋아하게 된 거죠. 야마다 부인이 스즈키네 남편을 숨어서 기다리는 모습을 몇 번이나 목격했어요. ……불쌍했어요. 정말 불쌍했어요."

—심지어 스즈키 부인과 야마다네 남편 사이에도 소문이 있었다면서요?

"아, 그건 야마다네 남편의 일방적인 짝사랑이었어요. 스즈키 부인이 워낙 배우처럼 예쁘고 모두에게 다정해서 단지 남자들이 착각을 많이 했을 거예요. 제 남편조차 스즈키 부인한테 맥을 못 췄어요. 정말이지 남자들이란 왜 그런지 모르겠어요."

—그럼 스즈키 부인과 야마다네 남편의 소문은 거짓 인가요?

"그렇다고 봐요. 문제는 야마다 부인과 스즈키네 남편 쪽이었어요. 단지 내에 소문이 자자했으니까요.

더 걱정인 건 야마다네 두 딸이었어요. 엄마가 남자에 미쳐 버렸으니까요.

주눅이 많이 들었을 거예요. 학교에도 소문이 쫙 퍼진 모양이던데.

특히 첫째 미요코가 눈에 띄게 풀이 죽었어요. 그렇게 씩씩하고 발랄하고 깡충깡충 뛰듯이 걷던 애가 어느 날부턴가 고개를 푹 숙이고 터벅터벅 걷더라고요. 말을 붙여도 눈도 안 맞추고요.

머리가 좋은 아이였으니 단지에 난 소문이 어떤 걸 의미하는지 알고 있었겠죠. 여동생이 '불륜이 뭐야? 불륜이 뭐냐고?' 하면서 해맑게 언니에게 질문했을 테고.

미요코는 대답할 수 없었겠죠. 때문에 여동생의 생트집이 갈수록 심해졌고. ……그런 장면을 몇 번이나 목격했다니까요. 어찌나 가엾던지. 근데 엄마란 작자는…….

사건이 있던 날 오후에도 야마다 부인은 스즈키네 집에 갔어요. 하도 초인종을 눌러 대는 바람에 너무 시끄러워서 제가 현관문 외시경으로 내다봤거든요. 그랬더니 야마다 부인이 울고 있었어요. 눈 주위가 시꺼매서. 오싹했어요. 요괴인가 싶더라고요. ……뭐, 다른 의미로 요괴나 마찬가지긴 했죠. 정말이지 제정신이 아닌 듯했어요.

그런 엄마를 데리러 온 게 미요코였고 아이도 울고 있었어요.

'엄마, 집에 가자. 이제 가자……!' 하면서.

너무 가여웠어요…….

그게 미요코의 마지막 모습이었어요.

몇 시간 후 아이가 시체로 발견됐거든요."

ㅁ ㅁ ㅁ

다카야가 페이지를 넘겼다. 다음 페이지부터 다른 관계자의 증언이 시작되고 있었다.

"많은 얘기를 했는데 실린 건 그거뿐이야." 쓰치야 씨는 테이블에 있던 단팥빵을 집어 들었다. "그래도 그나마 나은 편이지. 다른 잡지에서는 하지도 않은 얘기를 기사로 써서 황당한 일을 겪었거든. ……따돌림 같은 거."

"따돌림이요? 다카야가 순간적으로 내뱉었다.

"뭐라고?"

쓰치야 씨가 단팥빵을 씹으면서 귀에 손을 가져다 댔다.

참, 이분 귀가 어둡지.

"따돌림을 당하셨다고요?" 하고 이번에는 목소리 볼륨을 꽤 높여서 물었다.

"응. 다들 날 이상한 눈으로 봤어. 수다쟁이 할망구……라고 아이들이 괴상망측한 별명으로 불러서 정말 힘들었어. 이후로 언론 따위 믿지 않게 됐지.

나한테 그 사건은 '트라우마'로 남았어.

떠올리고 싶지 않은 꺼림칙한 기억이야.

그래서 되도록 생각하지 않으며 살아왔어.

어린이 회관에도 발길을 끊다시피 했어. 이전까지는 자주 이용했는데. '어린이'라는 명칭이 붙어 있지만 어른들의 모임 장소기도 했거든."

"왜 발길을 끊으셨어요?" 다카야가 캐물었다.

"60년 전에도 여기에 모여서 경찰로부터 여러 가지 질문을 받았거든. 이틀 내내 감금 상태였어. 다들 의심에 휩싸여서 지옥이 따로 없는 이틀이었어. 이 근처에 오면 그때 일이 떠올라서 가슴이 답답해져. 어린이 회관에 정말 오랜만에 오는 거야. 자그마치 60년 만이야."

"60년이나 피해 왔던 어린이 회관에 오기로 마음먹은

이유가 있을까요?"

"그건…… 무라마쓰 씨가 불렀으니까."

"그뿐이세요? 60년이나 피하던 장소인데 단지 그 이유만으로요?"

"실은…… 살짝 생각난 게 있어서……."

"생각난 거요?"

"응. 생각났다기보다 제각각이었던 기억이…… 퍼즐 조각처럼 딱딱 들어맞았다고 하는 게 더 정확하겠네. 아무튼 근데 마지막 퍼즐이 없어. 여기 오면 그 마지막 퍼즐을 찾을 수 있으려나 했어."

"마지막 퍼즐이요?"

"정말 난감하더라고. 그런 걸 찾아봤자 뭐 하겠나 싶어서. ……근데 난 이제 살날이 얼마 안 남았어. 답답한 채 죽는 건 왠지 싫어서. 성불 못하는 거 아닌가 싶었어."

"뭐가 답답하게 하는데요?"

"그걸 모르겠어. 그래서 답답해. 작은 가시가 목에 걸린 느낌이라서 기분이 너무 안 좋았어. 나올 것 같은데 나오지 않는 가시. 이런 기분 이해하려나?"

"그럼요. 얼마나 답답하시겠어요."

"그렇지? 근데 그 가시의 정체를 드디어 알아낸 거야."

"그게 뭔데요?"

"냄새였어."

"냄새요?"

"응. 냄새. 어젯밤에 마유라는 아이를 찾는 걸 보면서 '아, 60년 전이랑 비슷하구나.' 하는 생각이 들어서 나도 어린이 회관 근처까지 한번 와 봤거든. 근데 똑같은 냄새가 났어. 나 아직 후각은 쓸 만해. 마스크를 하고 있어도 알아."

"혹시 담배 냄새였어요?"

요시모토 씨가 끼어들었다.

"담배 냄새인지는 모르겠고 여하튼 독특한 냄새가 났어. 그래서 문득 기억이 되살아났어."

"프루스트 효과군요."

요시모토가 씨가 히죽거렸다. 그리고 말했다.

"프루스트가 쓴 《잃어버린 시간을 찾아서》의 서두에서 주인공은 어떤 향기를 계기로 과거의 기억이 선명하게 되살아나. 이거랑 관련해서, 향기를 맡고 기억이 되살아나는 걸 '프루스트 효과'라고 불러. 사실 향기랑 기억엔 밀접한 관계가 있어."

"그런 건 잘 모르겠고 어쨌거나 날 괴롭혀 온 가시의 정체는 '냄새'였어."

요시모토 씨가 더욱 히죽거렸다.

"그 '냄새', 아마 골루아즈라는 담배 냄새일 겁니다. 프랑스 담배인데 독특한 향이 나요. 60년 전이면 일본에 정식으로 수입되기 전이라 프랑스에서 사서 일본으로 가져오는 수밖에 없었어요. 스즈키 게이타로가 피우던 게 바로 그 골루아즈였어요. 그리고 어제 저녁 무렵에 스즈키네 남편분도 골루아즈를 피우고 있었어요. 어린이 회관 뒤에서."

"아, 그러고 보니 기억나네. 스즈키네 남편분이 베란다에서 자주 담배를 피웠어. ……프랑스에서 사업하는 대학 시절 친구한테 얻었다나 뭐라나."

"그 친구라는 사람, 어쩌면 암시장 시절 동료일지도 몰라요." 요시모토 씨의 말에 다카야가 "네? 암시장이요?" 하며 끼어들었다.

"전후에 스즈키 게이타로는 대학 시절 질 나쁜 친구랑 담배 뒷거래를 했나 봐. 그러다 그 패거리의 사이가 나빠져서 사람이 하나 죽었대. 그 일로 스즈키 게이타로는 체포됐다가 집행 유예 판결이 났대."

"……잘 알고 계시네요."

"이 잡지에 실린 내용이니까."

요시모토 씨는 쓰치야 씨가 가져온 오래된 잡지의 페이지를 펄럭펄럭 넘겼다.

〈Q시 여아 살해 사건〉 특집호인지 쓰치야 씨 말고도 수많은 증언이 게재되어 있었고, 어떻게 입수했는지 스즈키 게이타로의 취조 내용까지 실려 있었다. 게다가 〈바람난 마스카라〉라는 제목으로 야마다 미요코의 어머니,

즉 오카지마 씨의 어머니를 모델로 한 소설까지 실려 있었다.

그야말로 뼛속까지 언론에 쪽쪽 빨린 형국이었다. 아마 〈Q시 여아 살해 사건〉을 다룬 이런 유의 잡지는 이외에도 많이 출간되었을 테다. 소용돌이 속 피해자 가족의 고뇌를 생각하면…….

다카야는 출입구 쪽으로 시선을 보냈다.

어라? 오카지마 씨가 없네?

"……쓰치야 씨, 그래서, 그 기억의 마지막 조각이 뭔데요?"

요시모토 씨가 몰아붙이듯 물었다.

"아, 그게―."

쓰치야 씨가 단팥빵을 가만히 응시했다.

"뭔가 생각나셨나요?"

"아, 뭐―."

ㅁ ㅁ ㅁ

―뭔가 생각나셨나요?

"냄새요. 냄새가 났어요!"

―담배 냄새요?

"네. 담배 냄새. ……근데 그뿐만이 아니었어요. 담배 말

고 다른 냄새도 났어요. 그건 음식 냄새였어요. ……뭐라
고 해야 좋을까. 어쨌거나 독특한 냄새예요!"

—그 냄새를 어디서 맡았어요?

"처음에는 어린이 회관에서요. ……아, 효모 냄새예요!"

—효모요? 빵을 구울 때 사용하는 거?

"맞아요. 어린이 회관에서 가끔 아이를 대상으로 한 요
리 교실을 여는데 식빵을 구웠어요. ……맞네. 맞아. 사
건 2주 정도 전이었나. 근처에 사는 이동식 빵집 부인이
강사가 돼서 다 같이 식빵을 구웠어요.

근데 여름이라 더워서 발효가 너무 과하게 됐는지 어
린이 회관 전체에 효모 냄새가 가득 차 있었어요. 더구나
식빵도 잘 안 구워져서 퍼석퍼석한 실패작이었고요.

……강사인 부인의 준비 부족이 명백한 원인이었어요.
뭐, 할 수 없었죠. 부인이 당장이라도 애가 나올 것 같은
만삭이었으니까요. 그럼에도 모두에게서 욕을 먹어서
안쓰러웠어요. 특히 애들이 신랄했어요. 애들은 감정을
숨기지 않잖아요?

……아, 그래요. 야마다네 미요코 양. 그 아이가 앞장서
서 불만을 터뜨렸어요. 그 애는 묘하게 정의감이 강했고
어른 못지않게 말도 잘했어요.

'모두가 기대했는데 어떻게 할 거예요? 준비를 제대로
안 한 게 잘못이잖아요. 임신이 핑계가 될 순 없어요. 그

렇다면 처음부터 강사를 맡지 말았어야죠.'라고 꼬치꼬
치 따지면서 부인을 비난했어요. 미요코가 맞는 말을 했
지만 듣는 사람은 속이 쓰렸겠죠.

아무튼 미요코는 어른에 대해 좀 신랄한 면이 있었죠."

—그래서 그 효모 냄새를 사건 당일에도 맡았다는 거
네요.

"네. ······아, 왜 여태껏 잊고 있었을까. ······이거 경찰에
말하는 게 좋을까요?"

—그럼 경찰에는 아무 말씀 안 하셨어요?

"네. 방금 떠올랐으니까요. 지금이라도 경찰에 말하는
편이 나을까요?"

—누군가가 빵을 구웠겠죠. 사건과 관계없어 보이니
경찰에는 말하지 않는 게 좋을 것 같아요.

□ □ □

"······잡지 기자가 그렇게 말하니까 그냥 잊어버렸어!" 쓰
치야 씨가 단팥빵을 한 손에 들고 신음하듯 말했다. 얼굴
에 핏기가 없었다. "그래도. 그래도 아니야. 그렇지 않아!"

쓰치야 씨가 거칠게 내뱉었다.

"그 효모 냄새는 그 사람의 체취니까!"

"체취요? 그건 또 무슨 말씀이세요?"

그 목소리는 언제부터 그곳에 있었는지 모를 오카지마 사장의 것이었다.

다카야는 오싹해져서 몸을 움츠렸다.

평소의 포커페이스는 어디로 갔는지 눈꼬리가 올라가 있고 손끝은 부들부들 떨고 있었다.

"체취라니. 무슨 말이에요, 쓰치야 씨!"

오카지마 씨가 쓰치야 씨의 귓가에 호통치듯 말했다. 쓰치야 씨의 눈이 휘둥그레졌다.

"그쪽이 내 이름을 어떻게 아는지?"

"저 기억 안 나세요? 저 야마다 마키코예요." 오카지마 씨가 단숨에 마스크를 벗었다.

"야마다…… 마키코." 쓰치야 씨의 눈이 튀어나올 정도로 커졌다. "어? 마키!"

"네. 야마다네 마키예요."

"아이고, 몰라봤네!"

"나이가 예순일곱이나 됐으니까요."

"옛날 그 마키가 예순일곱이라고? 하긴 나도 나이를 많이 먹긴 했지!"

"쓰치야 씨는—."

"올해 여든다섯."

"전혀 그렇게 안 보이세요. 더 젊어 보이시는데요."

"무슨 그런 소리를! 근데 다들 그렇게 말하긴 해."

"그래서, 쓰치야 씨, 효모균 체취가 무슨 말이에요?"

"효모를 일상적으로 사용하면 냄새가 몸에 배는지 체취 같아져. 그 사람의 체취는 효모 그 자체였어. 그래서 그 사람이 가까이에 있으면 확 냄새가 났어."

"사건 당일에 그 냄새가 났단 거네요?"

"응. 그날 저녁 무렵, 아마 6시 좀 전이었을 거야. 쇼핑센터에서 장을 보고 집에 가려고 어린이 회관 근처를 지나가는데 갑자기 효모 냄새가 났어. 어라? 싶었지. 지금 생각해 보면 그때 어린이 회관 뒤쪽 창고에서 미요코가……."

"그럼 언니가 살해당했을지도 모르는 시각에 효모 체취가 나는 사람이 근처에 있었다는 거네요?"

"아마도."

"누구예요? 이름이 뭔가요?"

"그게 아무리 애를 써도 생각이 안 나. 이름이 뭐였더라. 어쨌거나 그 사람이야. 마키도 기억하지? 식빵 만들기 강사로 왔었던 이동식 빵집 부인 말이야. 임신해서 배가 잔뜩 불렀던 부인."

쓰치야의 물음에 "네. 이동식 빵집이라면 기억해요!" 하고 오카지마 씨가 목소리를 높였다. "전 그 빵집이 정이 안 갔어요. 빵이 퍼석퍼석하고 딱딱해서요. ……그 이동식 빵집 부인이 왜요?"

"마키, 기억 안 나? 그 사람한테서 독특한 냄새났던 거. 효모 냄새."

"딱히…… 기억이 잘 안 나는데요."

"났었어. 독특한 냄새. 나 후각이 하도 발달해서 개 못지 않다고…… 남편이 자주 놀렸었거든. 근데 그 이동식 빵집 부인한테서 감도는 효모 냄새는 뭐라 말할 수 없는 독특한 냄새였어. ……새콤달콤하다고 해야 할까. 땀 냄새 같다고 해야 할까. 아마 본인 체취랑 효모가 섞인 냄새일 거야. 어쨌거나 한번 맡으면 잊을 수 없는 냄새였어. 그러니 틀림없어. 그때 어린이 회관 뒤에 그 사람이 있었어! ……아, 그 사람, 이름이 뭐더라……. 그게 저기, 그게……."

쓰치야 씨가 끙끙 신음하면서 테이블에 엎드렸다.

"쓰치야 아주머니? 왜 그러세요?"

오카지마 씨가 흔들자 쓰치야 씨가 뱀처럼 천천히 고개를 들었다.

"응. ……뭐가?"

"이동식 빵집 부인 말이에요."

"어머나, 뭐야. 이동식 빵집은 진즉에 없어졌지. ……그나저나 누구세요?"

"갑자기 왜 시치미를 떼세요? 저 마키코예요. 야마다네 마키라고요!"

"……야마다네 마키? 거짓말. 마키는 당신 같은 할머니가 아니야. 초등학생이야.”

“쓰치야 씨!”

오카지마 씨가 쓰치야 씨를 붙잡고 격렬하게 흔들었다.

자치회장 무라마쓰 씨가 그런 오카지마 씨를 말렸다.

“틀렸어요. 오늘은 이쯤에서 그만두는 게 낫겠어요.”

“무슨 말씀이세요?”

오카지마 씨가 분노를 퍼붓듯이 테이블에 주먹을 내리쳤다.

“무슨 소리냐고요!”

이번에는 의자를 찼다.

다카야는 그녀를 멍하니 바라보았다.

……이렇게 감정을 노골적으로 드러내는 오카지마 씨를 처음 보았다. 평소의 포커페이스는 온데간데없고 눈앞에는 제어되지 않는 야수 같은 사람이 서 있었다. ……무서웠다.

무라마쓰 씨는 맹수 조련사처럼 나무라듯 말했다.

“쓰치야 씨는 치매 기가 있어요. 평소에는 정신이 맑은데 졸리거나 배부르면 갑자기 기억이 날아가 버려요. ……일시적 치매라는 거죠.”

“일시적 치매요? 정말이에요? 쓰치야 씨!” 오카지마 씨가 양 손바닥을 부딪혀 짝짝 소리를 냈다. “쓰치야 씨! 쓰치야 씨!”

"아, 쓰치야 씨 잠들었네." 하며 무라마쓰 씨가 짓궂게 어깨를 으쓱했다. "이러면 꼼짝도 안 해요. 내일 아침까지 꿈나라에 있을걸요. ……이런, 업어서 집까지 모셔다 드려야 하나."

업어서라니……. 무라마쓰 씨도 엄연한 고령자다. 괜찮나…….

"제가 도와 드릴게요."

요시모토 씨가 쓰치야 씨를 가볍게 안았다.

"저희 어머니가 병상에 계셔서요. 이런 거 익숙해요."

어, 요시모토 씨 어머니가 병상에 계셨구나…….

"정말 주무시는 건가요?" 오카지마 씨가 물고 늘어졌다. "저, 쓰치야 씨랑 얘기를 더 하고 싶은데. 저기! 쓰치야 씨, 자는 거 아니죠? 그렇죠?"

오카지마 씨가 쓰치야 씨의 팔을 잡아당기려던 때였다.

"오카지마 마키코 씨, 계신가요?"

오카지마 씨를 부르는 목소리가 들렸다.

탕비실 앞에서 제복을 입은 경찰이 반복해서 그녀의 이름을 불렀다.

"오카지마 마키코 씨, 오카지마 마키코 씨, 탕비실로 와 주세요. 오카지마 마키코 씨!"

오카지마 씨의 얼굴이 평소의 포커페이스로 돌아왔다.

—오카지마 마키코 씨, S가오카 단지에 살았습니까?

"네. 초등학교 들어가고 나서 바로 입주했습니다. 쇼와 36년 4월에."

—쇼와 36년. 그러니까 1961년이네요.

"네."

—〈1961 도쿄 하우스〉를 기획한 게 당신이 사장으로 있는 소카이샤 맞습니까?

"네. 맞습니다."

—저희가 방송업계를 잘 몰라서 그러는데 소카이샤는 정확히 어떤 회사입니까?

"간단하게 말하자면 방송국 하청업체입니다. 방송국을 대신해서 콘텐츠를 제작해 제공하죠."

—하청업체요? ……아, 죄송합니다. 하청 하면 부품을 제조하는 공장밖에 안 떠올라서요. 저희 본가가 하청 공장을 합니다. 나사 만드는 공장.

"나사라고 하셨나요? ……실은 저희도 '나사' 같은 존재입니다."

—나사요?

"네. 나사요. 제작업체는 '나사'에 지나지 않습니다."

—그럼 방송국은 뭐죠? 드라이버인가요?

"괜찮은 비유네요. 말씀하신 대로 방송국은 드라이버일지도 모릅니다. 나사를 조이고 조여서……."

—하지만 드라이버는 나사를 푸는 역할도 하지 않습니까.

"그렇죠. 나사를 느슨하게 만들어 그 위치에서 빼죠. ……즉, 나사를 배제시킬 수도 있죠."

—업계 용어로 표현하자면 '단물을 빨린다'는 말인가요?

"네. 그래서 우리 같은 하청 제작업체는 방송국을 거역할 수 있는 입장이 못 돼요."

—그러니까, '복종'하고 있다는 거군요?

"네. 간단히 말하면 그렇죠."

—그 어떤 얼토당토않은 일에도 반드시 응해야만 합니까?

"네."

—그럼 〈1961 도쿄 하우스〉는 어떤가요? 얼토당토않던가요?

"네."

—근데 기획은 당신네 회사가 가져온 거 아닙니까?

"맞아요. 하지만 애초 기획에서 너무 멀리 가 버렸어요. ……처음에는 '단지' 설정이 아니었다고요."

—그럼 누가 '단지'라는 설정을 제안했습니까?

"그건…… 기억이 잘 안 나는데…… 프레젠테이션 자리에서 여러 의견이 오갔고, 그리고 어느샌가……."

—그렇습니까? 오카지마 씨가 유도한 건 아니고요?

"네?"

—그런 증언이 나왔습니다.

"누가 그런 소리를 해요?"

—그건 알려 드릴 수 없습니다.

"누가 그런 소리를……."

—S가오카 단지에 살았었죠?

"네. 아까 말씀드린 대로."

—S가오카 단지에 이사 온 연도, 즉 1961년 9월에 한 사건이 발생했습니다. 이른바 〈Q시 여아 살해 사건〉이요. 들어 보셨습니까?

"……네, 뭐."

—사건의 피해자는 야마다 미요코 양입니다. 당시 초등학교 6학년이었고. 아십니까?

"……."

—당연히 알고 계시겠죠. 야마다 미요코 씨는…….

"맞아요. 야마다 미요코는 제 친언니예요."

—어떻게 된 일이죠?

"……."

—뭔가 묘하지 않습니까? 〈1961 도쿄 하우스〉가 〈Q시

여아 살해 사건〉을 모방하고 있는 것 같지 않으세요?

"……."

—재현 드라마라고 해도 될 정도로.

"……."

—더구나 오카지마 씨는 〈Q시 여아 살해 사건〉으로 살해당한 야마다 미요코 양의 유족입니다. 이 사실을 어떻게 받아들여야 할까요? 단순한 우연이 아닌 것 같은데.

"……."

—누군가가 의도한 걸로 볼 수 있는 여지가 충분하지 않습니까?

"……."

—최소한 당신이 한몫 거들고 있다고……. 틀렸습니까?

"……말씀대로입니다."

—그래요? 그럼 목적이 뭔데요? 왜 60년 전 일을 재현하려고 했습니까?

"그건……."

—언니가 살해당한 괴로움은 상상할 수 없겠죠. 그건 이해할 수 있습니다. 근데 그렇다고 해서 사건을 재현한다? 이건 좀 이해가 가지 않습니다. 왜 이런 일을 벌였죠?

"……."

—사건을 재현해서 얻는 게 뭔데요?

"……."

―사건을 재현하면 진상이 떠오를 거라고 생각했습니까?

"……네."

―새로운 증언이나 증거가 나올 거라고?

"……네."

―생각이 짧았네요! 자그마치 60년 전이에요! 반세기도 더 된 일이라고요. 이제 와서 새로운 증언 따위…….

"새로운 증언이 있었어요. 이 단지에 사는 쓰치야 씨라는 할머니가 당시의 일을 떠올렸습니다. 진범으로 이어질 새로운 증언입니다."

―진범으로 이어질 새로운 증언이요?

"네. 그러니 쓰치야 씨와 면담해 주세요! 지금 당장!"

―지금 무슨 소리를 하시는 겁니까? 그게 가능하겠어요?

"부탁드립니다. 제발! 전 쓰치야 씨의 기억이 진상을 밝혀낼 수 있다고 확신합니다. 그러니―."

―이제 와 진상을 밝혀내서 어쩌자는 겁니까? 공소 시효는 이미 한참 전에 만료됐어요.

"공소 시효가 무슨 상관이에요. 유족한테는 그런 거 없어요. 몇 십 년이 됐든 사건에 얽매인 채로 끊임없는 고통에 발버둥 치는 수밖에 없다고요!"

―그렇다고 해서 이런 말도 안 되는 기획으로 뭘 어쩌

려는 건데요? 당신이 어리석은 짓을 벌이는 바람에 피해자가 발생했잖아요. 아이가 죽었다고요!

"그건 예상 못했어요. 설마 일이 이렇게 될 줄은……."

—잘 들어요. 당신이 이런 짓만 벌이지 않았어도 마유 양은 죽지 않았을 겁니다. 당신의 행동을 어떻게 책임질 거죠? 당신은 마유 양을 죽인 거나 다름없어요!

ㅁ━ㅁ

다카야가 조건 반사하듯 급히 등을 꼿꼿하게 세웠다.

눈앞에 오바야시 씨가 있었다.

G방송국의 편성 국장이다. 즉, 이 중에서 제일 높은 사람이다. 너무 높은 사람이라 지금껏 다카야는 그와 눈을 맞추지도 말을 섞지도 못했다. 그 구름 위의 존재가 지금 지척에 있다. 더구나 "그래서 상황이 어떤데?"라는 질문까지 했다.

다카야의 등이 더욱 꼿꼿해졌다. 꼿꼿하다 못해 뒤로 젖혀질 정도였다.

"죄송합니다! 상황을 전혀 파악하지 못했습니다!"

다카야가 일등병처럼 목소리를 높였다.

"음. ……자네는 누구지?"

"전 후카다 다카야입니다! 소카이샤에서 일하고 있습

니다!"

"후카다……? 어라?" 국장의 눈동자가 상하좌우로 바삐 움직였다. 그리고 멈추더니 "아, 생각났어. 그래. 기억나네. 자네가 〈1961 도쿄 하우스〉 원안 아이디어를 냈지?"

"면목 없습니다!"

"근데 자네 가족 중에 방송 관계자가 있나?"

"네?"

"어머니라든가, 고모나 이모 중에 방송 관계자가 있냐고."

"아…… 네. 아니, 방송 관계자는 아니지만 고모가 예전에 광고 회사에서 일했습니다."

"광고 회사? ……아, 그렇군."

"저, 뭐가 잘못됐나요?"

"아니. 〈1961 도쿄 하우스〉 원안을 봤을 때 기시감 같은 게 들었거든."

"아, 죄송합니다. 실은 원래 기획은 고모가 작성한 건데……"

"그랬군. 그래서였군. ……그래. 기억이 나는구먼. 그런 거였군. 후카다, 후카다, 후카다. 그 여자 성도 후카다였어. 생각났어……. 자네 고모가 가져온 기획이 아주 괜찮았어. 근데 여러모로 일이 있어서 결국 무산됐어. ……아무튼 고모는 건강하신가?"

"아니요. ……돌아가셨습니다."

"그래? 미안하네. ……그나저나 자네 덕분에 큰일 난 것 같은데."

자네 덕분? 이번 사건의 원흉이 역시 나란 말인가? 마유가 죽은 것도 내 탓이고?

다카야의 등에서 땀이 줄줄 흘러내렸다.

"모두 자네 덕분일세."

오바야시 씨가 땀으로 흠뻑 젖은 다카야의 등을 툭툭 다독였다. 땀이 더욱 뿜어져 나왔다. 다카야는 고개를 깊이 숙였다.

"……뭐 해요? 그렇게 허리를 굽히고 있으면 허리에 안 좋아요."

말을 걸어온 사람은 S가오카 단지의 자치회장 무라마쓰 씨였다.

"어?"

다카야가 고개를 드니 오바야시 씨는 이미 자리를 떠나고 없었다. "무라마쓰 씨……?"

"허리를 아껴야지. 젊다고 방심하면 큰일 나는 수가 있어."

"……휴." 다카야는 천천히 허리를 세웠다.

"난 자네 정도 나이에 처음으로 허리를 삐끗했어. ……

정말 아프더군. 진짜로 아파서 죽는 줄 알았어.”

"······네.”

"쓰치야 씨는 무사히 집에 모셔다 드렸어. 그건 그렇고
요시모토 씨 대단하더라. 힘없게 생겼는데 쓰치야 씨를
거뜬히 업는 거야. 부모님 간병한 지 오래됐나. ······저래
봬도 고생을 많이 했나 봐.”

"요시모토 씨는요?”

"어라? 먼저 간다고 했는데.”

"아직 안 왔어요. ······근데 무라마쓰 씨는 왜 여기 다시
오셨어요?”

"그게 말이야. 쓰치야 씨가 한순간 제정신으로 돌아왔
거든.”

"네?”

"‘아, 생각났어! 다카하시야!’라고 말해서.”

"다카하시?”

"응. 이동식 빵집 부인 이름. 다카하시래.”

다카하시······.

최근에 그 이름을 어디서 들었던 것 같다.

다카야는 주변을 둘러보았다.

"저, 저기, 잠, 잠시만요.”

히죽거리며 다가온 사람은 보조 출연자 미쓰이 씨였다.

"오카지마 씨가 형사한테 심한 압박을 받는 모양이네요. 그 악마 같은 사람이 소심하게 '죄송합니다. 죄송합니다……' 하면서."

"악마요? 오카지마 씨가?"

"네. 몰랐어요? 저 사람, 보조 출연자들을 못 잡아먹어서 안달이잖아요. '이것도 아니다. 저것도 아니다. 이거해라. 저거 해라. 그게 아니다. 이 대머리가……' 운운하면서."

"……그랬나요? 사카가미 여사가 아니라?"

"사카가미 여사는 그에 비하면 귀여운 축이죠. 정말 무서운 건 오카지마 씨예요."

미쓰이 씨가 겁에 질린 듯 탕비실 쪽을 보았다.

"저 사람 지시에 못 따라가서 몸살 난 사람도 여럿 있었으니까요."

"……그래요?"

"저 사람, 진짜 악마예요."

"……"

"그 악마가 지금 엉엉 울고 있네요. ……아, 꼴좋다."

⸺

─이제 와서 운다 한들 마유 양은 돌아오지 않습니다.

오카지마 씨, 당신이 마유 양을 죽인 거나 다름없어요.

"아니에요. 아니라고요. 일이 이렇게 될 리 없어요…….
뭔가 잘못된 거예요. 뭔가 잘못된 일이 벌어진 거라고요!"

—단순히 일이 잘못된 게 아닙니다. 아이가 희생됐잖
습니까!

"아."

—왜요?

"그 사람 탓일지도 몰라요. 그 사람이 언니를……."

—무슨 말입니까?

"실은 최근에 저도 한 가지 떠오른 게 있었어요. 아니,
떠올랐다기보다 확신했던 일이 있어요."

—무슨 일인데요?

"저도 60년 전 그 사건이 벌어졌을 때 현장에서 어떤 사
람을 목격한 것 같거든요. 하지만 그게 현실인지 꿈인지
잘 모르겠더라고요. 근데 쓰치야 씨가 떠올려 줬어요. 제
목적은 그거였어요. 당시의 일을 철저하게 재현해서 당
시의 기억을 되살리는 거. ……목표한 대로예요. 쓰치야
씨의 기억이 되살아났잖아요! 이렇게 성공하다니. 상상
그 이상이에요!"

—대체 무슨 소리를 하는 겁니까?

"〈1961 도쿄 하우스〉는 기억 해동 실험이었어요."

—기억 해동이요?

"네. 사람은 살면서 보고 들은 모든 걸 기억해요.

하지만 대부분은 무의식이라는 냉동고에 압축된 상태로 보관되죠.

그래서 해동할 필요가 있었어요.

데이터는 클릭 하나로 간단히 해동돼서 원래 데이터가 되겠지만 사람의 기억은 그렇지 않죠. 어쨌거나 문서가 절단된 후에 압축되니까 어쩌다 해동된다고 해도 기억은 작디작은 단편밖에 되지 않아요.

단편은 덧없는 데다 의미 불명에, 비눗방울처럼 바로 사라져요.

게다가 도움이 되기는커녕 관계없는 단편끼리 들러붙어서 가짜 기억을 재구성하는 경우도 있어요. '기억'이 성가신 이유죠.

그러나 '냄새'는 달라요. '냄새'는 원래 기억과 직결돼 있어요. 그래서 냄새를 맡아 그때까지 의미 불명이고 제각각이던 기억이 순식간에 복원되는 거죠. 이런 걸 '프루스트 효과'라고 해요.

처음에는 저도 반신반의했어요.

그렇지만 그 사람의 제안을 받아서 그 담배를 사용해봤어요. 골루아즈. 그리고 그 담배를 사건 현장…… 어린이 회관 뒤에서 스즈키네 남편 역할을 맡은 사람에게 피우게 했어요."

—그럼 그 남자가 어린이 회관 뒤에서 골루아즈를 피운 건 시나리오였다는 건가요?

"네. 9월 12일 저녁 무렵에 어린이 회관 뒤에서 골루아즈를 피우라……는 지시를 내렸어요.

효과는 직방이었어요.

그 담배 냄새가 다른 '냄새'의 기억을 끌어냈거든요.

이렇게 될 줄이야!

제 기억까지 자극됐잖아요.

지금까지 꿈인지 현실인지, 아니면 그저 착각인지 잘 몰랐던 기억이 또렷한 윤곽을 갖고 제 안에서 복원됐어요.

지금이라면 단언할 수 있어요.

60년 전 사건 당일. 사건 현장에서 전 그 사람을 봤어요.

다카하시 씨를 봤다고요!"

口—口

"저…… 실례합니다."

보조 출연자 한 명이 말을 걸어왔다. 이름이 뭐였더라…….

"어, 왜요?" 미쓰이 씨가 노골적으로 인상을 찌푸렸다. "무슨 일인데요, 다카하시 씨?"

"다카하시 씨라고요?"

다카야가 휙 물러섰다.

"아, 네. 그런데요. 왜 그러시죠?"

다카하시 씨가 어리둥절한 얼굴로 고개를 갸웃거렸다.

"아닙니다……."

다카야가 황급히 의자에 앉았다. 그러고는 동요하는 마음을 억누르면서 손 언저리에 있던 종이컵을 가져왔다.

"……무슨 용건이라도 있어요, 다카하시 씨?"

"저, 왠지 한기가 들어서요."

다카하시 씨가 위팔을 문지르며 앓는 소리를 냈다.

"한기요?"

하지만 열대야다. 실내의 누군가가 부채가 될 만한 물건을 들고 부채질을 하고 있었다.

다카야의 셔츠도 흥건했다. 미쓰이 씨의 이마도 땀투성이가 되었고 앞머리가 찰싹 들러붙어 있었다. 꼭 고케시(머리와 몸통으로만 이루어진 일본의 전통 인형으로 머리카락이 얼굴에 딱 붙어 있는데 미쓰이의 젖은 머리를 여기에 비유한 것이다. - 옮긴이) 같았다.

그럼에도 다카하시 씨는 "너무 추워서 못 견디겠어요."라고 반복해서 말했다.

"……추우세요?"

"네. 아무래도 감기에 걸렸나 봐요."

"감기!"

다카야는 다시 의자에서 물러났다.

설마 코로나19는 아니겠지?

큰일이다. 이런 데서 집단 감염이라도 발생한다면…….

다카야는 마스크를 누르면서 찔끔찔끔 뒤로 물러났다. 미쓰이 씨도 말이 떨어지기 무섭게 어딘가로 사라져 버렸다.

다카하시 씨가 슬슬 다가왔다.

"……그래서 말인데 집에 가고 싶어서요. ……가도 될까요?"

─────

─다카하시라면?

"60년 전에 이 단지로 빵을 팔러 오던 아주머니예요.

남편이 빵을 만들고 부인이 삼륜차를 타고 빵을 팔러 왔어요.

아, 기억나요.

맞아요. ……전 그 아주머니가 불편했어요. 너무 무뚝뚝했거든요. 인사도 받아 주지 않았어요. 외려 노려보기까지 했어요. ……뭐랄까 단지 주민들을 적대시한달까. 단지 자체를 증오한달까. ……이유는 모르지만 일종의 '질투'였을 거예요.

어머니가 자주 말했었죠.

S가오카 단지에 사는 걸 자랑하지 말라고. 아니면 엉뚱한 '질투'를 살 수도 있다고⋯⋯. 그때는 그게 무슨 의미인지 잘 몰랐는데 지금은 알겠어요. S가오카 단지 추첨 배율은 2배수라고도 하고, 3배수라고도 했기 때문에 추첨에서 떨어진 사람들이 상당했을 거예요. 떨어진 사람들은 S가오카 단지 주민을 선망의 시선으로 봤을 게 분명하죠. 선망, 쉽게 말해 '질투'요. 분명 그 이동식 빵집 아주머니도 떨어진 쪽이었겠죠. 그래서 그렇게까지 무뚝뚝했을 거예요. 단지 주민이 부럽고 얄미워서 형식적인 미소조차 지을 수 없었던 거예요.

그런 아주머니가 한번은 단지 내 빵 만들기 교실에 강사로 온 적이 있었어요. 의외라고⋯⋯ 생각했어요. 그렇게 단지 주민을 적대시하면서, 왜? 아니나 다를까 결과는 엉망진창이었어요. 아주머니에게는 강사 역할을 제대로 하려는 의지가 전혀 보이지 않았거든요.

그래서 저희 언니 미요코가 화를 내고 말았어요. 그분 면전에서 '어른인 주제에 무책임하다, 변명은 필요 없다' 하면서.

언니 성격이었어요. 상대가 어른이든 경찰이든 할 말은 했어요. 살짝 성가신 성격. ⋯⋯이러다 일 나겠구나⋯⋯ 싶어서 어린 마음에도 걱정이 됐어요. 제 걱정은 적중했어요. 일은 최악의 형태로 발생했어요.

언니는 살해당했어요.

충격이 너무 큰 탓인지 당시 기억이 애매해요. 아예 기억을 잃어버린 부분도 있고.

한 가지 내내 마음에 걸렸던 게 있었어요. 냄새요.

쓰치야 씨가 그게 효모 냄새일 거라고 했어요.

듣고 보니…… 맞더라고요. 왜냐하면 빵을 먹을 때마다 60년 전의 일이 떠올랐거든요. 빵 속의 효모가 제 기억을 두드렸던 거겠죠.

그리고 오늘 마침내 기억의 문이 열렸어요.

맞아요. 다카하시 씨.

저는 이동식 빵집 아주머니를 사건 당일 사건 장소에서 봤어요!

오후 6시가 되기 조금 전에 언니를 찾으러 어린이 회관까지 갔을 때 다카하시 씨가 갑자기 나타났어요. 무척이나 괴로운 듯 배를 감싸 쥐고 달려갔어요.

너무 순간적이라서 그 광경이 제대로 된 기억으로 남아 있지 않았던 거예요.

하지만 냄새만큼은 또렷하게 제 머릿속에 안착했던 거죠.

효모 냄새!

희미하게 피 냄새도 났어요.

언니는 교살당했다고 했지만 아마 어딘가에 상처를 입

었을 거예요.

　분명 피 냄새도 났으니까요!"

　—잠시만요, 오카지마 씨. 무슨 말이 하고 싶은 거죠?

　"이동식 빵집 부인…… 그러니까 다카하시 씨가 언니를
살해했다고요!"

□─□

　"……저, 집에 가고 싶은데요."

　다카하시 씨가 같은 말을 되풀이했다.

　"상태가 정 안 좋다면 집에 가시는 게 좋겠습니다."

　다카야가 팔로 입가를 누르면서 말했다. 그런데 다카
하시 씨가 계속해서 다가왔다.

　"이런 상태에서 그냥 가도 될까요? 경찰이 여기서 꼼짝
하지 말라는데?"

　"경찰이 여기 있으라고 한 건 맞지만……."

　사실 경찰의 지시에 강제력은 없었다.

　실제로 나카하라네 남편은 조금 전부터 자리를 비웠고
요시모토 씨도 돌아오지 않았다.

　한번 얼굴을 비친 G방송국 편성국장 오바야시 씨도 어
딘가로 가 버렸다. 무라마쓰 씨도 그렇고.

　……그러고 보니 사카가미 여사도 안 보이네.

이곳은 밀실도 그 무엇도 아니다. 탈출하려고 마음먹으면 언제든지 실현 가능했다.

"……다카하시 씨도 집에 가세요. 지금 바로."

다카야는 다카하시 씨로부터 달아나다시피 하며 말했다. 그때였다.

"안 됩니다! 움직이지 마세요!" 하는 제복 입은 경찰의 목소리가 들렸다.

다카야는 총구를 맞닥뜨린 범인처럼 갑자기 양손을 들었다.

제복 경찰은 다카야를 빤히 노려보더니 그 시선을 다카하시 씨에게 보냈다.

"다카하시 씨, 한번 더 탕비실로 들어가 주세요."

□—□

—왜 그러시죠? 떨고 있는데. 추우십니까?

"네. 한기가 좀 들어서요……."

—한기요? 이렇게 더운데요? 보시다시피 전 땀투성이예요.

"왠지 감기에 걸린 것 같아요."

—그래요? 거참 큰일이네. 조금밖에 안 남았으니 참아주세요.

탕비실.

사복 경찰에게 면담 조사를 받는 사람은 다카하시 요시오였다.

그리고 어찌된 영문인지 다카야도 그 자리에 있었다.

다카하시 씨가 제복 경찰에게 호명되어 근처에 있던 다카야까지 탕비실로 끌려왔던 것이다.

"시간이 얼마 없습니다. 지금부터는 두 사람씩 이야기를 듣겠습니다."

경찰이 말했다.

두 사람씩이라니. ……조사하는 의미가 있나? 미심쩍었지만 다카야는 경찰의 말을 따르는 수밖에 없었다.

탕비실에 들어가자 다카야의 의심은 더욱 깊어졌다.

오카지마 씨가 있었기 때문이다.

둘이 아니라 셋이서 면담을 한다고?

이건 또 뭐야?

하지만 있을 수 있는 일일지도 모른다. 다카야가 생각하는 '면담 조사'는 어차피 텔레비전 드라마에서 본 것이다. 어쩌면 드라마에 나오는 장면은 정형화된 것에 불과하며 실제로는 여럿이서 조사를 받는 일도 있을지 모른다.

애초에 경찰서가 아닌 사건 현장에서 조사 중이다. 이런 장면은 텔레비전 드라마에서 본 적이 없다.

다만 조사를 맡은 남자 경찰은 드라마에 있을 법한 스

타일이다.

올백에 안경을 끼고 이 더운 날 쓰리 피스 정장을 입고 있었다. 마치 장수 프로그램인 모 경찰 드라마(일본의 장수 드라마 '파트너'에 출연하는 미즈타니 유타카가 늘 이런 모습으로 등장한다. – 옮긴이)의 주인공 같았다.

정성스럽게 찻잔까지 있었다.

"시간이 벌써 이렇게 됐습니다. 날짜가 바뀌려 하고 있어요. 지금부터는 진도를 팍팍 나가려고 합니다."

안경을 쓴 형사가 선언하듯 말했다.

□—□

—확인하고 싶은 게 있어서 다카하시 씨를 다시 불렀습니다.

"확인이라니 뭔가요?"

—지방에 거주하죠?

"네."

—집은 전철로 1시간가량 떨어진 데 있고요?

"네. 그렇습니다."

—그 집은 본가입니까?

"네. 태어나서부터 쭉 같은 데서 살고 있습니다."

—아까 부모님이 S가오카 단지에 입주 신청을 했다고

하셨는데.

"네. 그렇습니다. 하지만 추첨에서 떨어졌습니다. ……
애초에 조건을 충족하지 못해서 추첨하기 전에 제외됐을
거예요. 그래서 하는 수 없이 지금 사는 곳에 땅을 빌려 집
을 지었다고 들었습니다."

—어제가 생일이었다고 하셨죠?

"네. 60년 전 어제 태어났습니다."

—태어난 시간은요?

"밤 10시 정도라고 들었습니다."

—그때 이야기를 부모님한테 들은 적이 있습니까?

"아, 네. 자주 들었습니다. 어머니가 외출을 했다가 갑
자기 산통을 느껴 그길로 산부인과로 달려갔다고요.
……꽤 위험한 상태였던 듯합니다. 출혈도 심하고 자칫
잘못했더라면 사산됐을 수도 있었대요."

—그때 어머니가 어디로 외출하셨는지 아십니까?

"자세히는 못 들었습니다. ……아마도 일 때문에 나간
듯합니다."

—어머니의 직업은 무엇이었습니까?

"빵 장사를 하셨다고 들었습니다. 아버지가 빵을 굽고
어머니가 삼륜차로 빵을 팔았다고요."

"어!"

목소리를 낸 사람은 오카지마 씨였다.

"당신, 이동식 빵집 다카하시 씨네 아들이었어?"

오카지마 씨의 얼굴에 핏기가 전혀 없었다. 포커페이스를 뛰어넘어서 마치 갓 떠오른 익사체 같았다.

다카야는 그 광경을 아연실색하며 지켜보았다.

……대체 뭐지? 무슨 일이 벌어지고 있는 거야?

"네. 부모님이 이동식 빵집을 했습니다." 다카하시 씨가 당혹스러워하면서 대답했다. "……근데 이동식 빵집은 제가 초등학교에 올라갔을 무렵 폐업했어요. 아버지는 지금도 자주 빵을 만들어 주세요. 오늘도 어김없이 저를 위해 빵을 구워 놓고 기다리고 계실 거예요."

"어머니는요?" 오카지마 씨가 형사를 제쳐 놓고 질문했다.

"어머니는 돌아가셨어요."

"돌아가셨다고요……?"

"네. 작년에 돌아가셨습니다."

"작년……."

오카지마 씨가 바닥에 맥없이 쓰러졌다.

안경 형사가 그녀의 어깨를 툭툭 다독였다.

"오카지마 씨, 안타깝지만 이로써 사건의 진상은 또다시 어둠 속으로 빠져들겠네요."

"네?……아니, 도대체 무슨 일이에요?"

다카하시 씨가 새빨간 얼굴로 말했다.

실제로 열이 있을지 모른다. ……신종 코로나일지도 모른다! 다카야가 물러났다.

"진상이라니. 뭐냐고요. 우리 어머니가 뭘 어쨌는데요?"

다카하시 씨는 도깨비 같은 형상으로 안경 형사를 물고 늘어졌다.

"진정하세요, 다카하시 씨. ……실은 말이죠. 오카지마 씨 언니가 60년 전 오늘 시체로 발견됐었어요. 누군가에게 살해당해서. 근데 범인을 못 잡았고, 사건은 미제로 남았어요."

"미제요……?"

"네. 오카지마 씨는 60년의 세월 동안 괴로워해 왔어요. 그 괴로움을 덜기 위해서 〈1961 도쿄 하우스〉를 기획했던 거고요."

역시! 다카야가 자리에서 일어났다.

"오카지마 씨는 〈1961 도쿄 하우스〉로 60년 전을 재현하면 사건의 진상이 떠오르지 않을까 했답니다. 결과적으로 새로운 증언을 얻을 수 있었습니다. 쓰치야 씨라는, 이 단지에서 60년간 거주한 여성의 기억이 되살아났어요. 그리고 그 기억에 반응하듯이 오카지마 씨의 기억도 되살아났습니다. 두 사람이 기억해 낸 건 '다카하시', 즉 '이동식 빵집'의 아주머니였습니다!"

안경 형사가 탕 소리가 나도록 테이블을 세게 내리쳤다.

다카야는 여전히 어안이 벙벙한 얼굴로 그 모습을 지켜보았다.

……드라마 같다. 말하자면, 쇼와 시대의 형사 드라마. 너무 연기 톤이었다.

……진짜 형사는 원래 이런가?

"네? 그게 무슨 말이에요?"

어딘지 모르게 다카하시 씨도 연기를 하는 것 같았다. ……어쩌면 인간은 극도의 상황에 몰리면 이렇게 정형화된 반응을 취하는 법일지도 모른다. 제삼자의 입장에서는 다카야도 얼빠진 삼류 배우 같을 테다.

다카하시 씨는 관록 있는 명조연처럼 의자에서 일어났다.

"형사님, 혹시 60년 전 여아 살해 사건에 저희 어머니가 연루됐다는 말씀이 하고 싶으신 건가요?"

"그럴 가능성이 충분히 있습니다." 안경 형사가 안경을 작위적으로 슥 올렸다. "다카하시 씨, 아까 조사할 때 말씀하셨죠. 어머니가 이 단지 주민을 질투했다, 원망했다……고. 돌아가실 때까지."

"네. 사실입니다. 어머니는 이 단지를…… 아."

순간 다카하시 씨의 시선이 허공으로 떠올랐다.

"왜 그러세요?"

"……방금 생각났는데요."

다카하시 씨가 천천히 허리를 의자에서 뗐다.

한동안 그의 시선이 요동쳤다. 그러다 포기한 듯 숨을 한번 내쉬었다.

"그렇군요. ……그런 거였군요."

다카하시 씨가 신음하듯 중얼거렸다. 다리를 덜덜 떨고 있어서 테이블이 덩달아 덜컹거렸다.

덜컹덜컹…… 덜컹덜컹…….

덜컹덜컹…… 덜컹덜컹…….

덜컹덜컹…… 덜컹덜컹…….

덜컹덜컹…… 덜컹덜컹…….

듣기 싫은 소리를 무마하려는 듯 다카하시 씨가 조용히 말을 이어 나갔다.

"……어머니의 원망하는 마음이 왜 그렇게 큰지 너무 궁금해서 한번은 아버지에게 물어본 적이 있어요. 그랬더니 아버지가 마지못해 말했어요.

'네 엄마는 단지 주민들한테 무시당했었어. 빵집 할망구라는 둥 냄새가 난다는 둥……. 특히 아이들 놀림이 심했어. 엄마가 몇 번이나 그 단지로는 가고 싶지 않다면서…… 울기까지 했어. 근데 S가오카 단지에는 단골이 많아서 빵을 팔러 갈 수밖에 없었어. 아무리 무시당해도 빵을 안 팔면 생계 유지가 안 되니까. 출산도 임박했고. 열심

히 살아야 했어. 그러다 결국 폭발하고 말았지…….'

이후에 아버지는 입을 닫았어요. 그다음에는 아무리 졸라도 알려 주지 않았어요. 그런데……."

다카하시 씨의 다리 떨림이 더욱 심해졌다.

"어쩌면 저 역시 어렴풋이 알고 있었을지도 몰라요. 제 생일은 늘 장례식 같았거든요.

……비유적으로 하는 말이 아니라 진짜로 장례식 같았어요. 테이블에는 흰 국화가 놓였고 어머니는 상복 같은 검은 옷을 입었어요. 생각해 보면 케이크의 초도 이상했어요. ……불단용 초였어요. 그리고 처음에 자른 케이크는 내 앞이 아니라 식탁 가장자리에 놓였어요. 누구 거냐고 물으면 어머니는 '부처님한테 드리는 공양이야.'라고 말씀하셨어요. ……지금 생각해 보면 '부처님'이라는 건 혹시……."

"그건—." 안경 형사가 양손으로 요란하게 테이블을 짚으며 몸을 내밀었다. "당신 어머니가 야마다 미요코를 살해한 범인이라는 건가요?"

"……아마도."

다카하시 씨가 고개를 숙이면서 말을 이어 갔다.

"아마도…… 아니, 틀림없어요. 맞아요. 어머니가 범인이에요! 네! 증거도 있어요!"

"증거요?"

"작년에 어머니가 돌아가셨을 때 유품을 정리했는데 버들고리에서 낯선 물건을 하나 발견했어요."

"그게 뭐였죠?"

"빨간 줄넘기."

"빨간 줄넘기?" 오카지마 씨가 비틀거리며 일어났다. 그러고는 물었다.

"혹시 손잡이에 개 그림이 있는 줄넘기예요?"

"네. 손잡이에 개 그림이 있었어요."

"아…… 틀림없어요……."

오카지마 씨가 양손으로 자신의 얼굴을 감쌌다.

"……언니 거예요. 언니 줄넘기예요! ……늘 이상했어요. 언니는 분명 줄넘기를 하러 나간다고 했는데 정작 줄넘기를 못 찾았거든요. 그래서 제 착각인가 했어요. ……착각이 아니었네요. 언니는 집에서 나갈 때 줄넘기를 가져갔던 거예요!"

"그뿐만이 아니에요." 다카하시 씨가 넋이 나간 얼굴로 천장을 올려다보았다. "……손수건도 있었어요. 장미 자수가 들어간 손수건. 줄넘기랑 같이 있었어요."

"그 손수건도 언니 거예요!" 오카지마 씨는 어느새 소리를 지르고 있었다. "언니가 흰 손수건에 직접 장미를 수놓았어요! 이니셜도 놔져 있었을 거예요. 'M·Y'라고."

"네. 'M·Y'라는 수가 놔져 있었어요."

"아아아아아!"

오카지마 씨가 짐승처럼 소리를 질렀다.

그녀의 얼굴이 눈물로 엉망이 되었고 시선은 흐리멍덩했다.

다카야는 놀라서 몸을 움츠렸다. 그녀가 당장이라도 다카하시 씨를 덮칠 듯한 기세였기 때문이다.

"줄넘기? 다카하시 씨 어머니는 왜 그런 걸 숨겨 놨을까요?"

안경 형사가 태평하게 안경을 치켜올렸다.

"······혹시 흉기가 아니었을까요?"

다카야가 조심스럽게 끼어들었다.

"흉기?" 안경 형사가 이쪽을 빤히 쳐다보았다.

"야마다 미요코 양은 교살됐죠?"

"네. 기록상으로는 그렇습니다."

"미요코 양은 줄넘기에 목이 졸렸을 거예요. 다카하시 씨의 어머니에 의해서."

□—□

"좋았어!"

G방송국의 편성국장 오바야시가 축구를 관람하는 서포터처럼 양손을 치켜들고 몸을 살랑살랑 흔들었다.

"좋았어. 좋았어!"

사카가미 노리코가 질렸다는 듯 그 모습을 응시했다.

S가오카 단지 특설 스태프 룸이었다.

여기는 이른바 VIP 룸으로 보조 출연자는 물론 현장 스태프에게도 알려져 있지 않은 곳이다.

이곳에 출입할 수 있는 사람은 일부 방송국 스태프, 구체적으로 말하자면…… 편성국장 오바야시, 기획 피디 마에카와, 광고 회사 담당, 구성 작가, 그리고 피디 사카가미 노리코였다.

방에는 텔레비전 모니터가 쭉 나열되어 있었다. 모니터에는 각 장소에 설치된 카메라 영상이 나오고 있었다. 그리고 방 한가운데에 놓인 한층 더 큰 텔레비전 모니터에는 어린이 회관 탕비실의 모습이 나오고 있었다.

"일이 이렇게 잘 풀릴 줄이야!"

오바야시 국장이 의기양양하게 턱을 문질렀다.

"근데 저 안경 쓴 형사 못 쓰겠다. 너무 작위적이야. 대체 어디서 데려온 배우야?"

오바야시 국장이 물었다.

"'극단 초절!'의 배우예요."

사카가미 노리코가 작게 답했다.

"아, 그 극단 출신 배우들은 지나치게 오버하는 것 같아. 다른 배우는 없었어? 더 자연스럽게 연기를 할 수 있는 배우. 다른 경찰도 왠지 틀에 박힌 것 같단 말이야. 이러면 너무 드라마 같잖아!"

아니, 드라마 아닌가. ……재현 드라마.

사카가미 노리코는 마음속으로 독설을 퍼부었다.

경찰도 형사도 모두 배우다. 연기인 것이다. 그리고 이 아이도…….

사카가미 노리코가 고개를 돌렸다. 그곳에는 과자를 집어 드는 여자아이가 있었다.

고이케 마유가 오도카니 앉아 있었다.

이 아이의 연기력은 대단하다.

오디션 때부터 뭔가 다르다고 생각했다.

6월에 실시되었던 오디션 개별 면접 때 이 아이는 면접장에 들어서자마자 느닷없이 이렇게 말했다.

"제 꿈은 배우입니다!"

—어머, 그러니? 근데 오늘 하는 건 배우 오디션이 아니야.

"알아요. 리얼리티 쇼 맞죠? 근데 아무리 리얼리티 쇼라고 해도 어느 정도의 '연출'이 있는 법이잖아요? '연출'이 있다는 건 '연기력'도 필요하다는 뜻이고요?"

—그건…….

"저 리얼리티 쇼 엄청 좋아해요. 국내 것은 물론이고 해

외 것도요. 유튜브에서 자주 봐요. 그래서 잘 알아요. '리얼'이 아니고 '연출'이고 '연기'라고."

—응. 물론 그런 짜고 치기 리얼리티 쇼도 있어. 그렇지만 이번 기획은…….

"그것도 알아요. 이번 기획은 아마추어의 '순수'한 반응이 필요하신 거잖아요. 그래서 일부러 '특정 프로덕션이나 상업적인 극단에 소속돼 있는 분이 한 명이라도 있는 가족은 지원할 수 없습니다'라는 조건을 다셨고요."

—맞아. 출연자 가족은 아마추어여야 해.

"그래도 출연자 전원이 '아마추어'면 원하는 그림이 안 나올 텐데요.

물론 아마추어의 '순수'한 반응도 필요하지만 '연기'를 할 수 있는 사람을 섞지 않으면 실패할 거예요.

연기자가 아닌 아마추어, 연기를 하는 프로, 그리고 숙련된 연출자.

이 셋의 균형이야말로 리얼리티 쇼의 핵심 아닌가요?

전 단순 '아마추어'지 '배우'나 '프로'가 아니에요. 하지만 연기는 자신 있어요. 제 연기력으로 지금까지 몇 사람이나 속였는지 몰라요. 특히 여동생은 바로 속아요. 부모님을 속이는 일도 누워서 떡 먹기예요. 바로 세뇌돼서 동요될걸요. 저희 가족은 이 기획에 안성맞춤이에요. 조금만 자극해도 제작진의 의도대로 움직여 줄 테니까요.

그 고삐를 제가 쥘 수 있게 해 주세요. 저라면 가능해요. 부디 저한테 맡겨 주세요!"

솔직히 혀를 내둘렀다.

소카이샤의 오카지마 마키코는 당황했는지 한마디도 못했다.

하지만 자신들의 계획에 필요한 인물임은 확실했다.

"그 아이 정도면 괜찮을 것 같은데?"

맨 처음에 입을 연 사람은 구성 작가였다. "그 정도로 대담한 아이라면 우리의 의도를 파악해서 제 역할을 잘 해 주지 않을까요?"

노리코도 이견이 없었다.

그리하여 고이케네는 가족B⋯⋯ 즉, '야마다네'가 되었다.

"근데 그 애 말이에요. 너무 대담해서 외려 연기 같아 보이진 않을까요?"

오카지마 마키코는 마지막 순간까지 난색을 표했다.

"나도 그 점이 신경 쓰이긴 해." 노리코도 동의했지만 "근데 여느 아역한테 없는 명랑한 분위기가 있어. 더구나 그 애가 말한 대로 너무 아마추어만 있으면 그림이 안 나오잖아." 하고 말했다.

"그렇지만⋯⋯."

"어쨌거나 곧 무대의 막이 오를 거예요. 이제 돌이킬 수 없어요. 우리도 배우의 한 사람으로서 역에 몰두하도록 하죠."

상황은 이러했다.

〈1961 도쿄 하우스〉의 진짜 목적은 〈Q시 여아 살해 사건〉을 재현하고 어둠에 묻혀 있던 진실을 떠오르게 하는 것이었다.

맨 처음에 이 이야기를 오카지마 마키코가 가져왔을 때는 어처구니가 없었다.

"진심으로 하는 말이야?"

도저히 믿을 수 없어서 메일 내용을 몇 번이나 다시 읽었다.

'—평생에 딱 한 번 드리는 부탁입니다. 도와주실 수 없을까요?'

조연출 시절에 몇 차례 오카지마 마키코의 도움을 받았다. 그녀는 이른바 은인이다. 지금의 자신이 있는 것도 오카지마 마키코 덕분이라고 할 만큼.

그런 은인에게 '일생에 한 번뿐인 부탁'을 받았으니 딱 잘라 거절할 수 없다.

"알겠어요. 우선 오카지마 씨네 회사가 프레젠테이션을 할 수 있도록 기획 회의에서 말을 꺼내 볼게요."

노리코는 되는 대로 그리 답했다.

"근데 아무래도 〈Q시 여아 살해 사건〉의 재현 드라

마……라는 기획으로는 안 될 거 같아요. 오바야시 국장이 재현 드라마를 무시하는 경향이 있어서요."

'알고 있어요. 마침 괜찮은 기획이 들어와서 우선 그걸 이용해 보려고요.'

"좋은 기획이라면?"

'프리랜서 작가가 들고 온 건데요. 120년 전의 생활을 일반 가족이 체험한다……는 기획이에요.'

"그렇군요. 쓸 만하겠네요. 우선은 그 기획을 도마 위에 올리고 이런저런 의견을 내서 1961년 단지……라는 설정으로 바꾸도록 하죠."

'그래요. 그리고 출연자는 두 가족으로 해서…….'

이후부터는 일이 척척 진행되었다. 계획된 대로 일이 너무나도 잘 진행되어 소름이 돋을 정도였다.

죄다 구성 작가의 시나리오 덕분이었다.

시나리오에는 '〈Q시 여아 살해 사건〉을 충실하게 재현하기 위해 야마다네 장녀 역(고이케 마유)을 살해한다'라고 되어 있었다.

그리고 '어린이 회관에 관계자를 감금하고 그 자리에서 면담 조사를 실시한다'라고도 되어 있었다.

처음에는 그 기상천외한 내용에 "어……." 하고 할 말을 잃었었다.

하지만 오바야시 국장은 열정적으로 엄지를 치켜세워

보였다.

"괜찮네. 아주 괜찮다! 난 이런 게 좋더라!"

"야마다네 장녀를 살해한다……라니. 아무리 그래도 그렇지."

노리코가 떨리는 목소리로 항의했다.

"물론 그것도 연출이에요."

오도카니 앉아 있던 구성 작가가 대꾸했다.

"알고 있어. 내 말은, 그렇게까지 '연출'이 필요하냐는 건데―"

"필요하다고 봐요. 〈Q시 여아 살해 사건〉의 진상을 밝혀내려면 이 정도 자극은 필요해요."

"그래도 그런 연출에 대해서 피험자한테 하나도 안 알려 줬잖아! 정말 살해당한 것처럼 가장하는 거지?"

"그렇죠. 근데 그게 리얼리티 쇼 아니겠어요? 피험자를 속여서 반응을 보는 거요. 그게 리얼리티 쇼의 묘미 아닐까요?"

"그래도……."

"〈Q시 여아 살해 사건〉을 단순히 재현만 한다면 이 기획은 대실패예요. 일반 재현 드라마랑 다를 게 뭐가 있겠어요. 근데 우리 방송은 리얼리티 쇼잖아요. 피험자들이 사건에 휘말려 경찰에 감금당하고 용의자로서 조사를 받는다. 그리고 그 상황을 남김없이 시청자에게 보여 준다.

이거야말로 〈1961 도쿄 하우스〉의 메인 테마라고요."

"그래도⋯⋯."

"사카가미 씨, 당신도 주모자예요. 그리고 오바야시 씨랑 마에카와 씨도요."

이름이 언급되자 오바야시 국장과 마에카와 기획 피디가 초등학생처럼 신나서 떠들어 댔다.

"우리도 주모자야?"

"재밌겠다! 가슴이 막 뛰는데!"

하지만 노리코는 왠지 석연치 않았다.

"주모자는 오바야시 씨랑 마에카와 씨, 그리고 나⋯⋯ 뿐이야?"

"그리고 고이케 마유. 그 아이가 죽어 줘야죠. ⋯⋯물론 연기로."

"소카이샤의 오카지마 씨는?"

"그 사람은 피험자 쪽으로 돌렸어요."

"무슨 소리야?"

"시나리오가 하나 더 있어요."

"시나리오가 두 개야?"

"몰카 같은 데 흔히 있는 설정이에요. 달리 말하자면, 중첩 구조라는 건데요. 어떤 집단에는 A라는 시나리오를 주고 또 어떤 집단에는 B라는 시나리오를 주는 거예요. A에서 주모자였던 사람을 B에서는 속는 쪽으로 돌리는 거죠."

"그러니까, 오카지마 씨가 주모자라고 생각하게 만드는데 실제로는 피험자 쪽의 한 사람이란 소리야?"

"네. 시나리오A에서는 오카지마 씨가 주도해서 〈Q시 여아 살해 사건〉을 재현하고 진상을 쫓는다……는 흐름으로 돼 있어요.

그리고 시나리오B에서는 피험자인 고이케 마유 양이 살해당해 어린이 회관에서 경찰에게 조사를 받는다……는 흐름이에요.

물론 오카지마 씨에게는 시나리오A만 줄 거예요."

"그럼 마유 양이 정말로 살해당했다……고 오카지마 씨가 생각하게끔 한다는 거야?"

"그렇죠. 자신이 기획한 방송 때문에 살인 사건 피해자가 나오고, 혼란스러워하는 오카지마 씨를 카메라로 담을 거예요."

고약한 취미 아닌가?

그리 생각했지만 노리코는 그 말을 입 밖으로 꺼내지 않았다. 왜냐하면 오바야시 국장이 아주 좋아하는 프라모델을 앞에 둔 어린아이처럼 눈을 반짝반짝 빛내고 있기 때문이다. 오바야시 국장을 이렇게까지 흥분시켰으니 결단을 내리고 달려 나가는 수밖에 없다.

결국 시나리오A는 오카지마 마키코에게, 시나리오B

는 오바야시 국장, 마에카와 기획 피디, 고이케 마유, 노리코에게 맡겨졌다.

그 외 구성원들은 모두 피험자로 설정하고 시나리오를 주지 않았다.

단, 오카지마 마키코가 개인적으로 쓴 시나리오를 보조 출연자에게 주었다. 물론 그 시나리오는 어디까지나 '보조 출연자용'으로 고이케 마유가 살해당하는 전개가 펼쳐질 줄은 꿈에도 생각지 못할 테다.

지금 모니터에 등장하는 어린이 회관의 피험자들은 모두 고이케 마유가 진짜로 살해당한 걸로 착각하고 있다. 경찰도 진짜라고 생각한다.

이런 게 바로 리얼리티 쇼다.

심지어 〈Q시 여아 살해 사건〉의 진범까지 밝혀냈다.

아무리 잘 짜인 시나리오라 하더라도 이렇게까지 들어맞을 수 있나?

진범의 아들이 보조 출연자 중 한 사람이라니……. 더구나 우연히 남겨진 보조 출연자 중 한 사람이 진범의 아들이라니…….

"납득이 잘 안 가요."

구성 작가가 말을 걸어왔다.

"그러니까. 왠지 여러모로 신경이 쓰이네. 너무 잘 굴러가서. 저 다카하시라는 보조 출연자—"

"아, 그건 장치예요."

"장치?"

"본인은 장치로 심어졌다고…… 생각하지 않는 듯하지만."

"무슨 소리야?"

"〈Q시 여아 살해 사건〉을 철저하게 조사했어요. 그러다 용의자 중 한 명이 이동식 빵집 부인……이라는 걸 알게 됐어요. 근데 증거 불충분이었어요. 무엇보다 사건 당일 진통이 오는 바람에 급히 산부인과에 갔다고 증언해서, 초반에 경찰이 용의자 명단에서 제외시킨 모양이더라고요. 그럼에도 경찰에서는 그녀가 수상쩍다……는 소문이 뿌리 깊게 퍼져 있었고요."

"진짜?"

"네. 사건을 수사했던 경찰을 마구잡이로 조사했어요. ……힘든 작업이었어요. 60년 전 사건이라 지금까지 살아 있는 사람이 적어서. 그러다 운 좋게 전직 경찰과 연락이 닿아서 얘기를 들을 수 있었어요. 이동식 빵집 부인이 진범으로 보였다……고.

그래서 도박을 했죠. 이동식 빵집 부인의 외아들 다카하시 요시오를 흔들어 보자고요."

"그래서 그 사람을 〈1961 도쿄 하우스〉에 출연시킨 거야?"

"네. 그 사람 집 우편함에 직접 보조 출연 모집 전단지를 넣어 놨어요."

"그랬더니 그 사람이 감쪽같이 걸려든 거네. ……그렇군."

노리코는 고개를 끄덕여 보였지만 완전히 납득한 건 아니었다.

무언가가 마음에 걸렸다. 무언가가…….

팔짱을 끼고 하늘을 올려다보았을 때였다.

모니터 속 어린이 회관이 몹시 소란스러웠다. 어린이 회관의 상황을 비추는 모니터에 초로의 남자가 계속해서 소리를 지르는 모습이 나타났다. S가오카 단지의 자치회장 무라마쓰 씨였다.

'남자가 죽었어요! 물탱크 밑에 남자가! ……스즈키네 남편이 죽었어요!'

스즈키네 남편? 나카하라 미키히로가…… 죽었다고?

사카가미 노리코가 무심코 일어섰다.

"스즈키…… 아니, 나카하라네 남편이 죽었다고? ……이게 무슨 일이야?"

노리코는 좀처럼 상황을 받아들이지 못하고 있었다. 그리고 "대체 무슨 일이야?" 하고 허수아비 같은 얼굴로 당황해하는 구성 작가에게 다가갔다.

"이번에는 우리를 속이는 거야? 무라마쓰 씨도 주모자

지? 시나리오 있지? 이것도…… 몰카지? 시나리오C가 존재하는 거지?"

하지만 구성 작가는 고개를 가로저었다.

"아니요. 그런 시나리오는 없어요. 시나리오C는 없다고요!"

"그럼, ……무슨 일인데?"

"진짜로 사람이 죽은 것 같아요! 나카하라 미키히로가 죽었어요!"

"왜?"

"그건 저도 모르죠……."

"사고 아냐? 사고가 났어! 국장님, 어떡해요?"

뒤를 돌아보았지만 그곳에는 아무도 없었다. 방에 있는 사람은 구성 작가, 노리코, 고이케 마유뿐이었다.

문밖에서 소리가 들렸다. 광고 회사 담당이 통화하는 소리가 들렸다.

"사건이 난 모양입니다. 이 안건에서 손을 떼는 편이 좋을 듯합니다."

얼마 후 인기척이 완전히 사라졌다.

"……다들 발 빼는 일 하나는 무지하게 빠르네요."

구성 작가가 희미하게 웃었다. 그러면서 "저도 도망갈까요?"라고 말했다.

노리코는 문득 손목시계를 보았다.

자정에서 30분 정도 지나 있었다.

"〈Q시 여아 살해 사건〉에서도 사건 이튿날에 남자가 죽었지?"

"네. 용의자 스즈키 게이타로가 사망한 채로 발견됐어요."

노리코의 겨드랑이에 끈적하게 땀이 배어 나오기 시작했다.

"무슨 일이야? 〈Q시 여아 살해 사건〉 재현이 아직 안 끝났다는 소리야?"

탕비실에서는 여전히 면담 조사가 이어지고 있었다.

뭐지? 밖이 시끌벅적한데.

후카다 다카야는 문 건너편에 의식을 집중시켰다. "죽었어요. 죽었어요."라고 누군가가 외치는 듯했다. ……이 목소리가 누구더라.

무라마쓰 씨?

"거기 당신, 집중하세요."

안경 형사가 다카야를 빤히 노려보았다.

다카야는 움찔하며 급히 원래대로 몸을 돌렸다.

그건 그렇고 형편이 어떻게 돌아가는 판국인지 당최

모르겠다.

　방금 전에 〈Q시 여아 살해 사건〉의 진범이 폭로되었다. 60년이 넘은 미제 사건이 해결되려는 순간이다.

　이게 방송에 나가면 엄청난 반향이 일어날 테다. 시청률은 얼마나 나올까? 20퍼센트? 아니면 30퍼센트? 높은 시청률을 기록하면 기획 원안을 낸 자신에게도 어떤 포상이 있으려나?

　아니다. 사람 하나가 희생되었다. 역시 방송은 폐기될 테다. 이런 걸 방송하면 시청자 항의가 줄을 이을 테고 방송 통신 위원회에서도 가만있지 않을 테다.

　다카야는 조용히 한숨을 쉬고 안경 형사와 대치 중인 다카하시 씨를 바라보았다.

　"……맞아요. 전 예전부터 마음속으로 어머니의 범행을 의심하고 있었습니다."

　다카하시 씨가 고개를 숙이며 중얼거렸다.

　　　　　　　　　　◦—◦

　"제가 어머니를 의심한 건 열다섯 살 때였습니다. 그해 생일은 평소와 달랐습니다. 평소 같았으면 장례식과 다름없었을 생일에 '친구를 불러서 화려하게 생일 파티를 하자.'라고 어머니가 말했거든요.

그때까지 아무리 졸라도 생일 파티를 해 주지 않았는데 말이죠. '이제 와서 왜?' 하는 생각이 들었어요. 중학생이 되고 나서는 생일 파티를 하는 친구들이 많지 않았으니까요.

'그런 창피한 걸 왜 하라는 거야?'

외려 제가 탐탁지 않았어요.

'화려하게 축하해 주고 싶어서 그래. 드디어 15년이 지났으니까!'

어머니는 쉽게 물러서지 않았습니다. 어쩔 수 없이 가족끼리라도 고깃집에서 생일을 축하하기로 했어요. 어머니는 새빨간 원피스까지 입었고요.

어머니의 활기찬 모습이 뭔가 석연치 않았어요. '드디어 15년이 지났다'고 한 말도.

비슷한 시기에 미스터리 소설을 읽어서 문득 '공소 시효'라는 단어가 떠올랐어요.

15년이라는 기간은 살인 같은 중범죄의 공소 시효 기간과 일치했어요. 지금이야 살인의 공소 시효가 철폐됐지만 아시다시피 당시에는 15년이었잖아요.

혹시 어머니가 15년 전에 어떤 죄를 저지른 건 아닐까? 그리고 그게 〈Q시 여아 살해 사건〉과 관련된 게 아닐까?

언젠가 제가 '옛날에 S가오카 단지에서 살인 사건이 났대.' 하고 아무 생각 없이 화제를 꺼낸 적이 있는데 어머니가 불같이 화를 냈어요. '그 사건은 절대 입에 올리지 마……' 하면서. 이후로 저희 집에서 〈Q시 여아 살해 사건〉에 대해 언급하는 일은 금기시되고 있었죠.

근데 제 속에 의심이 남아 있었어요. 어쩌면 어머니랑 관련이 있을지도 모른다……는.

그리고 작년에 버들고리에서 줄넘기와 손수건을 발견하고 제 의심은 확신으로 바뀌었어요.

그렇지만……벌써 60년이 흘렀어요. 공소 시효는 진즉에 끝났어요. 이대로 못 본 걸로 하자……고 생각했죠.

'그래도 될까?'라는 생각을 안 한 건 아니었어요. 이래서야 어머니가 성불할 수 있을까? 죄를 숨긴 채 저세상에 갔을 때 염라대왕이 지옥에 떨어뜨리는 건 아닐까? 어머니가 죄를 자백하고 속죄를 바라지 않았을까? 그렇기에 줄넘기와 손수건을 처분하지 않고 내내 간직한 게 아닌가? 하지만 60년 전 이야기고—.

이런 식의 갈등이 요 1년간 내내 제 안에서 소용돌이치고 있었어요.

정말로…… 정말로 괴로웠어요. 미친 듯이 괴로웠다고요! 제 머리 좀 보세요. 1년 만에 완전히 벗겨졌어요! 체중도 그렇고. 1년 전에는 80킬로그램 가까이 나갔는데 지금은 60킬로그램까지 빠졌어요! 줄넘기와 손수건을 몇 번이나 버리려고 했는지 모릅니다!

하지만 그럴 수 없었어요. 그럴 수 없었다고요!"

"전 피해자 가족은 물론 가해자 가족에게도 공소 시효는 없다고 봅니다."

안경 형사가 그럴싸한 말을 늘어놓았다.

"하지만 말이죠. 이걸로 모두 해결됐습니다. 60년간의 고통은 과거로 흘려보내고 미래라는 바다를 향해 새롭게 헤엄치는 겁니다!"

뭐? 이 남자 무슨 소리를 하는 거야?

그렇게 해서 피해자가 나오는 거잖아.

〈Q시 여아 살해 사건〉에서 야마다 미요코만 사망한 게 아니라 사건 이튿날에 스즈키 게이타로 씨가—.

"무슨 해결이 돼요."

다카야의 마음속 목소리를 대변하듯 오카지마 씨가 주먹으로 테이블을 내리쳤다.

안경 형사는 선생님에게 혼난 아이처럼 순간적으로 몸이 굳었다. 쓰리 피스 정장이 더웠는지 이마가 땀으로 흥건했다.

안경 형사뿐만이 아니다. 다카야의 몸에서도 비 오듯 땀이 흘렀다.

더웠다. 말도 안 되게 더웠다. 에어컨이 고장이라도 난 건가?

오카지마 씨 역시 이마에 맺힌 땀을 연신 닦아 냈다.

"〈Q시 여아 살해 사건〉은 해결되지 않았어요. 용의자였던 스즈키 게이타로도 죽었어요. 살해당했는데 범인을 못 찾았어요. 그럼 뭐, 스즈키 게이타로도 다카하시 씨의 어머니가 죽였다는 말인가요?"

"네……?" 다카하시 씨도 자기를 노려보는 선생님을 본 아이처럼 몸을 움츠렸다. "아니, 그건……."

잠시 수없이 눈을 깜박이더니 "그건 아니에요. 스즈키 게이타로 씨가 죽은 건 사건 다음 날이에요. 어머니는 산부인과에 있었어요!" 하며 독충을 쫓아내듯 양손을 격렬하게 휘둘렀다. "스즈키 게이타로 씨를 죽인 건 어머니가 아니라고요!"

"그럼 누군데요? 누가—."

"응?" 무슨 일인지 문 건너편이 시끄러웠다. 다카야는 귀를 쫑긋 세웠다. 무라마쓰 씨인가? 맞다. 저 목소리는 자치회장 무라마쓰 씨다. 무라마쓰 씨가 뭐라고 강한 어조로 계속 말하는 거 같은데? 다카야는 의자에서 허리를 뗐다.

◻━◻

간부 스태프 대기실.

사카가미 노리코는 몸을 앞으로 내밀고 모니터를 응시하고 있었다.

모니터에는 어린이 회관의 모습이 비치고 있었다. 자치회장 무라마쓰 씨를 둘러싸고 사람들이 술렁거렸다.

"어떻게 할까요?"

구성 작가가 남의 일인 양 말했다. 크고 번뜩이는 눈은 어쩌면 이 상황을 즐기고 있는 것처럼도 보였다.

"생각하기에 따라서 이건 기회이기도 해요. 진짜 살인이 일어났으니까요. 이 상황을 남김없이 찍을 수 있다면 그거야말로 최고의 리얼리티 쇼 아니겠어요!"

이 남자가 대체 무슨 소릴 하는 거야? 그런 걸 찍을 수 있을 리 없고, 언급할 것도 없이 방송으로 내보낼 수도 없다. 엄연히 방송 윤리라는 게 존재하는데.

"인터넷에서는 이미 난리가 났어요."

태블릿을 손에 든 구성 작가가 조금 전까지 국장이 앉아 있던 소파에 몸을 파묻었다.

"어린이 회관에 있던 누군가가 익명 게시판에 몰래 올렸나 봐요. ……범인은 저 여자일 것 같네요."

구성 작가가 어린이 회관을 비춘 모니터를 가리켰다. 그의 손가락 끝을 쫓아가니 그곳에 통통한 여자 하나가 보였다. ……보조 출연자다. 몹시 나대는 여자라서 노리코도 몇 번 붙들린 적이 있었다.

"단지 주부 대사 말이에요. 제 나름대로 여러모로 생각해 왔는데 한번 봐 줄래요?" 하면서 들이댔었다. 너무 집요해서 한번 보아주었는데 예상대로 그저 그런 낙서, 그 이상도 이하도 아니었다. 그래서 "보조 출연자한테는 대사가 필요 없어요."라고 차갑게 뿌리쳤다. 아마 그때 일로 앙심을 품었을 테다.

"내용이 심하네요."

노리코는 구성 작가의 태블릿을 들여다보면서 거칠게 숨을 내뱉었다.

"진짜 너무하죠. 이쯤 되면 숨길 수도 없어요. 그냥 우리가 선수를 쳐서 이 상황을 〈1961 도쿄 하우스〉의 일부로 삼아야 돼요."

"……그건 무리야."

무리라고. 방송 윤리라는 게 있는데…….

"저……."

아이의 가냘픈 목소리가 들려왔다.

고이케 마유가 방구석에서 바들바들 떨고 있었다.

맞다. 이 아이는 어떡하지?

원래 시나리오대로라면 조사가 대충 마무리되고 어린이 회관에 모두 모였을 때, '몰래카메라'라 써진 카드를 든 고이케 마유가 어린이 회관에 나타나기로 되어 있었다. 그것을 사인으로 그다음에 경찰 역할을 맡은 사람들이 숨기고 있던 폭죽을 터뜨릴 예정이었다.

아주 바람직한 전개는 아니지만 어느 정도 진부한 건 시청자에게 먹힌다……고 구성 작가가 강력하게 주장해서 그에 따랐던 것이다.

"저…… 전 어떻게 해요?"

고이케 마유가 '몰래카메라' 카드를 꼭 끌어안았다.

"미안. 아직 여기 있어야 할 것 같아."

"……엄마가 보고 싶어요. ……아빠도 보고 싶고, 동생도 보고 싶어요."

아이는 아이다. 애어른 같은 소리를 해도 알맹이는 연약한 아이였던 것이다.

노리코는 문득 어깨의 힘을 뺐다.

일이 이렇게 된 이상 형편에 맡기는 수밖에 없다.

"알겠어. 그럼 여기 일은 됐고, 엄마가 있는 어린이 회관으로 가 봐. 엄청 기뻐하실 거야."

"이 카드는요?"

"그것도 됐어. 여기 놓고 가."

"그래도……."

"됐으니까 가. 어린이 회관으로."

그 말에 고이케 마유가 쫓기듯 자리에서 일어났을 때였다.

"안 돼. 넌 아직 여기 있어야 돼."

구성 작가가 강한 어조로 막아섰다. 그러고 나서 "보세요!" 하며 모니터를 가리켰다.

ㅁ—ㅁ

"형사님! 사람이 죽었어요!"

탕비실 문이 힘차게 열렸다.

들어온 사람은 무라마쓰 씨였다.

"아기 우는 소리가 나서 그 소리를 따라가다 보니 11구역 1동 옥상인 거예요! 가니까 물탱크 아래에 남자가 쓰러져 있었어요! 아무리 불러도 응답이 없고. 만져 보니 숨을 안 쉬더라고요! 이미 죽어 있었어요! 스즈키네 남편분이요!"

스즈키네 남편?

다카야가 의자에서 일어났다.

"스즈키네 남편분이라면, 나카하라 미키히로 씨요?"

"자세한 건 모르지만 〈1961 도쿄 하우스〉에서 스즈키네 남편 역 하는 사람이요!"

"우리 남편이 뭐라고요?"

다음으로 탕비실에 들어온 사람은 스즈키 부인…… 나카하라 리노였다.

"우리 남편이 둘째를 데리고 나가서 안 오고 있어요!"

"아, 부인, 남편분이 물탱크 밑에서……."

"삿짱은요? 사쿠라는요?"

"아기요?"

"네. 우리 사쿠라는요?"

"아, 죄송합니다. 너무 놀라서 현장에 그냥 두고 왔어요."

"뭐? 이 영감탱이가 무슨 짓을 한 거야!"

나카하라 리노가 막말을 내뱉더니 밖으로 달려 나갔다.

"형사님, 사건이에요. 사건이 났어요! 제2의 사건이요!"

무라마쓰 씨가 안경 형사에게 다가갔다.

안경 형사의 눈동자가 심하게 흔들리고 있었다.

"형사님! 사건이라니까요!"

"네? 사, 사건이요?"

형사의 목소리가 뒤집어졌다.

"네! 사람이 또 죽었다고요!"

"주, 죽어요? 그럼…… 겨, 경찰! 경찰을 부르죠!"

뭐?

당신이 경찰이잖아?

어?

후카다 다카야는 형사의 안경을 빤히 응시했다.

패션 안경이라고 생각한 순간 안경 형사가 상의를 벗었다. 그러고는 천장을 올려다보았다.

"무슨 일이에요? 시나리오에는 이런 얘기가 없었잖아
요!"

시나리오?

다카야는 안경 형사의 시선을 쫓아갔다. 그곳에 작은
점이 하나 있었다.

······몰래카메라였다.

—그럼 당신한테는 아무것도 안 알려 줬다는 거네요.

그 물음에 후카다 다카야가 가만히 고개를 끄덕였다.

깃이 젖혀진 쭈글쭈글한 셔츠를 입은 중년 남성이 눈앞에 앉아 있었다. 얼굴에 마구잡이로 자란 수염이 뒤덮여 있고, 왼쪽 손목에 롤렉스를 차고 있었다. 너무나 어울리지 않는 조합이었다. ……진짜 형사가 맞나?

설마 이것조차 몰래카메라의 일부인가?

그건 아닐 것이다. 그도 그럴 것이 이곳은 시즈오카현경 Q경찰서의 취조실이었다. 다카야는 자세를 바로잡았다.

"네. 전 아무것도 몰랐습니다. 〈1961 도쿄 하우스〉의 스태프로 일하고 있었을 뿐입니다."

—듣자 하니 〈1961 도쿄 하우스〉라는 기획을 당신이 내놓은 거라던데 맞습니까?

"네. 맞습니다. 원래는 제 기획입니다. 이런 일이 벌어지다니…… 꿈에도 생각 못 했습니다! 어떤 의미에서는 저도 피험자였던 거죠!"

—네. 그러네요. 60년 전의 단지 생활을 경험한다……는 건 표면상의 기획이고, 실제로는 60년 전에 일어난 〈Q시여아 살해 사건〉의 진상을 밝혀내는…… 게 진짜 의도였던 듯하고.

심지어 시나리오가 A와 B 두 가지고 시나리오A의 주모자가 시나리오B의 피험자가 되는, 그야말로 복잡하기 짝이 없는 이중 구조라고요?

기획이 너무 저질이네요. 그런 짓까지 해 가면서 시청률을 올리고 싶을까요?

"……."

—이런 저질 프로그램을 만드는 사람도 그렇지만 보는 사람도 참 그렇네요.

"……."

—뭐, 저도 막 입바른 소리를 할 입장이 못 되기는 합니다. 저도 방송 봤거든요. 처음에는 아내가 권해서 봤는데요. 하도 끈질기게 권하는 바람에 마지못해서. 근데 그 남

자가 나오는 게 아닙니까!

"그 남자요?"

—네. 나카하라 미키히로.

"그 사람을 아세요?"

—경찰이라면 모르는 사람이 없죠. 아니, 일반적으로도 잘 알려진 남자 아닌가. ……몰랐습니까?

"네. 모르는데……."

—그럼 '가고시마의 늑대 소년'은 들어 봤습니까?

"'가고시마의 늑대 소년'이요? 아, 네. 그거는 들어 봤습니다. 25년 전쯤에 일어난 사건……. 가고시마현에서 발생한 연쇄 아동 폭행 사건 범인 맞죠? 열 몇 명 되는 아이들이 희생됐고 한 아이는 사망까지 했고……. ……아."

거기까지 말한 다카야는 어느 오래된 신문 기사를 떠올렸다.

어린이 회관에서 미쓰이라는 보조 출연자가 보여 준 것이었다.

11일 가고시마현 ××시를 흐르는 ××강에서 구로다 미유키(12세)의 시체가 발견되었다. ××서는 미유키 양을 살해한 혐의로 근처에 거주하는 X(17세)를 체포했다.

미쓰이 씨는 이런 말도 했었다.

'이 X가 스즈키네 남편이라는 소문이 자자했어요.'

"어?"

순간 다카야의 사고 회로가 작동을 멈추었다.

X가 '가고시마의 늑대 소년'이고 또—.

"그 말인즉슨 스즈키네 남편, ……나카하라 미키히로가 '가고시마의 늑대 소년'이라는 건가요?"

—네. 당시 미성년자 신분이라 언론에 실명이 보도되지 않았습니다. 게다가 사회에 나온 후에 한 여자를 꼬드겨 그 집 데릴사위로 들어가고 개명을 했습니다. 이후에도 몇 번이나 이혼과 재혼을 반복하면서 이름이며 경력 등을 세탁해 왔습니다. 현재 부인은 그 남자가 '가고시마의 늑대 소년'이라는 걸 전혀 몰랐나 봐요. 남편의 정체를 알고 나서 정신을 잃었어요. ……잔인한 이야기죠."

"그래서 나카하라 미키히로를 살해한 사람이 누군데요?"

—살해요? 아니에요. 살인이 아니라 자살입니다.

"자살이요?"

—네. 농약을 마셨습니다. 아직 부검 중인데 자살이 틀림없을 것으로 보입니다. 근처에 농약 병이 굴러다녔고. 무엇보다 유서가 있었습니다. 부인 말로는 남편의 필적이 맞는답니다.

"혹시 자살을 한 이유가 뭔가요?"

—유서에는 이렇게 쓰여 있었습니다.

……인터넷에 자신의 정체가 폭로되면서 '가고시마 늑대 소년'이라는 걸 들켰다, 이런 촬영을 수락하는 게 아니었다, 더 이상 누구에게도 민폐를 끼치고 싶지 않다, 아이도 같이 데리고 죽겠다……고 써 있었어요. '가고시마 늑대 소년'답지 않은 감상적인 유서이긴 하죠. ……그 악마 같은 놈도 인간다운 면이 아주 조금은 있었나 봅니다.

아무튼 동반 자살을 시도했지만 다행히 아이는 무사합니다.

"왜 아이까지 데리고 동반 자살을 하려고 했을까요?"

—부인에게 화풀이를 하려던 게 아닐까요? 애가 나카하라 미키히로의 자식이 아닌 모양이에요. 이 사실을 촬영 중에 인터넷 댓글을 보고 알았던 것 같습니다. 현장을 슬쩍 벗어나서 인터넷을 확인하고 있었나 봅니다.

근데 누리꾼들의 정보망이며 검색 능력이 정말 대단해요. 경찰 못지않아요.

……솔직히 우리 경찰도 인터넷에 많이 의지하고 있습니다. 수사가 막다른 골목에 다다르면 익명 게시판에 들어가서……. 아이고, 너무 많은 걸 발설했나? 지금 한 말은 외부에 알리지 말아 주십시오.

"어쨌든…… 살인이 아니란 거잖아요. ……그럼 왜 취조를 하시는 거죠?"

—취조를 하는 이유에 대해 묻는다면 설교를 하기 위해서라고 답해야겠네요. 이런 어리석은 프로그램을 제작하지 않았더라면 사건은 일어나지 않았을 겁니다. 당신들은 윤리적으로 중대한 규칙을 위반했고 사회적 제재를 벗어날 수 없을 겁니다. 다시 말해서, 당신들이 저지른 일에 대한 책임을 져야 할 겁니다.

사카가미 노리코는 형사의 말을 듣고는 주먹을 꽉 쥐었다.

시즈오카현경 Q경찰서의 취조실.

노리코는 한번 더 천장으로 시선을 보내 이리저리 살

폈다. 혹시 몰래카메라가 있을지도 모른다.

노리코는 아직 의심을 버리지 못했다.

이 상황은 〈1961 도쿄 하우스〉의 연장선상이 아닐까? 가능하면 그렇길 바랐다.

형사가 언급한 사회적 제재라는 건 이미 받고 있다.

한 달 전에 〈1961 도쿄 하우스〉가 갑자기 종영되었던 것이다.

나카하라 미키히로의 자살 소식은 순식간에 전국 뉴스에 나갔다.

'리얼리티 쇼 촬영 중 출연자 자살 사건 발생! 서서히 불거지는 제작사 책임론!'

뭇매라는 건 바로 이런 걸 두고 하는 말일 테다.

국장을 비롯한 주요 스태프는 일제히 교체되거나 사직서를 쓰는 지경에 몰렸다. 약삭빠른 국장은 감쪽같이 자회사로 발령을 받았지만 이름뿐인 직책을 맡아서 찬밥 신세로 전락한 모양이다. 그래도 최소한 직장은 있어서 다행일 테다.

말할 것도 없이 나 역시 제재를 받았다. 현재는 백수다. 받아 주는 자회사도 없어서 매일 산더미 같은 이력서를 쓰는 중이다.

마흔 넘어서 이런 비참한 일을 겪을 줄이야…….

한편 이 기획을 가져온 소카이샤는 G방송국으로부터

출입 금지 명령을 받았을지언정 큰 비난은 받지 않았다. 오히려 불쌍한 하청 업자로 세간의 동정을 사서 빈번하게 업무 제안을 받는 것 같았다.

일전에 인터넷 뉴스로 오카지마 마키코 사장의 인터뷰 기사를 보았다.

'우리는 어차피 나사입니다. 그리고 클라이언트인 방송국은 드라이버입니다. 그들이 아무리 강하게 조여 와도 우리는 저항할 수 없습니다.'

여기에 오카지마 마키코가 있었다면 말해 주고 싶었다.

"무슨 소리야! 애초에 이 기획을 갖고 나타난 건 그쪽이잖아? 구성 작가까지 보내서! 그 구성 작가한테 우리도 얼마나 휘둘렸는데! 나사는 우리 쪽이고 당신들이 나사를 돌리고 있었잖아! 전부 당신들이 꾸민 일이잖아!"

오카지마 마키코는 정말로 시나리오B의 존재를 몰랐던 모양이다. 더구나 그 인터뷰 기사에서 이렇게 단언하고 있었다.

'나사는 클라이언트가 시키는 대로 할 수밖에 없습니다. 그래서 〈Q시 여아 살해 사건의 진상을 밝혀냅시다. 그렇지 않으면 당신은 60년 전으로부터 한 걸음도 앞으로 나아갈 수 없습니다.〉라고 클라이언트 S씨에게 제안을 받았을 때 딱 잘라 거부할 수 없었습니다. 솔직히 말하자면 이 기획에 참여하고 싶지 않았습니다!'

S는 아마도 자신을 가리키는 것 같다.

다시금 분노가 솟구쳤다. 그 반대 아닌가! 〈Q시 여아 살해 사건〉을 가져온 건 그쪽이잖아!

어라?

위화감이 느껴졌다. 오카지마 마키코는 거짓말을 할 사람이 아니다. 하물며 거짓말로 사람을 궁지에 빠뜨릴 만한 사람은 더더욱 아니다.

어쩌면 오카지마 마키코도 나도 누군가에게 멋대로 조종당한 게 아닐까?

그러고 보니 오카지마 마키코는 〈Q시 여아 살해 사건〉을 메일로 제안해 왔었다. ……그래. 개인 메일. 당연히 그가 메일을 보냈다고 생각했는데 혹시 제삼자가 보낸 건가? 개인 메일이라면 가능할 법한 일이다. 그 제삼자가 나로 위장해서 오카지마 마키코에게 〈Q시 여아 살해 사건〉을 제안한 게 아닐까?

그렇게 생각하면 어느 정도 앞뒤가 맞다.

나나 오카지마 마키코나 그 미지의 제삼자에게 속았을 뿐이다. 그에게 유리한 대로 이용당했을 뿐이다!

그렇다면 그 제삼자는 누구일까?

노리코는 작년부터 올여름까지 있었던 일을 빠른 속도로 되새겨 보았다.

오카지마 마키코와 나를 아주 간단하게 조종할 수 있

는 인물. 시나리오A와 시나리오B를 마련할 수 있는 인물.

"아."

노리코의 머리에 어떤 얼굴이 클로즈업되었다.

그 인물은 구성 작가다.

본래 구성 작가는 G방송국 사람이 하는 걸로 결정되어 있었다. 하지만 그 사람은 갑작스럽게 마운드에서 내려왔다. 리얼리티 쇼를 하고 싶지 않다고 했던 것이다. 그 대신에 들어온 사람이 바로 소카이샤에서 보낸 그 남자다.

—잠시만요. 듣고 있어요?

그 목소리에 노리코는 현실로 되돌아왔다.

경찰서 취조실. 노리코는 순간적으로 자세를 바로잡았다.

—정말이지 간이 크시네요. 이렇게 건성으로 경찰 조사를 받고 있다니.

"죄송합니다……"

—반복하지만 당신네들은 사회적 제재에서 벗어날 수 없습니다.

"네. 사회적 제재는 이미 받고 있습니다. 방송국에서 잘렸고 다음 일도 기약이 없어요. 경력에 크게 먹칠을 해서 이 업계에서 받아 주는 곳도 없을 겁니다."

—그런 건 제재 축에도 못 낍니다.

"무슨 말씀이시죠?"

—당신들 때문에 많은 사람들이 죽었잖습니까?

"많은 사람들이요? 죽은 건 나카하라 미키히로 하나인데요? 더구나 그 남자의 정체는 '가고시마 늑대 소년'이고요. 개중에는 잘됐다고 박수갈채를 보내는 사람도 있다고요."

—처벌? 박수갈채요? 정의의 사도라도 됐다고 생각하십니까?

"아니요. 그런 건 아니지만……."

—잘 들으세요. 당신들 방송 때문에 사망자가 더 나왔어요! 나카하라 미키히로 말고 세 사람이 죽었어요!

"세 사람이요?"

—네. 야마다네를 연기하던 고이케네 남편과 두 아이가 어제 사망한 채로 발견됐습니다.

"네? ……고이케네 가족이요?"

—부인이 남편과 두 아이를 부엌칼로 난도질하고 자신도 죽으려고 했어요. 동반 자살을 하려고 했다고요!

"동반 자살이요? 왜요? 어째서 그런 일이 벌어진 거죠?"

—그 경위를 알아내기 위해서 이렇게 당신을 불러낸 겁니다.

살아남은 부인이 일시적으로 의식을 회복했을 때 이렇게 증언했습니다. 〈1961 도쿄 하우스〉에 출연한 걸 후회한다, 방송 스태프의 유도로 불륜까지 저지르게 돼서 부부 사이에 금이 갔다, 애들도 학교에서 왕따를 당하고 특히 둘째가 심리 불안정이 심해서 손쓸 수 없었다, 하고 말입니다. 설상가상으로, 남편이 회사에서 잘리고 가정 폭력이 시작됐답니다. 친오빠가 그랬던 것처럼 매일 폭력을 휘둘렀대요. 이대로라면 남편이 날 죽일 수도 있겠다……라고 끙끙 앓다가 남편을 죽이고 말았답니다. 자신은 살인자다, 딸들의 미래도 없다, 다 끝이다……라면서 충동적으로 딸들을 살해하고 자살 시도를 했답니다.

예전부터 그 부인의 심리 상태가 꽤 불안정했던 모양입니다. 과거의 트라우마가 사라지지 않아서 고민이 깊었나 봐요. 그런 사람을 잘 알아보지도 않고 방송에 내보낸 겁니다. 고이케네 비극은 틀림없이 당신들의 책임입니다!

"그럴 리가요! 지원한 건 그쪽이라고요!"

—지원한 쪽이 전적으로 잘못한 건가요? 전적으로 그들 책임이다?

"……싫으면 중도 하차도 가능했어요! 계약서에 그렇게 적혀 있어요!"

—근데 계약서에 중도 하차하면 출연료가 무효가 된다고 써 있던데요?

"……"

—즉, 당신들은 피험자가 쉽게 포기하지 못하도록 온갖 방어선을 쳐 놓은 거 아닙니까? 안 그런가요?

확실히 그렇다. 계약서에는 피험자에게 불리한 조건뿐이다.

노리코가 '조금 지나치지 않나.' 하고 주저할 정도였다.

하지만 그는 말했다.

"법적으로는 아무 문제없어요. 이걸로 가죠."라고.

바로 그 남자 구성 작가가 말이다.

"못 견디겠어요……."

후카다 다카야는 막 서빙된 카페 라테를 양손으로 감쌌다.

"자살 시도를 했던 고이케 부인이 사망했대요."

"그렇대." 바스크 치즈케이크를 포크로 도려내면서 요시모토 씨가 남 이야기하듯 말했다. "병원에서 숨을 거뒀나 봐. 차라리 죽는 게 낫지 않을까. 남편과 딸들을 죽였잖아. 살아남아도 지옥일걸."

"제 탓일까요?"

"왜? 후카다는 아무 잘못 없어."

요시모토 씨가 평소처럼 웃어넘겼다. 그 작위적인 영

업용 웃음에 가끔 화가 났지만 지금은 너무 고마웠다.

그들은 아카사카 FGH방송국의 카페테라스에 있었다. 다카야는 소카이샤의 정식 스태프로서 큰 프레젠테이션 하나를 마친 참이었다.

일은 정말이지 순조롭게 진행되었다. 하지만 죄책감이 늘 다카야의 주변을 따라다녔다. 특히 이렇게 한숨 돌리고 있을 때면 '너한테 그럴 자격은 없어.' 하는 목소리가 들리는 듯했다. 그런 다카야를 위로하듯 "〈1961 도쿄 하우스〉일은 잊어버려."라고 요시모토 씨가 평소와는 180도 다른 진지한 눈빛으로 말했다.

"저도 잊고 싶죠. 근데 납득이 가지 않는 게 하나 있어서. ……답답해요."

"납득이 가지 않는 거라니?" 요시모토 씨의 눈이 튀어나올 기세로 희번덕거렸다.

"네. 왜 나카하라 미키히로는 11구역 1동 옥상…… 물탱크 아래에서 목숨을 끊었을까요?"

"응?" 요시모토 씨의 큰 눈이 더욱 튀어나올 듯했다.

"생각해 봤거든요. 혹시 나카하라 미키히로가 60년 전 〈Q시 여아 살해 사건〉을 재현하려던 게 아닌가 하고요."

"그게 무슨 말이야?"

"60년 전 용의자로 의심을 받던 스즈키 게이타로도 11구역 1동 옥상의 물탱크 밑에서 시체로 발견됐대요."

"그랬대?"

"네. 나카하라 미키히로는 60년 전의 죽음을 재현한 거였어요. 좀 이상하지 않아요?"

"그런가?"

"혹시…… 말인데요. 나카하라 미키히로는 시나리오대로 움직였던 게 아닐까요? ……그저 60년 전 일을 재현하는 시나리오에 따르기만 한 게 아닌가."

"재현? 시나리오?"

"네. 시나리오. 나카하라 미키히로는 자살할 마음이 전혀 없었고, 시나리오에 따라 주어진 농약을 마셨을 뿐이라면요? 물론 그게 진짜 농약이라는 걸 모르고."

"설마. 그럼 아기는? 나카하라 미키히로는 왜 아기까지 저승길에 데려가려고 했어?"

"그게 말이죠. ……취조실에서 형사한테 들었는데요. 나카하라 미키히로는 인터넷에서 아기가 자기 자식이 아니라는 글을 보고 부인에 대한 화풀이로 아기까지 해치려고 했다……고 하더라고요. 유서에 그렇게 써 있었대요. 근데 이상해요. 아무리 검색해도 둘째가 나카하라 미키히로의 친자식이 아니라는 글은 인터넷에 안 나와요."

"삭제된 게 아닐까?"

"그렇게도 생각해 봤는데 그렇다 하더라도 납득이 안 가는 건 여전해요. 그래서 또 생각해 봤는데…… 아기가 경보기 역할을 한 게 아니었나 싶어요."

"응? 경보기?"

"네. 이곳에 시체가 있다, 누가 됐든 얼른 발견해 달라, 하고 말이죠. 첫 번째 발견자였던 무라마쓰 씨도 아기 울음소리를 따라갔다가 현장에 도착한 거라고 했잖아요. 만약 아기 우는 소리가 없었다면 시신을 더 늦게 발견했을 가능성이 있어요. 어쩌면 지금까지 발견되지 않았을지도 모르고요. 아무래도 점검 때 말고는 옥상에 올라가는 사람이 없으니까."

"응? 이해가 안 되기 시작했어. 나카하라 미키히로가 본인의 시신이 최대한 빨리 발견될 수 있게 아기를 데려간 거라고? 왜? 아기랑 동반 자살을 시도했잖아?"

"그래서 자살이 아닌 것 같다는 얘기예요."

"뭐? 대체 무슨 소리를 하는 거야?"

"시나리오가 있었대요. 아기를 데리고 1동 물탱크 밑으로 가서 그곳에 마련된 병 내용물을 들이켠다…… 하는 시나리오요. 시나리오C요!"

"그럼 유서는 어떻게 설명할 건데? 본인이 쓴 거잖아? 부인이 그렇다고 증언까지 했고."

"아마 유서는 본인이 쓴 게 맞을 거예요. 근데 그것도 시나리오에 따라서."

"그렇군. ……후카다의 추리가 맞는다고 쳐. 그럼 시나리오를 쓴 사람의 동기는 뭔데?"

"네?"

"설마 '시청률을 올리려고 사람을 한번 진짜로 죽여 봤습니다.' 하겠어? 천하의 방송계에도 그렇게까지 미친 사람은 없을걸."

"네. 그건 그렇죠."

"더구나 60년 전 스즈키 게이타로는 살해당했어. 자살이 아니야. 목 졸려 살해당했어. 나카하라 미키히로의 케이스와는 전혀 달라. 재현이 아니라고."

"그것도 그렇죠."

"그러니까. 근데 추리는 꽤 흥미롭네. 이번 소설에 좀 써먹어도 될까?"

요시모토 씨가 웃으면서 바스크 치즈케이크를 입에 넣었다. 그때였다.

"어이, 구로다!"

경쾌한 목소리가 들려왔다.

낯익은 얼굴의 남자가 묘한 걸음걸이로 이쪽으로 다가오고 있었다.

저 남자…….

맞다. 구성 작가인 야시로 씨였다. 〈1961 도쿄 하우스〉 담당으로 지목되었다가 중간에 교체되었던 작가.

"이야, 〈1961 도쿄 하우스〉는 난리도 아니었겠어?"

야시로 씨의 걸음이 요시모토 씨 앞에서 멈추었다.

"당신 조언을 듣고 하차해서 다행이야. 안 그랬으면 지금쯤 한창 사회적 제재를 받고 있었을 거 아냐."

조언?

"여러모로 사회 문제가 되고 있는 리얼리티 쇼는 위험 부담이 커. 더구나 〈1961 도쿄 하우스〉는 전개가 꽤 위험할 듯하다……고 조언해 준 덕분에 살았지 뭐야. 내 대타를 뛴 녀석은 죽을 맛이었겠지만. ……어이쿠, 벌써 시간이 이렇게 됐네. ……구로다, 또 봐. 다음에 천천히 한잔하자고. 내가 쏠게."

그 말을 끝으로 야시로 씨는 다시 묘한 걸음걸이로 자리를 떴다.

"구로다……?" 다카야가 물었다.

"아, 아버지 성이야. 대학 다닐 때까지 아버지 성을 썼거든. 야시로 씨랑은 대학 시절부터 친분이 있어서 그런지 여태 날 '구로다'라고 불러."

"그럼 요시모토는 어머니 쪽 성이에요?"

"응. 어머니가 이혼하셨거든."

"……아, 죄송해요. 너무 사적인 질문을 했네요."

"아냐. 신경 안 써."

하지만 다카야는 신경이 쓰였다.

구로다? ……구로다?

왠지 그 이름을 최근에 어딘가에서 본 것 같았다.

어디서 봤더라?

"S가오카 단지의 쓰치야 씨 기억해?"

"쓰치야 씨요? 아, 네. 그 만물박사였던 할머니요?"

"응. 어제 무라마쓰 씨한테 연락을 받았는데 돌아가셨대. ……고독사인 모양이야. 검시 결과에 따르면 돌아가신 건 한 달 전이래."

"한 달 전이라면. ……그럼 어린이 회관에서 증언해 주시고 나서 바로인 거네요?"

"응."

"한 달이나 방치됐다니……."

"평소에는 무라마쓰 씨가 자주 들여다봤는데 무라마쓰 씨가 허리를 삐끗하는 바람에 딸네 집에서 요양을 했대. ……그래서 더 늦게 발견됐대."

"……왠지 모르게 쓰치야 씨도 마음에 좀 걸렸는데."

"뭐가 마음에 걸렸는데?"

"그냥 구체적으로 뭐가 걸리는진 잘 모르겠는데 그 할머니가 〈Q시 여아 살해 사건〉의 진상을 아시는 것 같은 느낌이 들어서요—."

"왜 그렇게 생각해?"

"그냥이요. 그냥 답답해요. 요시모토 씨는 안 답답하세요?"

"요시모토 씨는 안 답답하세요?"

후카다 다카야의 시선이 순간 날카로워졌다.

요시모토 다이치의 등줄기에 냉수 같은 땀이 흘러내렸다.

이 녀석, 단순히 멍청한 풋내기인 줄 알았는데 감이 예리한데.

나카하라 미키히로의 죽음의 진상을 거침없이 밝혀냈다.

후카다 다카야의 추리는 거의 맞는다. 나카하라 미키히로는 시나리오대로 움직였을 뿐이다.

내가 쓴 시나리오대로.

내가 바로 야시로 씨의 대타였다.

다만 후카다 다카야의 추리에는 한 가지 잘못된 점이 있었다. 나카하라 미키히로는 스스로 농약을 마시지 않았다. 농약을 먹게 한 인물은 따로 있다.

그건 바로 나카하라 리노다.

"그게 무슨 말이에요?"

내가 제안했을 때 나카하라 리노가 불안해하며 입술을 떨었다. 입술 가장자리는 찢어져 있고, 오른쪽 눈꺼풀은 부어 있었다. 나카하라 미키히로에게 맞은 것일 테다. 나카하라 미키히로의 폭력에 대해서는 사전 조사를 통해 이미 알고 있었다.

나는 자신 있는 영업용 미소를 띠며 말했다.

"리얼리티 쇼에 가족끼리 출연해 보지 않을래요?"

"……그런 건 좀. 남편이 뭐라고 할지 모르겠어요."

"남편분은 우리가 설득하겠습니다. 500만 엔의 출연료를 제시하면 아마 응하지 않을까요? 댁에 빚이 쌓였잖아요."

"……."

"힘들지 않아요? 그런 남자랑 결혼해서. 이러다간 언젠가 애들까지 큰일을 당할지도 몰라요. 그 남자에게 살인은 아무것도 아니니까요."

"……."

"실은 말이죠. 그자가 제 여동생을 죽였습니다."

"네?"

"그 일로 우리 가족은 박살이 났어요. 부모님은 이혼했고 이후로 어머니는 마음의 병으로 몸져누웠어요. 전 내내 어머니 간병을 하면서 지냈고. 생지옥이 따로 없었죠. 근데 그 사람은 바깥세상에서 태평하게 자유를 누리고 있더라고요."

"……."

"이러다간 당신과 애들도 지옥 같은 인생을 살게 될 겁니다. ……그 남자한테서 달아나고 싶지 않나요?"

"네?"

"그 남자한테서 달아나서 새로운 인생을 살고 싶지 않나고요?"

"그러고 싶죠."

"그럼 리얼리티 쇼에 출연하세요. 모든 절차는 우리 쪽에서 준비하겠습니다."

"리얼리티 쇼에 나가면 그 사람에게서 해방되는 건가요?"

"네. 약속할게요."

"전 뭘 하면 되나요?"

"우리가 마련한 시나리오대로 움직여 주세요. ……우선 '날라리 콘셉트'로 오디션을 보러 오세요. 옛날에 갸루였죠?"

"……옛날 일이에요."

"그 시절을 떠올려 보세요. 본래의 자신을 되찾는 거예요. 그 남자를 만나기 전에 빛나던 자신을."

"빛나던 자신이라……"

나카하라 리노의 눈 속에 작은 빛이 깃들었다.

딱 이 눈이다. 복수에 눈뜬 인간의 눈. 나와 같은 눈.

나는 확신했다. 이 여자는 반드시 해낸다. 내 계획을 성공으로 이끌어 줄 것이다!

생각대로 나카하라 리노는 훌륭하게 해냈다. 내가 쓴 시나리오대로 나카하라 미키히로에게 농약을 마시게 했다.

무라마쓰 씨가 발견했을 때 나카하라 미키히로는 아직 살아 있었다. 죽은 척하고 있었던 것이다. 그렇게 지시한 건 나다. 60년 전을 재현하고 싶으니 1동 물탱크 밑에서 죽은 척해 달라고 했다.

나카하라 미키히로는 악인이었지만 500만 엔이라는 당근 앞에서는 순순히 굴었다. 그러면서 멋들어지게 시체 연기를 해 주었다.

아기를 데려온 이유는 가짜 시체가 한시라도 빨리 발견되게 하기 위해서였다. 이 또한 계산대로 되었다. 사람 좋은 무라마쓰 씨가 아기 울음소리를 따라 1동 옥상으로 찾아왔던 것이다. 무라마쓰 씨가 크게 놀란 나머지 아기를 현장에 그대로 두고 간 건 계산 밖의 일이었지만, 그 덕분에 나카하라 리노가 자연스럽게 현장에 갈 수 있었다.

시나리오에서는 이러했다. 죽은 척한 나카하라 미키히로에게 매달려서 운다. "여보, 여보, 죽지 마! 물이야. 물이라도 마셔!" 하고 외치면서 농약을 마시게 한다.

시나리오대로 될지 그렇지 않을지 확신할 수 없었는데 나카하라 미키히로가 죽었다. 결과적으로 만사 오케이였다.

잘 해냈다, 나카하라 리노!

잘 해내 줬다!

참고로 유서는 나카하라 미키히로의 필적을 흉내 내서 내가 직접 썼다. 들키지 않을까 조마조마했지만 경찰은 아내인 나카하라 리노의 말을 선뜻 믿었다.

역시 경찰은 바보다!

그래서 경찰은 그 남자를 풀어 주었다. 맨 처음에 사건이 일어났을 때 확실히 체포했다면 내 여동생은 죽지 않았을 것이다. 그렇게 잔인하게 살해되지 않고 잘 살아 있었을 것이다!

살해된 여동생의 상태는 끔찍했다. 얼굴은 엉망이었고 뼈가 드러나 있었다. 심지어 성기가 찢어지고 항문이 파열되었다고 했다. 가족이 그런 변을 당했는데 괴롭지 않을 사람이 있을까. 우리 가족 역시 모두가 비정상이 되었다.

피해자 가족에게는 공소 시효도 끝도 없다. 평생 사건에 얽매여 있다.

이 속박에서 해방되어 자유로워지려면 원흉인 그 남자를 세상에서 짓눌러 죽이는 수밖에 없다. 언젠가 반드시 그자를 이 세상에서 지워 버릴 테다!

……나는 초등학교 5학년 때 이렇게 결심했고, 이 복수심으로 지금까지 살아 낼 수 있었다.

그리고 후카다 다카야가 가져온 〈1900 도쿄 하우스〉의 기획안을 본 순간, 마침내 때가 왔음을 알리듯 온몸의 피가 끓어오를 것처럼 뜨거워졌다.

더구나 〈Q시 여아 살해 사건〉의 피해자 유족인 오카지마 마키코라는 강력한 카드까지 있다.

〈Q시 여아 살해 사건〉을 이용하자!

〈Q시 여아 살해 사건〉의 진상은 아무래도 상관없었다.

내 손을 더럽히지 않고 나카하라 미키히로를 지운다.

이거야말로 나의 진짜 목표였다.

정말이지 모든 게 계획대로 흘러갔다!

완전 범죄다! 나는 천재다!

"저, 요시모토 씨, 잠시만요."

사무실에서 가루칸을 먹는데 오카지마 마키코가 말을 걸어왔다.

"시즈오카현 경찰에서 사람이 나왔는데요."

"네? 경찰이요?"

"할 말이 있대요. 임의 동행할 수 없느냐고 하는데요?"

"……왜요?"

"잘 모르지만 나카하라 리노가 무슨 증언을 했대요."

"네?"

"그래서 나카하라 미키히로의 유서에 대해서 경찰이 확인하고 싶은 게 있대요."

"네?"

"유서가 위조일지도 모른대요. ……너무 완벽했잖아요. 역시나 자살이 아니라 타살이었던 거죠."

"……."

"살인이라고 하면 60년 전 그 사건, 스즈키 게이타로 살인 사건도 해결될 것 같아요. 여러 가지를 알게 됐어요. 범인은 그 사람이 틀림없어요. 나 내일 Q시에 좀 갔다 올게요."

"……."

"요시모토 씨, 왜 그렇게 멀뚱히 서 있어요? 얼른 가요. 경찰이 기다린다니까요."

하지만 요시모토 다이치는 좀처럼 발을 뗄 수 없었다.

어찌할 바를 모르고 그 자리에 못 박혀 있는데 저쪽에서 낯익은 얼굴이 다가왔다. 일전에 참고인 자격으로 조사를 받았을 때 만난 형사다.

그가 다가왔다.

요시모토 다이치는 무심코 바지에 실례를 하고 말았다.

"60년 전에 스즈키 게이타로를 살해한 건 사부로 씨 당신이죠?"

—무슨 소리를 하시는 겁니까? 대체 무슨 말이냐고요? 애먼 사람을 이런 데 불러내서는!

다카하시 사부로는 호출을 받고 역 앞 노래방 부스에 와 있었다. 그 인물로부터 연락을 받은 건 어제였다.

"아드님 일로 할 얘기가 있어요."

그 말을 듣고 가지 않을 수 없었다. 나이 60이 될 때까지 일정한 직업 없이 사는 못난 아들이다. 때문에 '아들을 저렇게 만든 건 내가 아닐까?' 하는 강박 관념에 내내 시달렸다.

그런 짓을 저질렀으니…….

나는 60년 전에 사람을 죽였다. S가오카 단지의 주민이었던 스즈키 게이타로를.

60년 전 9월 12일 밤이었다.

산통으로 괴로워하는 아내가 헛소리로 이런 말을 했다.

'어떡해. 나 보면 안 될 걸 봤어. ……소문이 사실이었어.'

—무슨 소문?

'S가오카 단지에는 마귀가 있대. 뱀신에 씐 마귀가 있대.'

—아, 그 사람? 그 소설 쓴다는?

'응. 그 사람. 그 사람이 어린이 회관 뒤쪽 창고에서 단지 애들을 희생물로 삼고 있는 걸 봐 버렸어. ……그래서 그 남자한테 협박을 받았어. 경찰에게 알리면 아이랑 같이 죽여 버리겠대. ……어떡해? 이대로 가만있으면 단지 애들이 계속 피해를 입을 텐데. 근데 혹시 경찰에 신고했다가 우리 애한테 무슨 일이 생기면!'

—괜찮아. 내가 어떻게 해 볼게. 그러니까 안심하고 무사히 아이 낳을 생각만 해.

'여보, 어떻게든 조치를 취해야 돼! 우리 아이를 지켜 줘!'

아내와 약속했지만 아내와 아이를 어떻게 지키면 좋을지 몰라 사부로는 망연자실해졌다.

이튿날 특별한 목적 없이 S가오카 단지로 향했다. 어느 정도 걸었을까, 단지에 도착했을 때 서쪽 하늘이 꼭두서니 빛으로 물들고 있었다.

단지는 어수선했다. 경찰차가 몇 대 서 있고, 다수의 제복 경찰들이 모여 있는 것도 보이고, 여기저기에 출입 통제선까지 둘러져 있었다. 근처에 있던 주민을 붙잡고 물어보니 살인 사건이 났단다. 어린이 회관 뒤에서 단지에 사는 여자아이가 살해당했다!

범인은 스즈키 게이타로가 틀림없다. 아내가 목격했다.

"그래서 스즈키 게이타로를 찾은 거군요."

—네. 11구역 1동 물탱크 밑에서 담배를 피우는 놈을 발견했습니다.

"잘도 찾아냈네요. 단지가 그렇게 넓은데. 게다가 물탱크는 옥상에 있잖아요."

—실은 제가 그 단지 건설에 힘을 좀 보탰어요. ……일용직이긴 했지만. 빵을 만들면서 공사장에서도 일당을 벌었거든요. 단지가 완성된 후에도 그때 신세 진 작업 반장한테 조금씩 일을 받아서 하기도 했고요. 물탱크 점검이나 청소 같은 거. 그때 우연히 그 남자랑 마주쳤어요. 아무래도 그 옥상이 마음에 들었나 봐요. 날이 좋으면 도쿄 타워도 보인대요.

"도쿄 타워요? 설마!"

—여기서 도쿄 타워가 보일 리 만무하죠. 그 남자가 과장해서 말한 거 아니겠어요? 도쿄가 그리웠나 봐요. 그 남

자가 그랬어요. 도쿄로 돌아가고 싶다고. 이런 시골은 지긋지긋하다고. ……도쿄에서 사고 치고 낙향했나.

"과거에 다툼 끝에 동료를 죽였어요. 재판에서 집행 유예를 선고받았고, 그 뒤에도 외설죄로 몇 번 체포됐었어요. 다 불기소였지만."

—완전 뼛속까지 나쁜 놈이었군요!

"아무튼 당신이 60년 전 9월 13일 저녁 무렵에 1동 옥상에서 스즈키 게이타로를 발견했고. 그러고 나서는요?"

—단지에 사는 아이가 살해당했다는데 아랑곳하지 않고 담배를 피웠어요. 더구나 '저 아래 개미 새끼들이 우왕좌왕하고 있네.' 하면서 웃었어요.

전율이 일었어요. 아이를 죽인 주제에. ……악마가 따로 없었어요. 아내가 말한 대로였어요. 이런 악마를 내보내면 또 희생자가 나온다. 그게 우리 애가 될지도 모른다!

그런 생각이 드니 더 이상 참을 수 없었어요. 정신없이 남자에게 달려들었어요. ……이래 봬도 유도 좀 했거든요. 대회에서 상도 받았어요. 스즈키 게이타로를 힘껏 땅에 내리꽂았습니다. 그 바람에 그 사람 바지 주머니에서 줄넘기와 손수건이 튀어나왔어요. ……잽싸게 줄넘기를 집어서 남자의 목에 감았어요. 아무 생각이 없었어요. 이자를 없애지 않으면 내 아내와 아기의 목숨도 없다. 단지의 아이들도 위험하다. 이놈은 악마다. 처벌해야 한다!

……이런 생각에 사로잡혀서 스즈키 게이타로의 목에 감긴 줄을 힘껏 잡아당겼습니다.

"그 줄은요?"

—순간적으로 벌어진 일이라서 기억이 잘 나진 않지만 귀가해서 정신을 차리고 보니 제 상의 주머니에 있었습니다. ……너무 놀랐죠. 주머니에는 손수건도 있었어요. M·Y라는 귀여운 이니셜이 새겨져 있었는데 희생된 여자애의 소지품이 아닐까 싶더라고요.

"그래서 그 줄과 손수건을 어떻게 했습니까?"

—그것들이 어떻게 됐는지 내내 잊고 있었는데 작년에 아내의 유품을 정리하다가 버들고리 안에서 발견했어요.

"그럼 아내분이 다 알고 있었다는 말입니까?"

—네. 아내는 제 범행을 알고 있었을 거예요. 그러니 버들고리 안에 숨겨 놨겠죠. ……그나저나 대체 누구신데?

다카하시 사부로는 테이블에 놓인 명함을 다시 보았다.

'소카이샤 사장 오카지마 마키코'.

소카이샤. 들어 본 적 없는 회사다.

"주로 방송용 콘텐츠를 제작합니다. 때로는 리서치 같은 것도 하고요."

—리서치요?

"네. 원래는 리서치 회사였어요. 언니가 왜 죽었는지 그것만 생각하다 보니 어느새 탐정 흉내를 내고 있네요."

—탐정이요? ……그렇군요. 그래서 스즈키 게이타로를 살해한 게 저라는 걸 알아냈군요.

"알아냈다기보다 ……단순한 추리였어요. 속마음을 한 번 떠봤을 뿐입니다."

—전 거기 넘어가서 자백을 했고요? 저도 참 터무니없이 멍청하군요.

다카하시 사부로는 슬슬 양손을 내밀었다.

"뭐 하시는 거죠?"

—경찰에 넘기실 거 아닙니까?

"설마. 60년 전 일이에요. 진즉에 공소 시효가 끝났는데. 더구나 당신은 언니의 원수를 해치워 줬어요. 감사해야 할 일인데 경찰에 넘길 리가 있나요."

—그럼 날 왜 불렀어요?

"아드님의 출연료를 지불하려고요."

—출연료요?

"네. 보조 출연자 출연료."

오카지마 마키코가 대답하며 갈색 봉투를 내밀었다. 봉투는 두툼하고 묵직했다. 조심스럽게 안을 보자 띠가 둘러져 있는 지폐 다발 다섯 개가 들어 있었다.

—500만 엔이요? 보조 출연자 출연료가 500만 엔인가요?

"아드님의 노력에 비하면 이걸로도 부족할 정도입니다."

—그럼 우리 아들이 배우 일이 잘 맞는다는 얘기인가요? 그 녀석, 배우가 되겠다고 극단을 닥치는 대로 검색하고 있어요.

"배우와는 잘 안 맞을지도 모르겠네요."

—아, 그래요? 역시.

"그래도 제빵사 일은 잘 맞지 않을까요? 출연료로 빵집을 차리는 건 어떨까요? 저도 빵을 사러 가겠습니다."

오카지마 마키코는 그리 말하고 얼굴을 구기며 환하게 웃었다.

２０２１년 ７월 １４일
회상

S가오카 단지.

쓰치야 쓰네코는 꿈을 꾸고 있었다.

한여름의 어린이 회관 뒤편 창고에서 두 그림자가 꿈틀거린다.

신기루처럼 보인다. 환각 같기도 하다. 하지만 현실이다.

"무슨 일이지?"

쓰치야 쓰네코는 양손으로 입을 막고 그 자리에서 사라졌다.

소문이 진짜였어!

그 남자는 터무니없는 변태였다. 어린아이를 좋아하는 변태였다. 아이를 성적 대상으로 보고 있었다. 정신 차려.

저 남자가 오면 아이를 숨겨!

하지만 도무지 믿을 수 없었다. 저 남자는 성인 여성을 엄청나게 좋아한다. 야마다 부인과도 불륜을 저지르고 있다. 나도 유혹했다. 키스를 하면서. 그래서 잠시 거기에 넘어갈 뻔했다. 저 남자는 바람기가 다분하지만 그 대상이 당연히 성인이라고 생각했다.

모든 게 오산이었다. 저 남자는 어른, 아이 할 것 없이 여자면 다 좋아한다!

악마다! 악마!

쓰치야 쓰네코는 그로부터 몇 번인가 어린이 회관 뒤편 창고에서 그런 장면을 목격했다. 매번 다른 여자애들이 먹잇감이 되었다. 위로는 중학생부터 아래로는 초등학교 저학년까지.

왜? 왜 여자애들은 저항하지 않는 걸까? 왜 도움을 요청하지 않을까?

답답했다. 화가 났다.

"도와주세요!" 하고 외치면 되는데!

그럼 도와줄 텐데!

그런데 "왜 도와주지 않았어요?"라고 그 아이는 말했다. 그리고 비난의 눈초리를 보냈다.

······1961년 9월 12일 오후 6시 전이었다.

어떤 냄새가 나기에 그쪽을 쳐다보니 이동식 빵집 부

인이 어린이 회관 뒤에서 나왔다.

　궁금했다. 설마 그 남자가 저 부인을?

　아니다. 엮여선 안 된다. 저런 악마한테 얽히면 나까지 먹잇감이 될지 모른다. 일단은 물러났다. 하지만 궁금했다. 집으로 돌아가 전기밥솥 스위치를 켜 놓고 다시 어린이 회관 뒤로 가 보았다. 그러자 야마다네 딸 미요코가 손수건을 얼굴에 대고 웅크리고 있었다.

　"아줌마, 다 봤죠?"

　—아무것도 못 봤어. 지금 여기에 온 건데.

　"거짓말. 내내 보고 있었으면서."

　—아니야. 그건 내가 아니야. 그건 이동식 빵집의…….

　"변명하지 마세요. 왜 안 도와줬어요? 왜 보고도 못 본 척해요? 나 그 아저씨한테 심한 짓을 당했어요. 근데 왜요? 어른이잖아요? 어른이면 도와줘야 하잖아요."

　—미요코, 너, 그 남자한테…….

　"경찰 불러 주세요. 부탁이에요. 경찰 좀 불러 주세요."

　—몹쓸 짓을 당한 게 세상에 알려져도 괜찮겠어?

　"그럼 울다가 잠들란 소리예요? 그건 싫어요. 나쁜 건 나쁜 거예요. 그런 남자는 경찰에 잡혀야 해요. 아줌마도 똑같이 죄인이에요. 보고도 못 본 척했으니까! 다 말할 거예요. 경찰한테 말할 거라고요. 그 남자에 대해서도 아줌마에 대해서도!"

—난 아무 관계도 없다니까! 난 지금 막 여기 왔다고!

"아줌마 같은 비겁한 어른은 전부 경찰에 잡혀가야 해요!"

—뭐 이런 건방진 애가 다 있어. 전부터 네가 맘에 안 들었어. 입바른 소리만 하고 어른들 사정은 전혀 개의치 않고.

진짜 싸가지 없는 애네!

그리고 다음 순간 줄넘기를 손에 쥐었다. 그 아이가 가지고 있던 줄넘기였다. 그걸 빼앗아 들고 그 아이의 목에 감았다.

줄넘기는 흡사 뱀 같았다. 뱀이 아이의 목을 감고 팽팽하게 조여 간다.

자 봐. 어른한테 말대꾸하니까 벌을 받는 거야. 뱀신의 분노를 받는 거라고!

자고로 애들은 얌전하게 어른들을 따르는 거야!

……어? 미요코, 왜 그래? 장난치지 마. 이건 그냥 소소한 놀이야. 살짝 협박만 하려던 것뿐이야. ……미요코, 왜 가만히 있는 거야? 어른을 놀리는 건 더 이상 안 돼. 일어나. 죽은 척하지 말고, 미요코!

큰일이 벌어졌다.

미요코 옆에 있던 줄넘기와 손수건을 숨기려고 할 때였다.

"아, 쓰치야 씨, 죽여 버렸네."

돌아보니 담배를 문 스즈키 게이타로가 서 있었다.

—아니야. 아니라고. 뭔가 잘못됐어!

"난처하게 됐네. 이대로 가다간 내가 제일 먼저 의심을 받을 수 있어. 이동식 빵집 부인한테 들켰거든. 미요코한테 장난치는 모습을."

—역시 그 부인이…….

"그래. 도깨비기와처럼 얼굴이 굳어져서 말이지. 그래서 협박을 좀 했어. ……그것보다 미요코를 죽였네. 어떻게 할 거야? 이대로 경찰서에 가도 되겠지만."

—……그럼 나도 당신의 악행을 폭로할 거야!

"그렇게 나올 거라고 예상했어. 근데 내 죄는 그리 크지 않아. 끽해야 벌금이지. 하지만 쓰치야 씨 당신은 살인이야. 적어도 20년은 콩밥 먹는 처지가 될 거야. 감옥살이는 힘들어. 지옥 같다고."

—싫어. 도와줘!

"좋아. 내가 도와줄게. 그럼 그 줄넘기랑 손수건 넘겨. 증거는 내가 맡아 둘 테니까."

—감사합니다!

"대신 내 노예가 되는 거야."

—노예요?

"그래. 평생 날 위해 일하는 거지."

―뭐든지 할게요. 뭐든지! 당신 말이라면 뭐든지 들을 게요!

　"우선 내 알리바이를 부탁해."

　―알리바이요?

　"그래. 경찰이 물어보면 이 시간에 내가 여기 없었 다……고 하는 알리바이를 입증해 줘. ……이 시간에 나는 역 쪽으로 산책 중이었고 도중에 당신이랑 딱 마주친 거 지. 좋았어. 이걸로 가지. 이러면 당신 알리바이도 성립 되잖아."

　―감사합니다!

　"나랑 당신은 운명 공동체야. 당신은 평생 내 노예가 돼 야 한다고."

　―네. 알겠어요. 평생 당신의 노예가 되겠습니다!

　"평생 당신의 노예가 되겠습니다!"

　자신의 목소리에 놀란 쓰치야 쓰네코가 잠에서 깼다.

　손이 굳어 있었다. 무언가를 쥔 채 얼어붙은 듯 자신의 의사로는 아무것도 할 수 없었다. 쓰네코는 시간을 들여 손가락을 하나씩 일일이 펼쳐야 했다.

　꺼림칙한 꿈을 꾸었다. 아니, 꿈이 아니다. 이건 기억이 다. 기억의 재생이다.

　내가 야마다 미요코를 죽였다!

……그런 것 같다.

그런데 경찰은 나를 잡으러 오지 않았다. 오히려 나를 협박하던 스즈키 게이타로가 죽었다. 1동 물탱크 밑에서 시체가 발견되었단다.

나는 그 남자의 노예가 될 작정이었는데. 평생을 바칠 각오를 다지고 있었는데. ……이 몸까지 바칠 생각이었는데.

그 남자는 왜 죽었을까?

모든 게 꿈이었을까?

그렇다. 나는 아무 짓도 하지 않았다. 나는 나쁜 꿈을 꾸고 있었을 뿐이다. ……나쁜 꿈을.

쓰치야 쓰네코는 재채기를 크게 한 번 하고는 그대로 이불 속으로 깊이 가라앉았다.

적어도 죽을 때만큼은 갓 세탁한 청결한 침구에 감기고 싶었다.

이게 쓰치야 쓰네코가 마지막으로 읊조리듯 내뱉은 말이었다.

| 참고 자료 |

- 《'ING REPORT - UR 도시 기구의 주택 설비의 변천과 기술 개발》UR 도시 기구(독립 행정 법인 도시 재생 기구 기술·코스트 관리실 설비 계획팀 도시 주택 기술 연구소)
- 《재현·쇼와 30년대 단지 2DK의 삶》아오키 준야 저 | 가와데쇼보신샤
- 《전기밥솥으로 맛있는 밥을 지을 수 있을 때까지 - 장인의 시점과 아이디어를 살리는 법》오니시 마사유키 저 | 기호도슛판
- 《죽음의 텔레비전 실험 - 사람은 그렇게까지 복종하는가》크리스토프 닉, 미셸 엘카니노프 | 다카노 유 번역/감수 | 가와데쇼보신샤
- 위키피디아

| 관련 작품 |

- 《검게 칠하라!》마리 유키코 저 | 고단샤분코(국내 미출간)
- 《살인귀 후지코의 충동》마리 유키코 저 | 김은모 역 | 한스미디어

1961 도쿄 하우스

1판 1쇄 인쇄	2023년 10월 5일
1판 1쇄 발행	2023년 10월 26일
지은이	마리 유키코
옮긴이	김현화
발행인	황민호
본부장	박정훈
책임편집	강경양
기획편집	김순란 김사라
마케팅	조안나 이유진 이나경
국제판권	이주은 정유정
제작	최택순
발행처	대원씨아이㈜
주소	서울특별시 용산구 한강대로15길 9-12
전화	(02)2071-2094
팩스	(02)749-2105
등록	제3-563호
등록일자	1992년 5월 11일
ISBN	979-11-7124-789-9 03830